独白するユニバーサル横メルカトル

平山夢明

KOBUNSHA

光 文 社

独白する
ユニバーサル
横メルカトル

Monologues of Universal Transverse Mercator
by Yumeaki Hirayama

平　山　夢　明

目次

目次

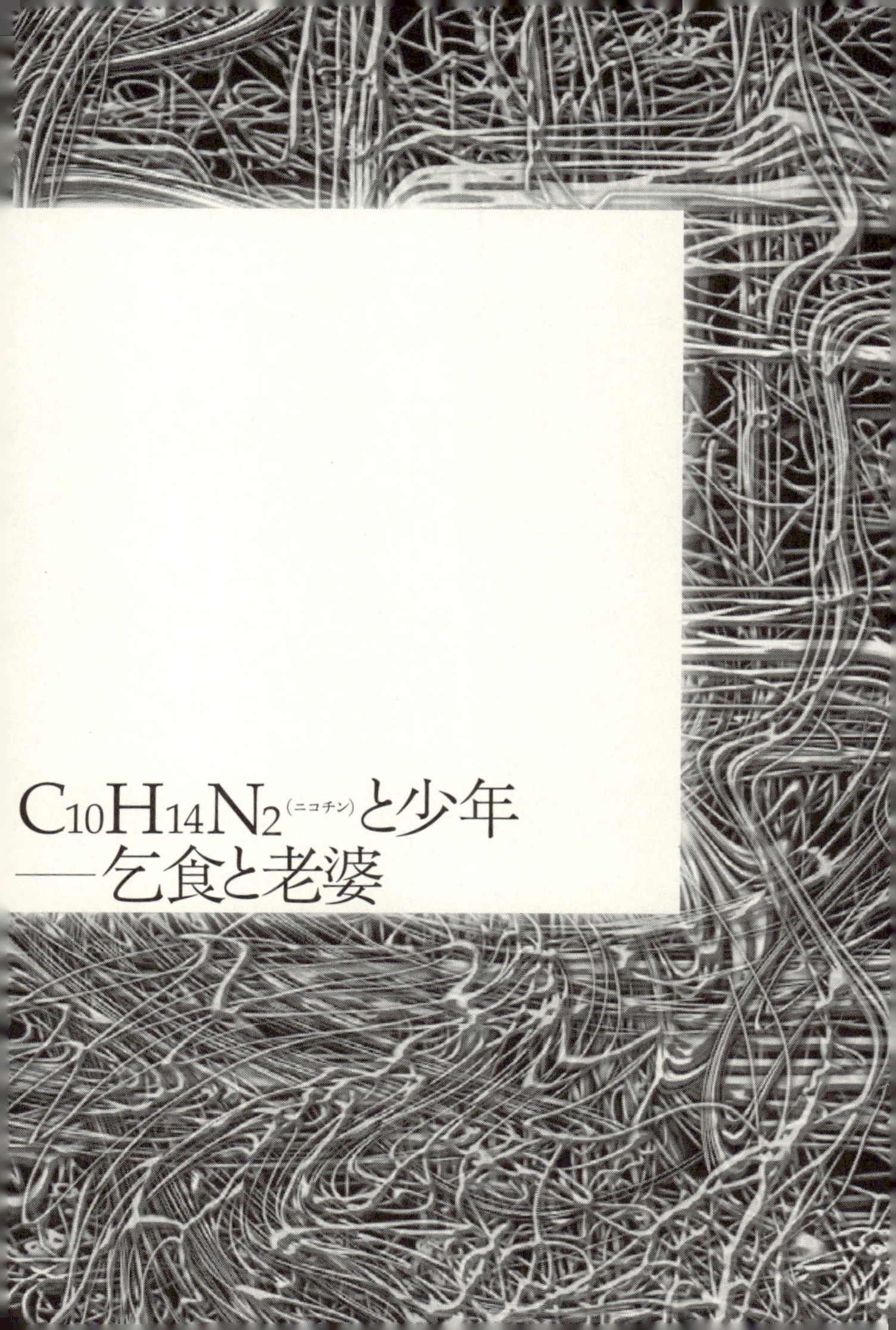

$C_{10}H_{14}N_2$（ニコチン）と少年
——乞食と老婆

たろうは町の外れに住んでいました。おとうさんは社長さんで、おかあさんはいつもニコニコ微笑《ほほえ》んでばかりいるような人でした。たろうには来月二歳になる弟がいましたが、まだ何を言っているのかはわからなかったので〝弟〟なのか〝おかあさんの大事な人形〟なのかが、まだはっきりしないような感じでした。

たろうは小さい頃から大きな声で挨拶のできる子でした。ですから、町で出会うたいていの人は今ではだれもが、たろうのことを好いていましたし、たろうも町の人を好きでした。

「おはようございます！　パン屋のおじさん」

「おはよう。良い天気だねえ」

「おはようございます！　おまわりさん」

「おはよう。気をつけてな」

ざっとこんな具合です。

たろうは学校でもよく勉強をする子供で他のクラスメートのようにふざけて鉛筆をもてなくなるまで削ってしまったり、窓辺の水槽にいる金魚に見とれていたりすることは、ほとんどありませんでした。

しかし、その日たろうがいつものように校庭でボール遊びをしていると、いきなり突き飛ばされたのです。たろうは激しく地面に身体をぶつけた痛みで目の前が真っ暗になりましたが、すぐに起きあがりました。するとそこには見たこともない少年が立っていました。「おまえ邪魔なんだよ」その少年はたろうを睨みつけました。「ここは俺の場所だぜ」

たろうはそれを聞いてびっくりしました。校庭は生徒ならばだれでも使って良いことになっていたし、禁止されている場所以外ならどこで遊んでいても怒られることはなかったからです。少なくともいままではそうでした。

「ここはキミの場所なの？」

たろうは自分同様、びっくりした顔で立ちすくんでいる友達を見ながら少年にそう聞きました。

「当たり前だろう。俺がそう言ってるんだ」

少年は手を振り上げ、それはたろうを殴ろうとするかのようでした。

すると友達のひとりが悲鳴をあげました。少年がその声に気を取られているうちにたろうはその場を逃げました。

「ああ、怖ろしい。あの少年はいったい何者なんだろう」

帰り道、たろうがいつものように一緒に帰る友達にそう言いました。するとその友達は困ったような顔をして「あれは市長のおめかけさんの子らしいよ」と言いました。

たろうは〞おめかけ〞という意味がわからなかったのですが、友達は知っていて当たり前のようにその言葉を使ったので「ふ〜ん」とわかったふりをしました。

たろうは玄関を入る時、なぜ自分はあの少年の乱暴な態度を先生に告げなかったんだろう？　ふと、そんな考えが頭をよぎりましたが、いつの間にか「ただいま！」と大きな声で挨拶をしながら家のなかに入っていました。

「今日は一人、馘首《くび》にした」

おとうさんは夕食中にまたそう言いました。

「そうですか」

おかあさんはバターをたっぷり塗ったスフレをテーブルに載せながら返事をしました。

「今日のは大物だ。ざっと一千万円は給料が節約できる」

「それは結構なことですわ」

「世の中には一千万なら命を捨てる輩《やから》もいる。金はそういう奴らに使いたいものだ」

「まったくですわ。わたしはよくはわからないけれど」

「女はわからなくて良い。女は無知なほうが価値がある」

「はいはい。もっとスフレを召し上がれ」

たろうはおとうさんのL字型にピンッと上に向いた髭が揺れるのを見ました。

「おとうさん」たろうは学校であった事を話そうと口を開きました。あの少年の乱暴な行いをおとうさんに吟味《ぎんみ》してもらい、自分が感じた理不尽を肯定してもらいたかったのです。

「あのね……」

その声にスフレを唇に運び終えたおとうさんの大きな頭が太郎に向きました。

するとどうしたことでしょう！　驚いたことにたろうの口からは思いも寄らなかった言葉が出てきてしまったのです。

「その人はこれからどうするの？」

おとうさんは一瞬、仰《の》け反《ぞ》るように天井の付近を見つめましたが、すぐにたろうへと視線を戻しました。「わからんな」

「働くところがなくなったら、困らないかなぁ」

「それは困るだろう。家族もいる」

たろうはおとうさんの目が怖くなっているのを見ました。それはこれ以上、話してはいけないという印なのです。たろうは黙って俯《うつむ》くとカップのスプーンを取り上げ、スフレを所在なげに掻き回しました。

「馘首になる奴には馘首になるワケがあるんだ、たろう。世の中はみなそうしたものだ。怪我をするには怪我をするワケが。嫌われるには嫌われるワケが。死ぬのには死ぬワケが。それぞれに相応《ふさわ》しいワケをそいつらは自ら背負《しょ》い込んでいるんだ」

おかあさんが背後からそっと近づくと、たろうのまだ温かいスフレのカップを下げました。

それを合図に太郎は〝ごちそうさま〟と小さく呟くと食堂を出たのです。

〝最近、変なテレビを見せてないだろうな〟

扉が閉まる間際、おとうさんの声が聞こえました。


その汚ならしい人を見たのは次の日の事でした。

たろうはまた少年にいじめられたのです。そう、今度はただぶつかったという程度のことではありませんでした。少年は昨日同様、いやそれ以上に激しく背後からたろうの背中に体当たりすると倒れた彼の腹をズックで蹴り上げました。

そしてハッキリと「これから毎日、お前を泣かす」と告げ、「こいつと仲良くしてる奴もみんな同罪だ」と友達にも宣言したのです。

たろうは帰りはひとりでした。いつも一緒に帰るはずの友達はたろうが手を洗いに行っている間《ま》に教室からいなくなっていました。

たろうはランドセルの当たる背中が痛くて、お腹が痛くて、くやしくて二度ほど町の人に挨拶するのを忘れてしまったほどでした。

気がつくとたろうは家の反対側にある湖の畔《ほとり》に立っていました。そこは普段から町の子供たちは近づくことを禁止されている場所でした。手入れされていない雑草が茂っている様《さま》はたろうがいつも遊んでいるような芝生とは似ても似つかぬものでしたし、様々なアレルギーを起こさせる病んだ草も多いのです。

そして、最も町の人が忌んでいたのは数年前、そこで子供がふたり見つかったからでもありました。幸い、子供たちの両親はそれぞれに町の名士でもなんでもない平々凡々とした勤め人でしたので大した騒ぎにもなりませんでしたが湖面を〝変な臭い〟が漂い、その苦情でやってきた保健所の人たちは飴のように溶けて曲がった子供の腐り果てた屍体を見て腰を抜かしたそうです。

犯人は見つからず子供たちは死に損でしたが、そこはそれ普通の家の子だったのでさほど血眼《ちまなこ》になる事もなかったのです。

たろうは自分が何故、そんな所にやってきたのかすら忘れ果て、黒くて厭な臭いを湛《たた》えている湖面を眺めていました。

すると突然、人の声がしました。振り返ると岸のすぐ脇にビニール張りの粗末なテントがありました。声はそのなかから聞こえてくるようです。

たろうは拳を強く握るとテントに近づき、なかを覗き込みました。

薄暗いテントのなかに人が倒れているのがわかりました。声はその人からしてきたのです。

「大丈夫……大丈夫ですか？」

たろうは入口に立ったまま、繰り返しました。すると三度目でその人は〝む〜ん〟と唸《うな》り、身体を起こしたのです。

小柄なおじいさんでした。

「腹が減ってしまっぱ……」

おじいさんはそう掠《かす》れ声を出しました。

たろうはランドセルのポケットにキャラメルがあったことを思い出し、箱ごとおじいさんに放り投げてみました。

おじいさんは凸凹《でこぼこ》したテントに放り出されたキャラメルをアッという間に摑み喰いしてしまいました。

「とーにょーでな」

キャラメルを食べ終わったおじいさんはひと息つくと、恥ずかしそうな笑みを浮かべてたろうを見、次にテントのなかに入るよう手招きしました。

「甘物《あまもの》が切れると動けんくなるのじゃ」

たろうは靴を脱ぐと、その小さなおじいさんのそばに座りました。ところどころ変色した白い髭が首筋にかかるまで伸びっぱなし、服は垢と埃でテカテカと固まったそれはそれは汚ならしいおじいさんでした。

「どうもありがとう」おじいさんは頭をぺこりと下げました。「はてさて、どんなお礼をしたら良いか……」

「お礼なんかいいです」たろうは言いました。するとおじいさんは軽く頷いて、隅にある小箱から何か取り出しました。

「これをあげよう」

おじいさんは指先で摘《つま》んだ光る何かをたろうの掌に落としました。

それはとても小さな硝子《ガラス》でできた子鹿でした。

「女の子じゃないから厭じゃろうが。あいにく今はそれしか持ち合せがなくての」

たろうは頭を下げると靴を履きました。

「またおいで」おじいさんの声が聞こえました。


帰宅したたろうは夕食を食べながらいろいろなことを思っていました。あの暴力をふるう少年のこと、友達が自分を避けていること、そしてあの湖の老人のこと。でも、おとうさんはとても忙しそうでしたし、おかあさんはたろうがそんな発言をすることで夕食の雰囲気が壊れるのは嫌がるに決まっていました。ハッキリはわかりませんが、たろうはそう感じたので全てを食べ物と一緒にお腹のなかにしまっておくことにしました。

食事を終えて部屋に戻ると大きな紅い月が出ていました。

たろうは窓に近づくと月を眺め、それからその下に広がる湖水を見ました。そうだ、あのおじいさんのテントもあるはずだ。と突然、落とし物を見つけたような嬉しい気分がして、たろうは岸に目を凝らしました。するとおじいさんのテントがポツンと立っているのが見えました。そして、そのそばの岸辺にもだれかいたのです。

たろうは去年のクリスマスに貰った双眼鏡を取り出すと部屋の明かりを消して、窓辺に戻ってきました。そしておじいさんのテントの辺りにレンズを向けたのです。双眼鏡のズームを操作するとテントはすぐ目の前に迫ってきました。少し風があるのかテントの上がぱたぱたと揺れていました。なかからの明かりでそれはボンヤリ光って見えました。

昔、たろうはそんなふうにボンヤリほとほと光る物を見たことがありました。たろうの家は昔、事件があった屋敷で今でも〝入ってはいけない部屋〟がいくつもあるのです。たろうはまだ小学校に上がる前、廊下の隅にあるその部屋から明かりがボウッと浮かび上がり、それが玄関から階段を巡って天井付近で消えたのを見たことがあるのです。おじいさんのテントはあの時の明かりそっくりでした。

双眼鏡を移動させると岸にいる人影が大きく映し出されました。それはあのおじいさんでした。おじいさんは岸辺に座っていました。びっくりしたことにあの汚いするめの臭いがする服を着ていませんでした。裸で座っていたのです。おじいさんは地面に置いてあるヘルメットのようなものから湖の水を掛けていました。傷だらけの痩せた背中が見えました。顔はあんなに黒いのに背中と腕は生白いのです。たろうはテレビで見た鰻《うなぎ》の背腹を思い出しました。おじいさんは何度も何度も湖の水を被《かぶ》り続け、時折、口に入った水をブッと吐き出し、飛沫《しぶき》が顔の前で舞っていました。身体を洗っているように見えても石鹸を示す泡はなく、ただ濡れた手で全身を揉《も》むように擦《こす》るように撫でているだけでした。

おじいさんの身体はやせっぽっちで、それでいて脇腹や腕の裏はぶよぶよとしていて何の役にも立ちそうにありませんでした。あの身体はただあの小さな小さなおじいさんの肉体をその日その日、動かしていくだけで精一杯。とても世間や人様の役に立つようなことは一ミリだってできそうもない、そんな使い尽くされた残り滓《カス》のような身体でした。

たろうはそんな惨めなおじいさんの身体を見ていると悲しみでいっぱいになりました。たろうはもし自分があんな身体になったら死んでしまうだろうなと思いました。そしてあの人は何で死なないのだろうかとも不思議に思いました。

すると画面のなかのおじいさんが立ち上がり、湖のなかに入っていきました。たろうは自分が思っていたことが今、目の前で行われるのではないかと感じ、息が詰まりました。あの湖の縁は急に落ち込んでいるし、一旦落ちると岸辺がヌルヌルしていて上がるのにとても苦労するようになっていたからです。

でも、そんなたろうの思いとは裏腹におじいさんはひょいっと飛び込むと沈み込み、暫《しばら》くすると岸から離れたところへポカッと仰向きになって浮かびました。両手を伸ばし、十字架の形になったおじいさんはフワフワと湖面に浮いていました。

それは大きな水母《くらげ》。ただ存在しているだけの水母でした。

おじいさんは顔の際《きわ》まで水に漬けたまま時折、目をつぶったり開けたりしては月をぼんやり眺めているようでした。

双眼鏡をもつたろうの腕がしびれてきた頃、ようやくおじいさんは岸に戻り始めました。おじいさんは湖に入ったのと同じ場所にたどりつくとヨロヨロと上がってきたのです。たろうはおじいさんはどんな顔をしているのだろうと思いアップにして待ちかまえていました。

するとおじさんのお腹が大きく目の前に飛び出したかと思うと性器が象の頭のように画面一杯に映ったのです。それはくしゃくしゃと縮んだ皮の蚯蚓《みみず》のようでした。そして先からは中身の肉が見えています。

しかし次の瞬間、たろうは息を飲みました。

おじいさんの性器の先はふたつあったのです。右と左に二本。

たろうは驚きました。思わず双眼鏡を外して顔を上げて窓を見、それでは遠くて見えないことを悟ると再び、双眼鏡に釘付けになりました。

おじいさんの性器はふたつ！

たろうは頭がくらくらして何もわからなくなってしまい、ベッドに倒れ込むとそのまま朝まで寝入ってしまいました。

そして翌日、またたろうはあの少年に殴られたのです。

確かにたろうは昨日のおじいさんのふたつのチンチンが頭から離れず授業も上の空でした。〝あれはなんだろう。あのおじいさんはこの世の人ではないのかもしれない〟だれかにこの疑問をぶつけたくてぶつけたくて堪《たま》りませんでしたが、いまだおかあさんにも先生にも言えずにいたのです。そしてボーッとしているところをやられたのです。

しかも、今度は不意に背中をやっつけるようなやりかたではなくて面と向かって「おい、おまえ」と声をかけたうえで殴られたのです。何が起きようとしているのかわからぬままたろうは殴られました。少年の拳が頬に当たった途端、激しい痛みと口のなかに血の味が広がりました。

たろうは驚いた顔をしたまま先生を呼んでくるでもなく立ちつくしている友達の姿が目に入り、腹が立ちました。〝なぜ君たちは僕を助けてくれないんだ〟〝なぜ僕はこんなことをされなくちゃならないのだ〟そう思うと自然に涙も溢れてきたのです。

「おい、こいつと今、遊んでいた奴はだれだ」少年は次にそう言い放つと「おまえだな。それとおまえ」とたろうの友達に近づき殴りつけました。友達も俯《うつむ》いたまま拳の当たった場所を手で押さえるばかりでした。

下校時間になってたろうが友達に近づくと彼らは走って逃げていってしまいました。

〝なんであの子はこんなに酷《ひど》いことをするんだろう〟たろうはまたあのおじいさんのテント

にやってきていました。

「おじいさん……」たろうは昨日のように入口に立つと薄暗いなかにむかって声をかけました。何の返事もないので頭を上げるとテントの裏から呻《うめ》き声が聞こえてきました。回り込んでみるとそこにはあの小さなふたつのチンチンをもつ汚ならしいおじいさんが怪我をして倒れていました。手にはパンの耳をしっかりと握ったまま。

「おじいさん……どうしたんですか？」

たろうは思わず駆け寄るとおじいさんを起こしました。

おじいさんは〝ありがとうありがとう〟と何度も呟きました。

見るとおじいさんの顔は腐った野菜のように腫れ上がり唇からは血が出ています。

「どうしたんですか」たろうは聞きました。

するとおじいさんは〝こんなことは初めてだ……あぁ、初めてさ〟と頭を振りました。

「転んだんですか」たろうが言うとおじいさんは首を振りました。

「転ぶ者は幸せさ、今のわしよりね。殴られたんじゃ」おじいさんはまた頭を振りました。

「殴られた？　警察に言いますか？」

たろうの言葉を聞いたおじいさんは静かに首をまた振りました。

「ははは……警察はぼっちゃんたちのものだ。あたしらのもんじゃない。それはわかっているんだよ……。でも、厭でなかったらどうしてこんな目に遭ったのかを聞いておくれよ。それが薬になる。酷い目に遭って、それをだれにも告げずにいることほど身体に毒なことはないからねぇ」

たろうは取り敢えずおじいさんをテントのなかにまで運び込みました。その時、自分の目がいつもより多めにおじいさんのズボンのチャックに注がれるのを感じました。そこは何の変哲もないように見えました。

「パンを買いに行ったんじゃよ。ほら、小学校のそばにあるじゃろう。看板の代わりに大きなコッペパンの模型を店先に吊してあるところさ」

「キュウベエさんのお店です」

「ああ、あの男はそういうのかね。キュウベエ……キュウベエ、ふん」

「彼がどうしましたか？　温和なとてもいい人ですよ。僕は毎朝、顔を合わせるからよく知っています」

おじいさんはたろうの言葉を手を挙げて制した。

「わしは二十円、もっていたんじゃ。今朝がた自販機の下から拾ったんじゃよ。それがわしの仕事の一部じゃからな。で、それでパンを買いに行った」

「おじいさん。二十円じゃ、パンは買えませんよ」

「全部はな。わしは二十円分のパンを買いに行ったんじゃ。店先にあの男が居たのでこう言ったのさ。〝わしは貧乏でお宅の品をちゃんと買うことはできません。けれど毎日毎日、お宅の前を通る度に匂ってくるえも言われぬ素晴らしい麵麭《パン》の香りは忘れられないのです。この老人を哀れだと少しでもお思いなさるのならこの代金分だけで結構ですから、ひとつわけてやってはもらえますまいか？〃となあの男は黙って代金を受け取ると店の奥に戻った。失礼のないように頭も下げ、笑顔も忘れなかった。わしはこんな身なりじゃから店先では迷惑になろうと離れたところで待っていた。しかし、ついにあの男は戻ってこなかった」

たろうは俄《にわか》にはその話を信じることができませんでした。だってキュウベエさんはとても人格者だったのです。職人としても立派ですが町の一員としても素敵なおじさんだとたろうは毎日、挨拶を交わす度に感じていたのでした。お金だってたろうの家ほどもっていると は思えませんがおばさんとふたりで暮らすには充分な蓄えが既にあると思われましたし、町内会の副会長でもあり、赤十字会員でもあり、子供110番推進委員でもあるのです。

そのおじさんがこんなボロボロの服を着た、力もない、何の役にも立たない、人より多くもっているのはチンチンだけというような哀れな人のお金、それもたった二十円ぽっちを盗んだりするものでしょうか？

「わしは店の横にある木戸からなかに声を掛けた。するとあの男がオーブンで使う薪《まき》を割っているのが見えた。じゃから声を掛けたんじゃ。〃だんなさん……だんなさん、こんなじじいのことじゃからお忙しいあなたは忘れなさったろう。そうじゃろう。でも、待っていますよ。ここで待っていますよ。あなたのおいしい麵麭をひと口なりと味わえることを〃とな。

ところがあの男は返事をせんばかりか時折、薪を割るふりをして鉈《なた》を持ち上げてはわしを睨みおった。わしはその時に……ああ神様、またわたしはやられてしまいましたと天を仰いだもんじゃ。わしは今までに散々、厭な目に遭っとるから、そういう厭なことがこれから始まるというのがわかるんじゃ。わしは木戸を摑んでいた手を離すと溜息をひとつついた。そして〝またやられたわい〟とだけ呟いたんじゃ。帰ろうと思ってな。すると二歩もいかないうちにあの男が飛び出してきてわしを殴り始めた。あとは何がなんだかちっともわからなくなってしまったよ。気がついたら店からみっつほど角を離れたゴミ捨て場のなかへと放り込まれていたんじゃ。コーヒーや卵の殻と一緒にね」

おじいさんは傷が痛むのか低く呻くと脇腹の辺りを押さえました。

「それで歩いてここまで戻ってきたんですね」

おじいさんは頷いた。

「普段は気儘《きまま》な暮らしじゃが。生きる辛さを感じるのはこんな時じゃよ。それにしてもあの男のやり様《よう》は酷《むご》い。銭も取られてしもうた。それに全くの無言劇。あんな仕打ちは初めてじゃ。怖ろしい人間じゃ。狂っとる」

「おじいさんは、どうしてこんな暮らしになったの」

たろうはふと疑問に思っていることを口にしました。おじいさんは哀しげな笑みを口元に浮かべたまま、たろうをじっと見つめました。

「どうしてそれが気になるのかな？」

「僕はおじいさんみたいになりたくないんだ。だからどうすればおじいさんのような暮らしにならずに済むか知っておきたいんだ」

「そうすれば安心できるってわけだね」

「おとうさんは何にでもわけがあるって言ってたよ。病気になるには病気になるわけが。怪我をするには怪我をするわけが。乞食には乞食になるわけがあるはずでしょう」

「ぼっちゃんのおとうさんはずいぶんとお偉い人のようだ……」おじいさんは呟きました。そして白ぼけた髭を何度も撫でた後、また口を開きました。「さあて……。わしがこうなったわけというのはどういったものかな……」

「怠けでしょう？　怠け？　怠け者だったのでしょう」

「違うな。わしは人以上に一生懸命働いたよ」

「じゃあ、お酒だ。お酒のみだったのでしょう（アル中だ）」

「違う。わしは酒は飲まん」

「じゃあ、お金だ。無駄遣い。それで駄目になったのでしょう」

「わしほど考えてお金を使う者はおらんかったよ」

たろうは困ってしまいました。自分が本やテレビで見た不幸《ダメ》になる人間の〝素《もと》〟をいくら話してみても、おじいさんは首を振るばかりなのです。

「それじゃあ、どうしてこんな暮らしなのさ。全然、わからないじゃないか」

たろうは遂に悲鳴をあげました。おじいさんも黙って腕を組んだきりです。

その時、テントが少し不自然に動いたのです。

驚いて顔を上げると戸口を黒い人影が覆っています。

「だれかいるのか？」それは硬くて怖い声をあげました。

「は、はい」たろうとおじいさんは同時に返事をしました。

「なんだ……みさきさん家《ち》のたろうくんじゃないか」

人影がしゃがむとそれがたろうが知っているおまわりさんだということがわかりました。

「こんなとこに居るとおとうさんが心配するよ」

たろうはばつが悪そうに立ち上がるとランドセルを手にして外に出ました。

「驚いたな。きみがこんなテントに入り込んでいるなんて……これはきみが出入りするようなテントではないよ」

おまわりさんは首筋に光る汗をハンカチでしきりに拭いながら笑いました。

「ごめんなさい」

「あなたがこのテントの持ち主ですか？」おまわりさんはおじいさんに問いかけました。

「ええ。少しの間、湖畔をお借りしております」おじいさんも外に出てきました。「ご迷惑でしたらすぐにでも片づけますです」

たろうはおじいさんのチャックをまたたっぷりと見てしまいました。

「たろうくん、私はこのおじいさんと話があるから先に帰ってなさい」

たろうは頷くとおじいさんへの挨拶もそこそこに背を向けました。

「このことはおとうさんには黙っておこう」

おまわりさんの言葉が聞こえ、それを聞いたたろうはほっと安心して走りだしていました。


その晩も、たろうは夕食が終わって自分の部屋に戻ると双眼鏡を手にしました。しかし、いくら見回してもテントもおじいさんも見つからないのです。きっとおまわりさんに注意を受けたおじいさんはあそこに住むのを諦めて他の町に移っていってしまったのです。

たろうはガッカリしました。どうしてってこれでもうあのおじいさんのチンチンを見ることができなくなってしまったからです。これでもうあのおじいさんに〝なぜそんなチンチンをしているのか〟聞くことができなくなってしまったからです。やはり無理にでも聞いておけば良かった……。

たろうは胸が苦しくなってきました。そして、その瞬間あのことに気がつき、頭をがつんと殴られたようなショックを受けたのです。

あのこととは、あのおじいさんの惨めな暮らしのことです。〝どうしてあんな暮らしぶりになり果ててしまったのか？〟ふたりで……いや、たろうが必死になって探し出そうとした

〝わけ〟は、きっとあのチンチンに隠されているに違いないのです。なのにもうあのおじいさんはいないのです。もうだれにも聞くことはできないのです。でも、その謎はきっとたろうを一生苦しめるでしょう。

そう思うとたろうは頭がおかしくなりそうでした。

たろうはその夜、あまりの口惜しさに枕を涙で濡らしました。

「彼は何もしていないと言っているよ」

先生はたろうに言いました。たろうは昨日からひとりで登校していました。そして今朝、あの少年に泥を食べさせられたのです。彼は校庭の泥を手で掬《すく》うと「あんこだ。喰え」と言い、たろうが戸惑っていると周りの少年に命じてたろうを押さえつけさせ、無理矢理、口に詰め込んだのです。

その時、たろうを押さえつけたのは全員、クラスメートでしたし、少年の顔色をちらちらと窺いながらいつまでも抵抗して口を開けようとしないたろうの腹を蹴り飛ばしたのは、大親友のひとりでした。

たろうは一時間目に遅刻してしまい、先生に呼び出されたのです。そしてたろうは少年の仕打ちを涙ながらに訴えたのでした。先生は少年も呼び、その後にたろうも呼んだのです。

たろうは先生に抗弁することができませんでした。なぜってそれは先生だからです。先生は生徒が口答えするのを〝毒蛇に噛まれたようだ〟といつも口癖のように言っています。たろうはただ一言だけ、「今日は早く帰って良いですか」と告げ、それは先生によって承認されました。

下駄箱で靴を取り出しているといつも一緒に帰っていた友達が駆け寄ってきました。

「たろうくん、もう帰るのかい？」

「うん」

たろうは友達の顔を見ながら精一杯、自分の悲しい気持ちを顔に出しました。少しでもわかって欲しかったのです。声をかけてきたのは幼稚園から仲良しの大好きな友達でした。

「あの子、明日はおまえを殺すって言ってたぜ。チクッたんだってな、おまえ」

たろうは顔を上げました。友達はロボットのように無表情でした。

「おまえ、俺と友達だったなんて絶対言うなよな」

友達はその時だけにっこり微笑むとたろうのランドセルを強く叩いて走っていきました。

校庭を横切っていくとき、何人ものクラスメートが自分を見ているのがわかりました。でもだれも「どうしたの？」とさえ声をかけてはくれませんでした。校門を出た瞬間、ボールが門に叩きつけられ激しい音をたてるのがわかりました。

〝死ねばいいのに……あいつ〟

そんな女の子の声が塀の向こうから聞こえました。

途中でたろうはキュウベエさんのお店の前を通りかかりました。

「たろうくん！　きょうはもう終わりかい？」店の奥からキュウベエさんがニコニコと笑いながら出てきました。「おや、どうした？ そんなに悲しい顔をして」

「なんでもないんです。キュウベエさん、少し喧嘩してしまって……」

するとキュウベエさんはたろうの肩にそっと手を置きました。「たろうくん、おじさんはいつまでもキミの味方だよ。弱い者いじめなんかする奴は人間の屑だ。おじさんはたろうくんのおとうさんほどお金はないが、嘘をつくことと弱い者いじめだけは一度もしたことがない。そしてそれがおじさんの自慢だ」

「人を騙《だま》すのもいけないことでしょう」

「そんな人間には死を！」キュウベエさんは少しおどけてそう言いました。「ははは、まあそれは冗談だが、あ、そうだ焼きたてのパンがある。ひとつもっていきなさい」

「いいです」

「いや、たろうくんがそんな顔をしていると可哀相でな。少しでも元気を出して欲しいんだよ」

キュウベエさんはぺろっと舌を出しました。

たろうはすぐ家には戻らず湖畔にやってきました。そしておじいさんのテントの辺りに着いたとき、驚くものを発見したのです。それはテントの残骸でした。黒く縮れた燃え滓のあいだに見覚えのある小箱やおじいさんの身の回りのものが散らばっていました。

〝燃やしてある！〟たろうは驚きました。するとすぐそばの茂みからおじいさんが姿を現したのです。

「おじいさん、どうしたんです？」

なんとおじいさんは今、水から上がったばかりのように上半身裸でしかもぐっしょり濡れていました。妙なことに顔や肩、腹にかけてべろべろと皮が剝《む》けていました。おじいさんはベルトの代わりにしている縄を震える手で結んでいました。

「ぼっちゃん、ここは……この町は怖ろしい町だ。ここは人でなしの住む町だと噂では聞いていたが、これほどとは……んてことなんてことだ」おじいさんは座り込んでしまいました。

「わしはもうおられん。いかにわしでも……いかに」

「おじいさん、どうしたのさ」

「ああ、聞いておくれ。この町で頼りはあんただけだ。わしは昨日、焼き殺されるところだったんじゃよ。生きたままな」

「焼き殺す？　警察に言いますか？」

「はは……わしを焼こうとしたのはその警察だ。ぼっちゃんが昨日逢った、あの男だよ」

たろうは驚きました。あの親切で強い、正義の味方のおまわりさんが、こんなボロボロの何の役にも立たない、放っておいても勝手に朽ち果ててしまうような、社会不適応もいいとこの、人より多くもっているのはチンチンだけというような哀れなおじいさんをわざわざ焼き殺そうとするでしょうか？

「どうして……そんな」

たろうの問いにおじいさんは頭をかかえてしまいました。

「全く理屈がわからんよ。ぼっちゃんの姿が消えた途端、態度ががらりと変わってしまってな。初めは簡単な質問じゃったが、少しでも詰まったり答えが遅れると髪を引き毟《むし》られてしまった」

おじいさんはそう言いながらたろうに頭を向けました。なるほどそこはバリカンが食い散らかしたように滅茶苦茶になっていました。

「そのうち質問なぞお構いなしに殴り始めての。殴られ殴られ気がふれてしまいそうになるほど殴られた。あの男はパトカーからガソリンを汲んでくるとテントに浴びせ始め、気絶しているわしとももども、焼き払うつもりで火をつけたのじゃ」

おじいさんは話しながらも思い出したのか震えていました。顔は煤《すす》で真っ黒になり、見れば髪も眉も髭もちりぢりになったり、なくなっていました。

「ぼっちゃんには悪いが、わしは今日限りでこの町を出ることにするよ。ここは……ここは」

おじいさんはたろうをグッと睨みつけました。

「狂っとる！　狂い尽くされておる！」

たろうはおじいさんの話を聞きながらも濡れて黒くなったズボンから目が離せなくなっていました。

〈あそこにあるのだ!!〉この大疑問を氷解させる好機は今を逃しては二度と来ないでしょう。たろうは昨日、後悔した時の苦しみ痛みがゆっくりと蘇ってくるのを感じていました。それは身を締めつけるような酷い歯痒《はがゆ》さでした。

「あ、これかい？　これは水に入っておったんじゃ。火傷が熱をもって疼《うず》いて仕方ない。湖水に漬かっているとしばらくは痛みが治まるんじゃ」

たろうの視線に気づいたおじいさんは半分照れたように付け足しました。そしてたろうが手にしている紙袋に目を留めました。

「ぼっちゃん、それは何かな」

おじいさんの言葉にたろうは我に返りました。

「ああ、これはキュウベエさんがもたせてくれたんです」

「ほう、あの人でなしが……するとそこにはあの人でなしの造った麺麹が入っているのかな？」

「ええ」たろうは頷くと紙袋の口をおじいさんにも見えるように広げました。なかにはデニッシュが五つほど入っていて濃厚なバターの香りが溢れてきました。するとで井戸の底を覗き込むようにおじいさんはなかを見ました。するとで裸の痩せたお腹が激しく裸の痩せたお腹が激しく波打つと同時に鳴りました。

「はは……腹は主人ほど、あの男を嫌ってはいないようだ」

たろうはおじいさんが潤んだような目で袋の麵麭と自分を交互に見つめているのに気づきました。「食べますか?」たろうの言葉におじいさんは力強く頷くと袋を受け取り、その場に座って食べ始めました。

「これぐらいの施《ほどこ》しは当然じゃろう。奴らのしでかしたことにすれば安いもんじゃ」おじいさんはデニッシュを頰張ります。「なにしろ死にかけたんじゃ。そう死にかけた……」

「おじいさん……」たろうは声をかけました。

「それにしても、この町で人間はぼっちゃんだけじゃ。怖ろしい町じゃよほんとうに……あんたも大きくなったらすぐにでも出た方がええ」

「おじいさん……いつ出て行くんですか?」

「これを食べたらな。行こうと思う。いやあ、ほんとうに素晴らしい少年じゃ、あんたは。きっと神様のご加護があるじゃろう。こんな町にいてぼっちゃんほど心をもった子が育つというのはまさに奇蹟じゃな」

おじいさんは口一杯のデニッシュに時折、つっかえながら、いかにたろうが心優しいか、すばらしい行いをしているかをまくし立てました。

「おじいさん……教えて欲しいんです。僕は気がかりで……」

「ほんにぼっちゃんは将来、大物になる。まあ、わしが太鼓判を押してもいかがなものかとも思うが、このまんまの気持ちで大人になれたらきっと大人物じゃ。まさに末は博士か大臣かじゃな……ははははは」

「おじいさん、おじいさん……僕は確かめておきたいことがあるのです……。とてもとても重要なのです」

たろうはクチャクチャと音を立てるおじいさんの口を見ていました。

時折、舌が抜けた歯の隙間から鼠のようにウロウロと覗く、そんな口です。

「困ってる人はこの國だけじゃないぞ。あんたみたいな若者を必要としている國は世界中、あっちこっちにある。そのためにも大いに勉強しなければならんな。大いに勉強して、それも言っとくがなまじな勉強では駄目だ。貧しい國の人々はそれこそ死にものぐるいで勉強しとる。そういう奴らと互角に戦うには、こんなぬるま湯に入っているような世界の気分では駄目じゃ」

「おじいさん、おじいさん……少し……聞いてくれませんか……」

「昔の子供はこんなふうじゃなかった。勿論、あんたばかりを責めるわけじゃないぞ。しかしな、今はぬるい。社会全体が温室栽培というか子供のまま大人になってしまったような輩が大手を振って歩いておる。そういう……」

「おじいさん、おじいさん……僕、破裂しちゃいそうなんです」

「克己心《こっきしん》！　これに勝る兵法なしじゃ。わしがあんたぐらいの時にはまだこの國も健康で生き生きとしておった。一に勉強！　二に勉強！　さんしが出てきてイラッシャ〜イ。みたいな」

たろうは棒を拾い上げるとおじいさんの腕をぴしゃりと叩きつけました。

「じじい！　俺の話を黙って聞け！」

デニッシュがおじいさんの口からぽろっとこぼれました。

一瞬、世界は停止し、静物画のようにふたりは湖畔に立っていました。

「な、なんじゃと？」やがて、おじいさんは弱々しい笑みを向けながら信じられないといった顔つきでたろうを見ていました。それはほんとうに弱々しく、いじいじとした、それでいて忘れられないような哀れな目でした。「冗談じゃの……いやいや、それはいったいだれの真似じゃ。キンゴロウーか、あのパン屋の……」

「脱げ」たろうは再び、おじいさんを叩きました。「裸んなれ……じじい」

「な、なんでじゃ……」

たろうは無言で再び、おじいさんを殴ります。

弾みで倒れたおじいさんは悲鳴をあげ、それから弱々しく首を振りました。目からは涙がぽろぽろとこぼれます。

「なんでじゃ……なんで、キミまでが……」

たろうはおじいさんの腹を棒の先で強く突きました。

それは思った以上に強く刺さり、皮がべろりと剝け、血が出ました。

おじいさんは口をあんぐりと開けたまま、たろうとお腹を交互に見比べていました。それは何度も何度もといった感じで……。やがて、おじいさんの顔から驚きの表情が消え代わりに悟ったような静かな表情が現れました。

「やれやれ……どうやらまたわしは見誤ったようじゃ」

「うるさい」

たろうはおじいさんの肩を思い切り殴りつけました。

おじいさんは顔をしかめながら立ち上がると縄を緩め、ズボンを落としました。

「パンツもだ」たろうは冷たく言い放ちました。

「なんてことじゃ……なんてこと……」

おじいさんは痩せた身体にたった一枚残った布も脱ぎ去りました。おじいさんは股間を手で押さえました。

「手をどけろ」

おじいさんはその声にハッとしたように顔を上げましたが、やがて観念したかのようにゆつくりと手を身体の脇に下ろしました。

するとそこには双眼鏡で見たとおり、ふたつのチンチンがあったのです。でも、それはたろうが思っていたようなふたつに生えているチンチンではありませんでした。

根本は同じで先がふたつに分かれていたのです。

下を向いたままのチンチンからは何か白い汁が糸を引いて地面に落ちていきました。

「なんだそれは？　言え！　なんだその変な形は！」

「これは昔、親友だと思っていた人間から受けた傷じゃ……今、見ても惨《むご》たらしいやり口《くち》が残っとる」おじいさんは呟きました。

たろうは一歩前に出ると棒の先でチンチンを押しました。

おじいさんが低く呻くと、またチンチンから液が糸を引いて落ちました。

「たったひとりの友人だと思っていた奴がいたずら半分でわしの身体にこんな仕打ちをしていった。世の中にはこんな酷いことをする人間もいるのじゃ」

おじいさんはそういうとその場に立ったまま顔を覆い静かにすすり泣き始めました。

たろうは思わずおじいさんを打ち据《す》えていました。

何度も何度も……。おじいさんの悲鳴にも哀願にも応えず全身の力をこめて棒が折れるとそれに代わる新たなものを拾い上げては殴り続けました。それはなかなか死なないゴキブリを叩いているような気分でした。

「怖がらんで良い……わしはあんたをちっとも悪い人間だとは思っとらんよ」おじいさんは苦しい息の下からそう言いました。「あんたは優しかった。それはほんとうじゃ。胸を張りなさい。それは事実。じゃが、ほんの少しだけこの病んだ町の空気が身体に入り込んでしまったのじゃ……わかる。わしにはわかるぞ。だからわしはこの事をだれにもいわんよ。もっと酷い目に遭《お》うてきたからのう。わしはあんたを恨む気にはなれんのじゃ。気の毒にはなるがの」遂におじいさんは仰向けに倒れました。

たろうは近くにあった大きな石を全身の力を使って抱え上げると倒れているおじいさんの頭上に差し上げました。

「ぼっちゃんは優しい子じゃ。それはほんとうの……」

たろうは石を落としました。それはおじいさんの腹の上に落ちました。おじいさんはギャベチャと悲鳴をあげると白目を剥いたまま動かなくなりました。

たろうは息が落ち着くのを待って、おじいさんのチンチンを踏みつけ、ランドセルを拾うと家に駆け戻りました。

その晩、たろうはもう一度、双眼鏡でおじいさんのいた辺りを探りました。するとなんという偶然でしょうか、気絶から起きたばかりのおじいさんを見つけることができたのです。おじいさんは裸のままヨロヨロと立ち上がるとズボンとパンツを身につけ、テントの周囲に散らばった焼け残りをゆっくりゆっくりと拾い集め始めたのです。そしてそれを黒いゴミ袋のようなもののなかにすっかり詰め終わると顔をしかめながら立ち上がりました。

その時、ふと、おじいさんは岸辺に何か見つけたかのように突然、湖水の縁に近づくと急に腰を屈《かが》めたのです。そして足が滑ったのでしょう。大きくバランスを崩すとそのまま二、三歩たたらを踏んでジャブンと湖に落ちてしまいました。見ているとおじいさんはあの時のように浮こうとはせずに必死になって手足を動かしていました。月光に浮かぶおじいさんの顔は痛みを堪《こら》えているかのように歪んでいました。そして、たろうの目の前で二度三度と水のなかに沈んでは浮き、沈んでは浮きしました。

湖におじいさんの波紋が大きく大きく広がるのが見えました。

なんとか岸辺に近づいたおじいさんは必死になって上がろうとしますが泥が滑っているせいか、それとも力が足りないのか何度やっても、また岸から離れてしまいます。おじいさんは泣いていました。月を見上げながら何かをしきりに呪っているようでもありました。

そして最後に一度だけ空に向かって拳を突き上げると、そのまま穴の開いた船のように沈んでいってしまいました。顔が完全に湖水に沈んでしまう瞬間、おじいさんは双眼鏡のなかで確かにたろうを見つめたようでした。

おじいさんはすっかり沈んでしまいました。

やがておじいさんの造った波紋がすっかり消えてしまい、またいつものように静かな湖面になった頃、やっとたろうは堪えていた息を吐き出しました。

次の日の朝早く、たろうはおじいさんの沈んだ辺りに行ってみました。すると岸辺には這い上がろうとした爪の痕がたくさん残っていました。たろうはあのおじいさんの嘘偽りのない命がけの戦いの痕がたったこれだけなのかと思いました。

そしておじいさんが屈んだ辺りの岸辺の泥のなかに、あの硝子の子鹿が割れて埋まっていました。

あの人はこれを拾おうとしたのだ。

こんなものを拾うために死ぬなんて……。

本当にくだらない人だったなとたろうは思いました。

Ω《オメガ》の聖餐

ぱこんッといった。

いや、本当は〝ぱくぅあん〟だったかもしれないが、とにかく俺にはそんな感じに聞こえた。見るとスナギモはマンションの床に倒れていて、安いタイル張りの床に血をジクジク流していた。そんなになっても奴の副交感神経だか、反射神経だかは表情筋を操り、お馴染《なじ》みの愛想笑いを浮かべさせていた。スナギモは池袋《ぶくろ》や上野《のがみ》を縄張《しま》りにしている売人《ネタ師》で、俺はその手伝いをしながら糊口をしのいでいた。スナギモの後頭部を撃ち抜いたのはハツというスナギモの兄貴分で、俺は初めて彼に逢い、その場で、知り合いを至近距離で射殺するのを見物させられた。

「豆泥棒」

ハツはスナギモの喉元を踏みつけると半開きになった口のなかへ痰を吐き入れた。ハツは子分らしきものを四人引き連れていた。全員が俺と同じくマンションに入るなりスナギモを射殺したハツにビビッていたようだった。ハツはそんな空気を無視しながら形を整えるみたいに足で、スナギモの顔を床に擦りつけていた。

スナギモの顔はズリズリと音をたてた。

スナギモはこれから一緒に〝ある動物の世話〟をするのだと言っていた。その動物はハツを始め、スナギモが信頼する人々にとって非常に大事な生き物なので、〝丁重に扱わなくては……〟と奴は真顔で言った。説明は受けてなかった。

「何かの世話と言ってましたけど……彼と一緒にするんだと……」

「アンタ、ひとりでするんだ。この野郎は服役中《むしかみ行ってる》のアニキの女《バシタ》に突っ込みいれやがって。カミさん《マブ》ならこっちも全指切断《ブタエンコ》だったぜ、クソ！」

ハツはスナギモの胸を蹴り上げた。内臓に残っていた空気が漏れ、スナギモは〝グゥッ〟と死んだまま唸《うな》った。

「口でゴチャゴチャ語ってる暇はねぇな」

ハツはボヤでも探すかのように鼻をひくつかせた。

「こんなとこ、長居は無用だ」

俺はスナギモに案内された当初から室内に充満する甘臭い獣の匂いに圧倒されていた。部屋は外から見ると二部屋だったが仕切り壁をブチ抜いてひとつになっていた。夜逃げした定食屋のように干涸《ひから》びたキャベツや洗い物が山となっているキッチンとリビングがあり、奥の部屋には汚い布団が丸まっていた。脂で黒く汚れた枕のそばにマンガとエロ本、ビデオデッキにテレビ、古いというだけで何も価値のなさそうなAMラジオが倒れていた。

それでも臭いを別にすれば綺麗な飯場かタコ部屋のようだった。

「このマンションは全室ウチで持ってる。だが、ここで何してるか知っているのは少ない。アンタもそのひとりだ。先週までジイサンがいたんだがポックリ逝っちまってな。それでアンタだ」

ハツは小部屋を見せると次に奥に向かった。

そこには新たに造られた壁があり、屈んで入らなければならないほど不釣り合いに小さな扉がついていた。扉の厚さは二十cmほどもあって、なかは、どこもかしこもステンレスで覆われた十畳ほどの空間だった。壁には頑丈な鉄のフックで防水仕様なのか麻布《あさぬの》のような分厚いオーバーオールと作業着が二着。いずれも元の色が判らなくなるほど赤茶色に汚れていた。隅には足洗い場のような空間があり、蛇口にホースが掛かっていた。中央には二メートルほどの琺瑯《ほうろう》製のテーブル。その上には滑車の付いた太い梁《はり》が渡され、巻いた鎖の先に鈎《かぎ》が下がっていた。鈎の先には毛髪のようなものが絡《から》みついていたが確かめる気は起きなかった。臭いはさらに強くなり、寝起きの浮浪者に人工呼吸されているような気がした。

「世話する奴は隣にいる」

ハツは鼻にハンカチを当て、エズきながら普通の曇り硝子《ガラス》をはめた引き戸を指した。

近づくと向こう側で何かが身じろぎした。

「ライオンとかワニとかじゃないですよね」

俺はハツに笑いかけたが、ハツはゲロを抑えるのに必死で何も聞いちゃいなかった。

そして合図をしたわけでもないのに俺とハツは両開きになっている引き戸を揃《そろ》って開けた。

腐りかけの象がいた。部屋中に肉が充満したような巨軀。ついているはずの鼻はなく、敷布のような耳もなかった。あるのは冗談のように生えた頭部の毛と泣き腫らしたようなジクジクした眼、黴《かび》か苔《こけ》で変色した皮膚だった。それは上半身が半分だけ起きあがった姿勢を取れるように造られた巨大なベッドの上に横たわっていた。雑巾のように変色したシーツも含め、全身がベトベトと濡れ光っていた。どう贔屓《ひいき》目に見ても、皮を引き剝かれた象か巨大な胎児が関の山だった。

「オメガだ」

ハツは涙目になりながら俺に呟《つぶや》いた。

「これでも人間だ。体重は正確なとこは判らんが400kgは超えてる」

その声にオメガと呼ばれるそれの下で爆発音がし、ベッドの金網越しに成犬ほどもある何かが産み落とされた。糞だった。俺は飛沫《しぶき》を避けたが、ハツは小さく呻《うめ》くと唾を何度も吐き、口の端を真っ赤になるほどブランド物のハンカチで擦《こす》り上げた。

「こいつはオヤジが借金のカタに拾ってきた元サーカスの大食い男なんだ。団長以下、全員にトンズラされて、こいつだけ置き去りにされていたそうだ。オヤジは変わりモンなんで、ウチの商売をこいつに手伝わせる案配を考え出した。もう何年になるか俺も知らん」

確かにオメガは人間だった。俺はそれを奴の手で確認した。オメガには五つに分かれた指があった。異常な太さではあったが、人の名残りがそこにはあった。

「代わりの者が見つかるまでこいつの世話をするんだ」

ハツはポケットから携帯を取り出すと俺に渡し、囁《ささや》いた。

「いいか。あまりこいつと話をするな。こいつは少しややこしい、話をするな。偉そうに何を喋くっても所詮、仲間に見捨てられた負け犬の成れの果てだ」

ハツがそこまで言った瞬間、オメガの瞼《まぶた》が水平線から覗く太陽のように薄く開き、口に当たる部分がパックリと地割れのように裂けた。

俺は殺気を感じ、一歩退いた。

と同時に凄まじい風と茶色いタールの奔流が暴走タクシーのようにハツにぶつかった。それがオメガの吐瀉物《としゃぶつ》だと気づいたのは、ハツが同じ色の反吐《へど》を床にブチ撒《ま》いたからだった。

「おおう……うげぇ」

頭から爪先までオメガのゲロにまみれたハツは空《から》えずきを繰り返しながら部屋からまろびでた。

「それで、何を喰わせりゃいいんです？」

そのままの勢いで部屋の外へ飛び出そうとするハツの背中を追って俺は声を掛けた。

ハツは動きを停めた。

「奴は俺達が始末したり、処理を請け負った人間を喰ってる……大食いだからな。奴にすりゃあ、昔取ったキネヅカってわけだ。せいぜい喰わせろ。当面の餌はそこにあるスナギモだ。解体場の横にロッカーがある。なかに道具が揃っているはずだ。細々《こまごま》したことは本人に聞け。後は清潔にして、せいぜい奴を長生きさせろ」

ハツはこちらを振り向かずに続けた。「おい、絶対に奴を殺すなよ。ムカムカするが奴はオヤジのお気に入りだ。奴の体に何かありゃ、ケジメ取らされるのは、おまえだけじゃない。おまえ、元はインテリなんだろ。スナギモが威張ってたぜ。〝オイラは大学出をパシリにしてる〟ってな。その良いオツムをもう一度、よく動かして世話をするんだ。負け犬同士、うまくやれ。まずは糞掃除だ」

ハツはドラム缶を殴りつけるような音をさせてドアを閉めた。


とはいえ、すぐにあの小さな扉をくぐることはできなかった。臭いのせいか妙なシャックリが停まらなくなっていたし、俺は偏頭痛で死んだジイサンが使っていたという小部屋に入ると、座りもせずボーッと突っ立ったまま転がっているスナギモを眺めた。壁には不釣り合いな柱時計があり、その振り子がゆっくりと時間を進めていた。ふと、題名は思い出せないが聞き覚えのあるクラシックが奥の部屋から流れてきた。首を伸ばすと小さなドアの向こう側から〝オメガ〟が、こちらを見つめ返していた。俺は勇気を奮い起こし、部屋を出るとオメガの前に立った。

「もうゲロはなしだ」

俺がそう宣言するとオメガはゆっくりと人差し指を立てた。

「ポロックよりは上手く飛ばせただろう？　まず、私のオムレツを掃除したまえ」

オメガの声は湿っていた。まるで濡れた洞屈から吹く風にのってくるような感じだった。

「オムレツ？」

「排泄物だ。直截《ちょくせつ》表現は互いのため避けた方がよかろう。他に気の利いた表現を発見したら教え給え、検討しよう」

オメガは張りぼてのような顔を歪めて見せた。笑ったつもりのようだった。俺は苦労してスナギモの体を横置きの冷蔵庫に突っ込むとロッカーからバケツと手袋、シャベルを持ってベッドの下に屈んだ。シャベルを〝生温かい泥〟に突っ込んだ途端、立ち上る臭いに我慢できず、その場に俺は吐いてしまった。

「死んだ老人がどこかに、ニベアクリームを残していたはずだ。我慢できなければそれを鼻の下、鼻孔の縁に塗ると良い」

オメガは上からそう言った。立ち上がると奴は分厚い本に目を通しているところだった。

奴は俺を見ようともしなかった。

「仕事は山積みだ。それを君は認識しているかね。冷蔵庫のなかの友達は時間が経つごとに、だだっ子のように身を強張《こわば》らせ、君を手こずらせるぞ」

オメガはそう言い、〝オムレツ〟の上へ放尿した。

俺はダイニングへと取って返し、あちこち探したがオメガが言うようなものは見つからなかった。その旨を告げるとオメガは奴の体の陰になっていた傍らのサイドボードから汚らしい硝子の小瓶を差し出してきた。

「ならばこれを嗅《か》ぎ給え」

俺は蓋を取ると恐る恐る鼻を近づけてみた。酢のような臭いを覚悟していたのだが、意に反して花の芳香が漂ってきた。俺は腐臭で爛《ただ》れた肺を洗おうと必死で吸い込んだ。すると突然、香りが消えてしまった。呆然としているとオメガは小瓶を返すように手を出した。奴は馬の尻ほどもある腕を窮屈そうに動かし、小瓶を元に戻した。

「まだ匂うかね」

俺は頭《かぶり》を振った。

「君の嗅いだのはビロード、もしくは檸檬《れもん》につけた角砂糖を燃やしたものにも似ているはずだ。しかし、実態は菫《すみれ》のエッセンスに少し手を加えたものだよ。かの花の芳香物質であるイオノンは人間の嗅覚をごく短時間でショートさせる。だから菫の香りを永遠に嗅ぐことはできない。菫を一度に嗅ぐことのできる時間は限られている……。しかし、そのおかげで君の嗅覚はこの部屋に耐えられる程度に鈍化した」

俺は鼻を少しひくつかせた。オメガの言うように部屋の悪臭は緩《ゆる》くなっていた。

「ようこそ……我が宮殿へ」

オメガは再び本に戻った。

俺は礼の代わりに頭を軽く下げ、〝オムレツ〟の始末にかかった。

「なぜ奴が友達だと判った」

俺は全てを終えると奴に尋ねた。奴は古本屋の店主が眼鏡の下から睨むような仕草をした。

「君は彼の頭が入口に当たるのを手で押さえた。銃の射出口で酷《ひど》い状態になっているにも拘《かかわ》らずね。友以外に誰がそういうことをする？」

「まず首と両上腕をチェインソーで切除するのだ」

洗い場でスナギモの頸動脈に切れ目を入れて放血を終えた俺にオメガは次の指示を与えてきた。

「経験のない君にそのままの形で彼を解体することは無理だ。まず彼という人間を非人格化する。人が相手を人間だと認めるシンボルに当たるのが顔と手だ。常に衣服から飛び出していて目にする部分だからな。まずそれを彼から取り去る。そのほうが作業は数倍容易になる」

「俺は別にこのままだって平気だよ」

「取り去った後、両鎖骨に鈎を掛け、吊り下げると良い。体の中心線を見極め、コツを摑めば、ナイフの一太刀で臓物の全てを落剝させることができる。頭部は処理した証拠として組の連中に返すんだ」

「このままできる」

俺の言葉に初めてオメガが唸りを上げた。

「黙って従い給え。それは覚醒時の君の意見だ。私は食事を済ませた夜中に、ヒーヒー弱り果てたうなされ声を聞くのには飽き飽きしている」

結局、オメガの意見は正しかった。手と首を切り落とした後ですら、俺はスナギモという人間を解体しているのだという意識を捨てることはできなかった。恐れはなかったが、まとわりつく煙のように奴の話し方、仕草が脳裏に浮かんでは消え、それは決して愉快な事ではなかった。

「内臓はブツ切りにしてディスポーザーへ、洗い場にある」

オメガは血塗《ちまみ》れになった俺に何の反応も見せず、淡々とやるべき事を指示した。

「頭を向こうへ。そんなヤク中のものは寒気がする」

オメガは洗い場横の頑丈なハッチのついた箱に骨を投げ込むよう命じた。

「強塩酸漕だ。飛沫だけでも皮膚に付けば明日の朝には指を突っ込めるほどの穴が開く。投げ入れると直《ただ》ちに反応が起きる。素早くハッチを閉めたまえ」

「始めからこうすりゃいいのに」

「丸ごとだととてもその量では足りないし、煙や熱が酷くなる。それに効果を維持するには頻繁に中身を取り替える必要もあるのだ」

やがて、俺は肉の三分の一をテーブルに残して冷凍庫に入れた。

ここまでで既に五時間は経っていた。

「焼くか、煮るかするのか？」

「まずその量はレアでいく。あちらの部屋に大皿がある。冷蔵庫にはレタスとセロリも入っているはずだ。それに盛りつけてきたまえ」

俺は言われるままにスナギモを盛るとオメガの元に運んだ。抱えるほどの大皿だったが、オメガが持つと小さなサラダボールに見えた。オメガは皿を鼻に近づけると顔をしかめた。

「いやな臭いがする。人間ほど薬品や金属で汚染された肉はないな」

オメガは皮の付いた肉片を手にした。それには膿《う》んだレーズンのような乳首がついていた。

オメガは爪を器用に使い皮を引き剝いた。

「晩餐を共にしたいならそこに掛けたまえ。それとも友人の末路を見届けたいのかね？」

オメガは手を止めると笑った。

俺は首を振ると布団部屋に戻り横になった。

やがて、スナギモが咀嚼《そしゃく》される音が響いてきたので、俺は思わずラジオのスイッチを入れたが電池が切れていた。

死体は週に一回の割合で運び込まれてきた。

俺はその都度、奴らを解体し、生《レア》で使用する部分とシチューやカレーにする部分とに分けていった。生食するのは肉に残っているミネラルなどを補給するためだという。内臓は特に指示がない限りはディスポーザーに捨てた。

オメガの食欲は凄まじく、人間ひとりをほぼ三日で食い尽くした。

「通常、大人ひとりで一ヶ月分の食料になると言われているそうだ」

オメガはそう言って健啖《けんたん》ぶりを誇った。

俺は朝、起きるとオメガの体を拭き、夜中のうちに作られた〝オムレツ〟を掃除し、〝食材〟を調理した。慣れてくると解体は三時間程度で完了させることができた。

食事が終わるとオメガの歯を磨き、混合ビタミン剤を注射した。奴は皮が厚いので口を開かせ舌の裏に打つ必要があった。

それ以外に用事のない時などは近所で借りてきたビデオを見て過ごしていた。

「〝エウロペオ・アメリカーナ〟」

オメガは俺が何を読んでいるのかと尋ねるとそう答えた。

「スペイン語の百科事典だよ。利用可能かつ現存する事典としては世界最長を誇る。総頁《ページ》数十万五千。あらかたの百科事典は憶えたのでね。今はこれだ」

オメガは日がな一日眠っているか、起きている時はクラシックを聞き、事典を憶えていた。

「これは判る。〝第九〟だろ。ベートーベンだ」

俺の指摘にオメガはほくそ笑んだ。唇から覗いた歯に肉の切れ端が詰まっていた。

「惜しいな。これは君の前任者の厚意によるものだ。原曲はベートーベンだが、このシンセの演奏・編曲はウォルター・カーロス。性転換後女性を獲得し、これを発表した。単に力強いだけではなく、より深く繊細な表現になっているだろう。映画『時計仕掛けのオレンジ』にも使用されている」

「初めての晩、俺はうなされていたか？　そんな憶えはないんだが……」

オメガは本から目を上げ、俺を一瞥し、それから少しの間、染みの浮いた天井を眺めていた。「あぁ、確かに君はうなされていなかった……たいしたものだ」

ともかく俺達はこんな感じで日々、過ごしていた。

ある晩、俺はオメガからグレゴリオ聖歌隊《チャント》のＣＤを買ってくるように頼まれ、ついでに寄り道すると自分用にアダルトビデオを借りた。突然、肩を叩かれた。

振り向くとテバが立っていた。

テバは禿げ上がってしまった頭を気にしながら遠慮がちに「おう」とだけ言い、後は俺が何か言うのを眼鏡の奥から待っていた。

俺達はちょっとだけサ店に入ることに決めた。

「いま、な、何してるの」

相変わらずテバは人の目を見て話をすることができなかった。

「いろいろな」

俺は、素早く奴の服装を値踏みし、だいたいの生活を弾き出していた。

相変わらず安物を着ていたが、以前と違いクリーニングした跡が残っていた。

「研究室に戻ってくるかと思ったけど」

テバは俺の顔色を見ながら話を進める。

「冗談言うな。俺は人殺しだぜ」

「それは……そうだけど」

テバは泡ばかりで中身の薄そうなココアに口をつけると静かに啜《すす》った。「でも、研究は続けてるんでしょう？」

俺はテバが単に懐かしさだけで話しかけてきたのでない事に気づいた。奴は俺から何かを聞き出したがっている、もしくは何か言いたいことがある……。

「FHに対するワイルズの論文はもう読んだかい？」

ふいにテバは言った。

数年前、俺とテバはアルバイト学生としてある数学教授の研究室にいた。俺達は毎日、教授に命じられるままグラフ用紙に複素根をプロットしていったり、素数を書き連《つら》ねた紙テープと格闘していた。数学界にはヒルベルトというオヤジが提示した23個の未証明問題があり、それの解決に全世界の頭脳が日夜、しのぎを削っていた。当然、俺達の教授もそのなかのひとつに取り組んでいて、それはフェルマーの最終定理、俗にFHと呼ばれていた。フェルマーは三百年も前の数学者だが、奴はピタゴラスでお馴染みの三角形の定理をある日、眺めていて $X^2+Y^2=Z^2$ の二乗部分が3以上になると正の整数解がないことを発見したというのである。つまり〝$X^n+Y^n=Z^n$、$n \geqq 3$ では自然数解がない〟ということになるのだが、これをこいつは人騒がせな事に『私は驚くべき発見をした。しかし、それを書くにはスペースがなさすぎる』と本の欄外に書き残したまま説明せずに死んだのである。

以降、三百五十年以上にわたり、何万何十万という名うての数学者が挑戦しては人生を棒に振っていった。考えるだけ考えた挙げ句、解けずに死ぬのである。まさに犬死にだ。そして1994年、米プリンストン大教授のアンドリュー・ワイルズによって（それは証明宣言後に訂正論文を再発表したりという紆余曲折はあったにせよ）解かれた。まさに死屍累々たる屍《しかばね》の頂きにひとつの終止符を打ったのである。

「教授はどうした」

「死んだよ。旅行先で火口に飛び込んだ」

テバは初めて窓に目をやった。その目が潤んでいるのか、乾いているのか判らなかった。

「妥当な死だと思う……教授には無理だった」

奴はポツリと呟いた。数学者というのは不思議なもので仕事に没頭している時は、ラリ中同然に見える。他の科学者と違うのは殆《ほとん》どが頭の中で仕事をしているのでノートに計算や理論を書き連ねている以外では働いていないように見える。これが物理学者なら何億もする複雑な装置の前で苦々しい顔をしていたりすれば様《さま》になるが、数学者にそれはない。同じ苦々しい顔でも空手でフラフラしているだけということになる。実際、その教授は深夜、閃くとそのまま散歩に行く癖があった。熟考中は何も聞こえず、見えないので、ふと気づくと山に迷い込んでいたりすることもしばしばだった。

教授は高校の時、ＦＨに出会い、それから四十年以上、寝食を忘れて考えていた。それが一夜でパーになったのだ。

証明に挑戦する数学者の人生は二進法だ。１か０しかない。

ゆえに数学者たちは自分が何を研究しているのか詳しくは語らない。我々も直接、教授からＦＨについて言及されたわけではなかった。ただ手伝っていくうちにそうではないかという確信を深めただけのことであった。

「あの人はコンピューターを使えなかったからな」

俺はテバの皺の目立ち始めた顔を見つめた。昭和前中期世代の数学者にとってコンピューター活用技術の有無は死活問題となった。それまで「数学は頭で解くもんだ」と熟考と閃き偏向だった数学者達を肝胆寒からしめたのが1989年に発表されたチュドノフスキー兄弟による円周率計算記録であった。八年前に軍事用スーパーコンピューター、クレイ1を使用して200万桁までの解を弾き出したギルーに引き続き、改良型クレイ2とIBM－VFを併用した彼らはその240倍に相当する4億8000万桁の解を弾き出した。百年前、数学者シャクスが自力で数年掛かりで弾き出した解が707桁、しかもその25%が間違っていたことを考えると現在の数学はコンピューターなくては〝存在し得ない〟時代に突入したのである。

俺とテバは教授に可愛がられていた。数学以外特別の才もなく、それでも母子家庭出の身をいつか一発逆転させたいとあがいていた俺は他に身を立てるすべも持たなかったし、テバは素封家《そほうか》の出だったが病的とも言える対人恐怖症のため会社勤めはできなかった。俺たちは他の学生が驚くほど安いバイト代でも文句を言わずに働いた。

「お前はまだやってんのか？」

「父が理解してくれてね……少し成果が上がってきたんで。実家に戻ったんだ。今は僕が選抜したスタッフと共にやってる。援助してもらってるよ」

「何をやってるんだ」

俺の問いにテバは苦笑した。

「それは言えない。でも、僕はかつて誰もしたことがない形でフィールズ賞を受け取るよ」

フィールズ賞とは数学界のノーベル賞と呼ばれている学会最高の賞だった。冗談かと思ったがテバは笑っていなかった。その目を見て本当に奴が言いたかったことが判った。

「RH……リーマン予想だろ」

俺は自分の声が微かに震えているのを感じた。

リーマン予想、俗にRHと呼ばれているそれは1とそれ自身しか割ることのできない素数について予想したものであった。現在、素数とは整数界にアトランダムに存在すると考えられているが、リーマンは実はこの素数にはひとつの法則があると予測した。そしてその分布は優れた証明につきものである〝美しい形〟となって表されるであろうというものだった。限定条件下ではいくつかの証明も見られたが、完全な定理の解法には至っておらず、2000年以降に解決されるべき証明問題の最右翼として全世界の注目を集めていた。

もし、リーマン予想が解決された暁《あかつき》にはフィールズ賞はおろか単に数学界を越えて歴史に名を残すことは確実と言われている。リーマン予想の解決にはアメリカ、フランス、ドイツ、ロシア政府等が強い関心を示しており、また世界的な大企業も注目していた。なぜならばリーマン予想の利用は、それだけで人類史上かつてない〝最強の暗号〟を手にすることができるからである。コンピューター業界はもとより機密漏洩を死守する軍需産業の情報戦にまぎれもない地殻変動を起こすのが、このＲＨであった。

テバは満足げに立ち上がると伝票を手にした。

「これは僕がおごるよ。君が足を洗ってるようで安心した。それだけが気がかりだったんだ。先生の薫陶《くんとう》を受けた者同士だからね。君にも同じ閃きがやってこないとも限らない……でも、安心した」

「俺だって人生を降りたわけじゃないぜ」

嘘は言った端からバレていた。

テバは今まで隠していた嫌悪を初めて表情に漂わせた。

「それと口が臭いのかな？　君、変な臭いがするよ。それじゃ、次は新聞で逢おう。昔は君の事が羨ましかったものだが……」

俺はテバを追って店を出たが席にビデオを置き忘れたことに気づいて戻った。テーブルのコップは既に下げられ、俺の座っていた椅子にへばりついていた染みをウェイトレスが顔をしかめながら擦っていた。若いウェイターがその脇でニヤニヤ笑いながらビデオ袋の中から女の裸が大写しになったジャケットを取り出していた。

俺は袋をひったくるとテバを追うのを諦め、部屋に戻った。

「どこ行ってやがる」

部屋を開けるとなかにハツが立っていた。ハツはいきなり腕をブン廻した。棍棒が当たったような感触が耳の下で炸裂し、玄関にへたりこんだ俺はそのまま滅茶苦茶にされた。

ハツは無言で俺を殴りつけ、踏みつけた。何度もコンクリートの床に頭が当たり、そのうち顔が麻酔で腫れたようにぶつかってもブヨブヨするだけで痛みが薄れていった。すると突然、鋭いウィング・チップが鳩尾《みぞおち》に食い込み、塩酸を飲まされたような痛みに俺はコーヒーを吐いた。

「この野郎。コーヒーなんか飲んでやがる」

誰かが叫び、俺は片手を摑まれた。ぼんやりしていると親指に火箸を突っ込まれたような激痛が走り、俺の体は反射的にビクビク跳ねた。見ると親指の爪が剝がされていた。

「今度は指を落とす」

ハツはそういうと奥に入っていった。

そのまま寝ているとハツの子分に頭を蹴り上げられたので立ち上がり、奥の部屋に向かった。船酔いのように世界が揺れていた。扉をくぐる時、壁に親指が当たり、取れかけた爪がもげてしまったが痛みは強くなかった。オメガの周りには人が集《たか》っていた。

ハツたちとは明らかに趣の異なる白衣を着た初老の男がオメガの足下に屈んでいたが、やがて首を振った。

「駄目だ……腐ってる」

オメガの胸は激しく上下し、汗ばんだ体が臭いをいっそう激しいものにしていた。

「このままでは危ないぞ」

老人が手にしたメスでオメガの足に軽く線を引くと黄色と空色の膿《うみ》が溢れてきた。

「おまえ、気がつかなかったのかよ」

ハツが忌々しげに俺を振り返り、また頭を殴った。

「彼のせいじゃない。こんな環境にいれば細菌は爆発的に増殖する。気づかないうちに腐ってたのさ」

ハツはそれを聞くと再び、俺の頭を殴った。なぜ殴ったのか誰にも判らなかった。

「どうすりゃいいんだ」

「どうすることもできない。これは一種の糖尿病だ。全体に化膿しやすい生地が既にこいつのなかにできている」

それを聞くとオメガは苦しそうな顔を上げ、ハツを見て笑った。

「私の勝ちだ。私は死に、お前は責任を取って殺される。いっそ、私の代わりをしたらどうだ。それならカシラも満足だろう」

ハツがポツリと何言かを呟いた。

部屋に居た者はその意味するところがとっさに理解できず、ポカンとしたが二度目に口にした時、白衣の老人が激しく首を振った。

「無茶だ。私にはできない」

「アンタ、医者だろう。こいつが手伝う」

ハツは俺を指さした。

「私は獣医だ」

ハツは老人の髪をヒッ掴むとオメガの腹にぶち当てた。

「この野郎。借金まみれのヤブが、つけあがるんじゃねぇぞ。こいつを見ろ。これが人間か？　こいつをこのまま殺しちまったんじゃ、俺がやられるんだ。やらなきゃ、俺がお前をここで殺ってやる。おまえも奴の糞になるか？　掬《すく》ってやるぜ」

ハツが手を離すと老人はしゃがみ込んだ。

「明日の朝、見に来る」

ハツは宣告するように言い、見張りをひとり残すと出ていった。

オメガはじっと俺と医者を見つめていた。象の瞳にそっくりだった。

原因は右足の爪にできた僅《わず》かなささくれだった。そこから入った細菌がアッという間に増殖し、オメガの足の甲に巣くってしまったのだという。

老人は俺にピアノ線を何本も束ねた細いロープと鉄筋を買ってこさせると、オメガに「お互い、家族を守るためだ」と告げた。

オメガは無言だったが、俺達がロープを使って膝関節の真下を結索するのに抵抗はしなかった。

老人はオメガの膝の真下と少し下がった場所の二ヶ所にロープを巻き、そのロープに鉄筋を突っ込むとグリグリと締め上げ始めた。ロープはアッという間に足を砂時計の瓶のように潰していった。

オメガの口から獣のような呻き声が響いてきた。胃袋が激しく蠕動《ぜんどう》し、シーツの海がうねった。

老人は何本か注射をした。

「これ麻酔だろう。効くのか」

「もともと化膿している箇所には効かんし、絶対量が足りん。ただの気休めだ」

足を絞りきると、老人は聴診器を踵にあてた。

「このまま待つ」

老人はよろよろと立ち上がると見張りがいる入口の部屋に戻っていった。

俺はオメガの脇に腰掛け、ボンヤリと壁に残ったシミや誰かの髪の毛を見つめていた。

「頼んだ物は見つかったか」

オメガが熱い息を吐いた。

俺が頷《うなず》くと彼はCDをデッキにかけるように言い、俺は従った。

暫《しばら》くすると冬の日に磨き上げたガラスのような澄んだ声が部屋に響き始めた。するると老人が戻ってきた。彼は聴診器を右足に当てつつ考え込み、立ち上がった。

「判ってるのか？」

老人の問いにオメガは笑った。

「できることなら足ではなく、首にしてもらいたい」

「そんなことをすれば儂《わし》はおしまいだ。それにあんたの娘さんはどうなる？」

オメガの瞳が閉じられた。彼は何も答えなかった。オメガの顔の全面がモップで撫でられたように濡れていた。チーズ色の大臼歯が唇を割って見えた。

「儂はおまえを見るにつけ哀しいよ。お前ほどの頭脳の持ち主がただ何もせず、生き腐れていくだけとは……」

俺が顔を上げると老人は苦笑いした。

「最初は本当にただの無学な芸人だった。それがここに来て、ひょんなことから莫大な知性を獲得した」

「何をしたんだ」

老人はオメガを盗み見た。オメガは目を硬く閉じたまま動こうとはしなかった。

「今、処理後に頭部は返却しているだろう。あれは最近のことなんだ」

老人は俺とオメガを交互に見据《みす》えた。

「昔は脳も喰わせていた。暫くするとこいつの言動がおかしくなってきた。いや、そんなに長い時間ではなかった。即効と言っても良いぐらいに奴は変化し、知的に充実した。その頃、心中死体を頻《しき》りに扱ったんだ。奴らの追い込みは酷いからな。堪らなくなって死ぬ。組では自分のとこ以外の死体処理も一体五十から百万ほどで請け負っていたんだが……そんななかに大学の教授やら博士やらも混じっていたらしい。インド哲学や宗教、文学、クラシック……死体は裸で誰がどうとは判らんが……奴はそれを次々と吸収していった」

「脳は唯一、私が興味のある部分なのだ」

オメガが粘っこい口調で呟いた。

「マンゴスチンの果肉のような襞《ひだ》を噛み絞る時、口と網膜の奥で何かが発火するような脳がある……。全てのホルモンの泉と脳に蓄積した何種類かの化学薬品が奏でるのだろう。そんな脳を齧《かじ》った時、私は目と鼻と耳と皮膚から甘く冷たい火焔の噴き上がるような錯覚を起こす。君たちがなぜ参加しないのか哀れに感ずるほどだ」

老人は興を削《そ》がれたかのように頭を振って立ち上がると再び聴診器を当て、「やるぞ」とオメガに呟いた。「チェンソーを用意しろ。いかに奴でも耐えきれるものではあるまい」

老人はバスタオルをオメガの頭に掛けようとした。

「……目隠しはいらん。見ていたい」

オメガは俺達を睨みつけた。

オメガの右下腿は膝下から切断された。

チェンソーの回転刃が黒ずんだ皮膚にあたると、膿とともに脂と血が飛沫を上げた。オメガは暴れ、不意を突かれて吹き飛ばされた俺は壁と奴に体を挟まれる恰好になった。胸が押し潰され、息が止まった。鼓膜が内圧で弾けそうになったが無我夢中で手を振り回し、やっとの思いで隙間から這い出すことができた。

子供の胴体ほどの脚は思ったよりも簡単に切り落とすことができた。結索が巧《うま》くいったので出血も少なかったのだが切断部を縫合するのは困難であるし、このままの状態で回復を待っていても二次感染するということで老人は切り落としたばかりの断端をガスバーナーで焼き潰すことにした。

オメガは噴射する青白い炎を見て、引きつった笑いを見せた。

脚は俺が押さえ、老人が焼くことにした。

バーナーの炎が細められ、一気に切断面にあてられた。熱した鉄板に水を撒いたような音が続き、見る間に炎のなかで皮膚が黒く焦げながらまくれ、筋肉が縮んだ分、骨が突きだしてきた。歯医者で歯茎を焼いたような臭いが辺りに立ちこめるとオメガが大量の反吐を俺たちに吐き掛けた。

老人も俺も顔を庇《かば》う手を使っていたのでガンボスープのようなそれをもろに口やら目やら

に浴びた。「放すな！」手を緩めかけた俺に老人が叫んだ。俺達はそのままオメガの肉を焼き終えるまで顔じゅうの反吐がカチカチに乾くのを無視して作業に没頭した。

老人が包帯を巻き終えるとオメガは唇から泡を吐いたまま失神していた。

俺たちはそっと部屋を出た。見張りのチンピラが眉をしかめ、布団部屋に行くと大きな音をたてて戸を閉めた。

「少し疲れた。もし……奴が気づいたらこれを打ってやってくれ」

老人は注射器と薬の瓶をテーブルに置くと台所の床に直接、頽《くずお》れた。

「どこに打っても良いんだな」

俺が問うと、既に老人は鼾《いびき》をたてていた。

明け方、オメガが呻き声を上げた。俺は老人に言われたように注射を舌に打った。充血したオメガの頭がいつもより膨らんで見えた。

「水を……」

オメガは言い、俺が手渡したペットボトルを一気に飲み干すと、しかめていた眉を少し解《ほど》いた。

「痛くはないのか」

「君は溺れている人間に向かって苦しいかと聞くのか」

「鎮痛剤ならまだあるが」

「ありったけ、頼む」

俺は小瓶に残っている液体の全てをオメガにぶち込んだ。老人は元々、彼には容量が足りんと言っていたので構うものかと判断したのだ。老人は獣医のくせに人間用の注射器しか持ってこなかった。おかげでオメガの舌と薬剤の間を十回以上往復するはめになった。

「これで終わりだ」

全てを打ち終えるとオメガが長い溜息をついた。血の匂いがした。

その時になってようやく俺はＣＤがずっとリピートされていたことに気づいた。

「グレゴリオ聖歌《チャント》。ローマンカトリックの典礼用単旋律聖歌。歌詞は羅甸《ラテン》だ。厳冬期の霞のようにとりとめはないが凜《りん》としたものを感じないか？　もとはユダヤ典礼音楽だったのだ」

オメガは切り落とされた先端に目をやった。

「信じられないかも知れないが……今、誰かが私の切り落とした右足を強く引いている気がする」

俺は作業台の下に置かれた小さなスツールのような右足を見つめた。

「そういう錯覚が生まれるのはきいたことがある……気持ちは判るが、誰も引っぱってないよ。あそこにある」

「ああ……それは私にも見える……何があった？」

「え？」オメガのふいの質問に俺は戸惑《とまど》った。

「破けるのもお構いなしに爪の甘皮ばかりをいじっている。視線が左脳野を探っている。こめかみを頻繁に押さえている。どうした……何が気になる？　自分の行く末か？」

「別に話すことはないよ」

「瀕死の激痛に耐えている者にそんな受け答えしかできないのか。では別の話をし給え」

「どんな話だ」

「絶望について……。君が味わった苦い想い出を話し給え」

俺が口を開きかけるとオメガは人差し指をピンッと立て、それを一旦、制した。

「但し、嘘はいらん。君たちの嘘は後味が悪いし、飽き飽きしている。真実を話し給え。なぜ、こんな道を選んだ」

オメガは俺を見つめていた。

不思議なことにそこにはいつも俺が他人と話をする時に感じる、あの自分のなかの何かを裁《さば》かれているような、無理矢理、魂を評価されているような気がしなかった。

「俺は人を殺したんだ」

俺は話し始めた。学生時代にあと一歩で教授に研究を認められるというところで飲酒運転で死亡事故を起こしたこと。多額の賠償金を背負いムショから出た俺には姿を消す以外にはなかったこと……母を捨てたこと。

「それで……」オメガは先を促《うなが》した。

不思議なことに俺は堰が切れたようにスナギモとの出会いを話し、そして今日起きたテバの事、FHの事。そしてテバが挑みつつあるRHの事を話した。全てが終わり、息を整えると再び、聖歌が耳に流れ込んできた。

オメガは始めから終わりまで一言も口を挟まず、時折、襲ってくる痛みに顔をしかめる以外は銅像のように動きを停めていた。何の感情も顔に浮かんでいなかった。

「見ろ、私を。私は生きながら解体されていく、最終的に人喰いの単なるダルマにされる。今日がその始まりだ」オメガはそう呟いた。「……君は私がいかに充実したかを聞いたな」

俺は頷いた。

「確かに君の友人はその証明を解きつつあるのだな」

俺は頷いた。

「君はその予想結果を心の底から知りたいのか?」

俺は頷いた。

オメガは俺を見つめた。心の底を探ろうとしているかのようにそれは長く続いた。

「……ならばそれを教えよう。但し、私にもふたつ条件がある」

オメガは手招きすると私を側に寄せ、さらに巨体を丸めるようにして呟いた。

「私はサーカスの主人に自分が残る代わりに娘の養育を任せた。しかし、スナギモによるとその約束は既に反故《ほご》にされており、いつのまにか彼らが私の娘を預かり、代わりに養育していると言っている。証拠を見せろと言っても彼らはそれを拒否している。たぶん嘘なのだろう。非常に稚拙な嘘。私は信じてはいない。但し、私にはそれを確認する義務がある。ガセだと知らなければならない」

「判った。あとは何だ」

「私には死ぬまでに手に入れたい物がある。今更、私は風景を望みはしない……知識も余生を楽しむには充分だ……音楽も記憶した……ただ……」

オメガはそこまでで言葉を切ると瞳を閉じた。何かの余韻を味わおうとしているかのようだった。

「ただ……香りを手に入れたい。それも私が幼い頃、父母に慈《いつく》しまれていた頃の記憶を誘う香りを」オメガは目を開けた。「私は養蜂家の元に生まれた。両親は薔薇園を営み、そこに放った蜂の蜜を収集していた。私はあの陽光に溢れた平和な暮らし、むせ返るほど濃密な薔薇の芳香と蜂蜜の味をもう一度この手にしたい。君はプルーストを知っているだろう。香りは記憶の鍵なのだ……。但し、私の嗅覚はこの穢《けが》れた仕事のせいで機能しなくなってしまった。今は何を嗅いでも香りがしない。幸か不幸か無臭症になってしまったらしい」

「じゃあ、どうすれば良い」

「脳だ……それもキャリアのある優れた養蜂家の。私ができるのは鼻を使うのではなくシナプスから直接……つまり、彼の記憶を嗅いでみせることだ」

オメガは標的となる養蜂家の名前と住所をそらで暗唱してみせた。

二ヶ月後、俺はふたつの袋を持ってオメガの前に立っていた。養蜂家とテバの胴はオメガの指示通り、金網で造った袋のなかに詰め、予《あらかじ》め目をつけておいた沼の中に沈めた。こうすれば魚や蟲が肉を食い荒らしても骨だけが浮上する危険がないということだった。

「電話を……」

オメガは右腕を伸ばした。既にそこは右下腿同様に腐食し、腫れていた。近日中に切断するのは間違いなかった。

俺が携帯を渡すとオメガは手で軽く席を外すように指示した。俺は底に血の溜まった袋を手にするとキッチンに戻った。耳を澄ませると不明瞭な外国語が聞こえてきた。

数分後、信じられないものを耳にした。それは虻《アブ》の羽音のように微かではあったが啜り泣きだった。だが耳にしたものを確かめようと身を乗り出した時には既にそれは消え、オメガは扉から覗く俺に向かい、無表情に携帯を切ると放り出した。

「娘は無事だ。本国にいる。やはり奴らは嘘をついていた。サーカスの主人は約束を果たしていた。古い友人が今、それを証明してみせた」

オメガは表情を変えずに呟いた。何か固い決意のようなものがそこには漂っていた。

「人の子の母として立派にやっているそうだ」

俺はテバの入った袋をオメガに差し出した。

「まず、こいつだ。浮かんだら理論をメモに残してもらう。でなければこちらは渡さない」

オメガは鼻で笑い、血塗れのパイナップルに見えるテバの首を摑み出すと渾身の力を込めて耳の辺りを押し始めた。甲羅を踏み砕くような音とともにムンクの〝叫び〟のような表情を貼り付けたテバの顔が割れ、オメガは隙間に指を入れると頭蓋を毟《むし》り開け、なかから白い濡れたスポンジのようなものを抉《えぐ》り出し、囓り始めた。脳漿が唇の端で泡立ちながら流れると山脈のような顎を伝ってそれは胸元に滴《したた》った。キャベツを刻むような音を立ててオメガはテバの脳を噛み潰し、繊維束も飲み下していった。五分ほどで数十年を費やし、発達してきたテバの脳もあっけなくオメガのなかに消えた。オメガは指を一本ずつしゃぶり、ゲップをすると瞼が瞑想するグルのようにゆっくり閉まった。

俺はテバの頭部の残骸をちりとりで集めるとディスポーザーに捨てた。入り損なった眼球が俺を睨んだ。俺は箒の柄でそれを潰すとディスポーザーに放り込んだ。

翌朝、まだオメガは黙り込んでいた。夕方になってようやく奴はメモを要求し、俺は期待して待ったが、何も書き込む気配はなかった。

「時間がかかりそうだな」

「どうだろう……こういう事は何度、経験しても段取りというものは摑めんからな」

オメガは口の中の何かを反芻《はんすう》しているのか、クチャクチャ音をたてた。

俺は昨日の疲れからか台所のテーブルに俯《うつぶ》せるとそのまま寝入ってしまった。

どれほどの時間が経った頃か、オメガの部屋からカリカリと引っ掻くような物音が聞こえてきた。オメガがノートに書き付けをしていた。

「一冊で足りるか？」

声をかけたが、全く耳には届いてないようだった。閃きを得た数学者としては理想的な姿だった。俺は解体用テーブルの脇に椅子を持ってくるとそのままオメガの姿を見つめていた。巨体を縮めるようにして書き付けていく彼の姿は象が針通しを試しているような滑稽さがあったが、俺にそれを微笑《ほほえ》む余裕はなかった。

やがて日が昇るより先に烏《からす》の喘ぎが街に響きわたった。

「できるのはここまでだな」

オメガが呟き、汗か体液で変色し、ふやけたノートが手の陰から現れた。

しかし、俺にはそのノートが輝いて見えた。

「まず彼を連れてきてからだ」

オメガはノートを受け取ろうとする俺の手をかわした。

「私の養蜂家を連れて来たまえ」

俺は冷蔵庫から袋を取り出すと手渡した。

受け取ったノートの隙間から覗く紙面には、まごうことなく数々の数式が見て取れ、そのなかには〝素数〟問題のたたき台となっているオイラー等式で使用されるゼータ記号も見て取れた。

俺はノートを抱え込むと、そのまま台所のテーブルに座った。

オメガが養蜂家の首を囓る気配がしたが無視した。

一枚目に目を通すと俺は貪《むさぼ》るように読み進んだ。そこにある文字列の数々が俺のすっかり錆びついてしまった思考を再び呼び起こし、激しく揺さぶった。

しかし、途中で俺の興奮はひとつまたひとつと冷え始め、代わりに言いようのない不安が溢れ出してきた。

いつの間にか携帯が鳴っていた。

『なにやってやがるんだ！　なぜ出ない』

いきなりハツの怒声が飛び込んできた。ハツは俺の言い訳も聞かずにまくし立てた。

『三人行く、用意しておけ。ウチの鉄砲玉が弾《はじ》いた敵の幹部クラスだ。指一本残していたら大変なことになる。気合い入れて喰わせろ。あと十分で着く』

携帯は切れた。

ハツが来る。しかし、俺は動けなかった。最前から脳裏で鳴り響いている疑念を無視するわけにはいかなかった。そしてそれはオメガのノートをめくれば、めくるほど確かなものとなった。俺は絶望し、全てを読み終えた時、自分が手にしていたものが単なるゴミに過ぎないことを確信した。

俺は立ち上がるとオメガの元に向かった。

突然、脳裏にテバの台詞《セリフ》が甦った。

『僕はかつて誰もしたことがない形でフィールズ賞を受け取るつもりだ』

そうか、お前は一度にふたつを証してみせるつもりだったんだな……。

オメガは俺の気配に気づくとゆっくりと重たげな瞼を引き上げ、微笑んだ。

「どうだ。ミスはあったのかね？」

「いや、完璧だ。証明としての間違いは何一つない。完璧な証明になっていた」

「それにしては顔色が悪い」

「あれはリーマン予想じゃない。その上位に位置する〝2より大きな全ての偶数は二個の素数の和である〟というゴールドバッハの予想と呼ばれているものだ」

「意味がないのか」

「意味はある。あれも紛《まぎ》れもなく重要な予想問題だ」

「わからんな」

オメガは一瞬、顔をしかめたが、すぐに穏やかな表情になった。

不思議なことにオメガの顔に今まで見せた事のない人間の面影というべきものが浮かんで

いた。

「今、私の前には眩しいばかりの陽光と幼い頃食べた母のマドレーヌの感触がある。いや、それは感触というようなおぼろげなものではない。皮膚が、脳裏が確信をもって私にそれを与えてくれている。不思議だ。養蜂家の記憶と必ずしもリンクするものではないはずなのに……彼の記憶が触媒となって、私は幼い頃の家にいる。母と父の蜂蜜に汚れた衣服の香り、黄金に輝くサフランの畑が見える」

語尾は震え、オメガは長い吐息をはいた。

「オメガ。あんたが証明して見せたのはリーマン予想を完全定理として使った別の予想だ。これにはリーマン予想が既に正しいものという前提で証明がなされている。つまり、リーマン予想が証明されていない現段階では何の役にも立たたん。まずリーマン予想を解くんだ」

オメガは聞いていなかった。

胸が見たこともないほど大きくうねっていた。顔には至福の笑みが浮かんでいたが、肉体が悲鳴をあげていることは明らかだった。

「オメガ!」

俺は叫ぶと老人が残していった聴診器で彼の鼓動を探った。素人にも察しがつくほどそれは不正確で重篤なサインを送り返してきた。俺は彼の胸に上ると心臓の辺りを思いっきり殴り続けた。硬いウォーターベッドを殴りつけているようだったが、今にも静止してしまいそうな心臓に打撃を与え続けた。

するど、オメガは目を開けた。そこにはこの部屋の風景は映っていないようだった。

そして、彼はポツリと一言だけ呟いた。それを俺はかつて耳にした憶えがあった。

〝……お母さま〟。

彼はそう仏語で呟くと絶命した。

「……なにをしている」

氷のようなハツの声が背後で響いた。振り返ると死体を運び入れた子分のひとりがオメガが捨てた養蜂家の破片を拾い上げていた。

ハツのサングラスに映る俺の顔には死相が浮いていた。

結局、オメガが教えてくれたことによるとある種の蜂を使用している養蜂家のなかには何度か蜂に刺されている為に毒が体内に蓄積されることがあるらしい。当然、養蜂家本人にはすでに耐性ができているわけだし、本人以外にその毒が伝播するおそれは通常の生活においては皆無なわけだ。ただ主に脳に蓄積されるこれら揮発性の毒を仮に心臓疾患を持つ患者に利用すれば、たちどころに死に至る。そのことをオメガはとうの昔に知っていたんだな。

奴が食人に飽き飽きしていた事は確かだったが、やめるには躊躇《ちゅうちょ》させるものがあった。

まあ、娘のことだ。奴はそれを俺という道具を見事に使って確認した。

おかげで俺は今では奴の後継者として代わりに人肉を喰らい、奴に負けず劣らず肥え太ってしまった。だが俺は全く、この境遇を嘆いているわけではないのだ。あの時、とっさに俺がオメガの代わりを宣言したのはハツにとっても単に俺を殺してしまってケジメを取らされるより長い目で見れば良かったことだし、オメガ自身、あのままでもそう長いことはなかったろう。俺は身代わりになる代わりにオメガの脳を喰わせるよう要求した。奴らは仰天したが、一日がかりで俺がバケツ二杯分にもなった奴の脳を完食した時には、この線で奴らの覚悟も決まってたらしい。

俺は絶望していない。

世界で唯一の証明理論をかこつ身を喜んでいる。リーマンはあの後、ほどなく脳裏に浮かんできた。今はそれを使ってひとりで暗号をこしらえては悦に入っている。静かだし……生活に満足している。

唯一の不満といえば、ハツが寄こす世話人が何故か君のように耳の不自由なものばかりになってしまったことだけなのだよ。

無垢の祈り

トイレから机に戻ると給食用のスープボウルに蒼い痰《たん》が浮いていた。

ふみは顔を上げた。集まっていた周囲の視線が粉を吹いたように散る。

「だれ？」ふみは教室に響くよう大声を上げた。

返事はなく、代わりに狡い目をした男子の目配せが戻ってきた。

ふみはボウルを手にすると目配せをした三人のうちいちばん弱そうな鼠《ねずみ》面の男子に近づき、「なんだよ、俺なんにも……」と相手が言い終わらないうちに中身をその頭上であけた。

「てめぇ何す！」という怒号とともに相手はふみの腹めがけタックルし、仰向けに転倒した
ふみは勢いよく床に後頭部を打ちつけた。物の灼《や》けた臭いが口一杯に広がると視界が暗くなり、次に目を開くと保健室の染みの浮いた天井が広がっていた。

冷えたシーツをたぐり、ベッドから身を起こすと窓辺で資料をあたっていた保健婦がふみの気配に気づき、だらんとした視線を向けた。

「どうする？　帰る？　それともいる？」

「いま、何時？」

「一時半……ちょっと前」

「んじゃ、帰るわ」

「あ、そう。ランドセルそこだから。教室、戻らなくても全部入ってるって先生、言ってたから」

ふみは網棚の上に載った一カ月前からナイフで表面がジャグジャグに刻まれたままの赤いランドセルを摑み、無言で保健室を出た。

保健婦も何も言わなかった。

下駄箱へ行くと靴がなくなっていた。

ふみはいつも嫌がらせをしてくる酒屋の娘の靴を摑むとそれを履いて外に出た。

夏の陽射しはふみの薄い髪を貫き、柔らかな地肌を灼いた。三日も風呂に入っていない身体はむず痒く、不快だった。しばらくして後頭部のへんがパコパコするのに気づき、手をやると大判のガーゼに触れた。彼女はバス停のベンチを見つけると座板を囲んでいる灼けた金属部に触れないようそろそろと座り、引き攣《つ》る皮膚を無視してガーゼを剝がした。白い布地の上にオレンジ色の血の跡が付いていた。鼻を近づけるとオキシフルの香りがした。ふみは軽く溜息をつきそれを丸め、酸っぱい煙を上げ燻《くすぶ》っている吸い殻入れに投げ込み、そっと傷に触れてみた。

痛みはなかった。

ただ、また頭が腫れてしまったことだけは哀しかった。既にふみの頭には充分すぎるほどの凹凸《おうとつ》があり、クラスメートに付けられたものもあったが、その大部分は義父がガラスの灰皿やビールジョッキでこしらえたものだった。ふみは既に皮膚が傷つけられる事には慣れっこになっていたが、骨相《こっそう》が変わるのは堪忍して欲しいと思っていた。なぜなら骨が変わってしまうと将来、大きくなった時に〝セーケイ〟でも治せなくなってしまうからだ。

ふみは転校してきたこの学校で〝おばけ〟と呼ばれるようになってセーケイを考えるようになった。前の学校では〝ふみちゃん〟と呼ばれていたのに、なぜここでは〝おばけ〟なのかと彼女が尋ねると「それはお前がブスだから仕方ない。都会と違ってここは正直者が多いのだ」と義父は嗤《わら》い「良いではないか。セーケイすれば」と言ったのだ。

お母さんは神様から授かった身体を自分勝手にいじくるのはいけないと怖い顔をしていたけど、アイツ《アイツ》はテレビに出ているアイドルを見ながら「コイツだって目をいじくってる。コイツは顎と鼻だ」と画面を指した。

早退してきたふみの報告を聞き母は彼女をテレビ横の〝神様〟の前に座らせた。

「祈りなさい」母は表情を変えずにふみに呟くと先に立って陶器の像に祈り始めた。ふみは母の信心しているものを好きになれなかった。まだ十歳になったばかりのふみには輪廻だのカルマだのといった用語は難しかったのと、茶話《さわ》会と称する会合のため、家に集まってくる信者の多くがボーッとしていて不気味だったからだ。母は彼らと一緒になると聞いたこともないような言葉を多用しつつ何やら熱っぽく語り始め、次第に目が吊り上がってくるのだった。

「この世で起きることの全ては前世での行いが関わっているの。だからお前に今日、起きたことも何かの償《つぐな》いだったのだよ……ターレルス」

母は自分の掌にはっはっと息を吹きかけるとその手をふみの後頭部に当て目を閉じ、また祈った。

ふみのいきつけの公園は家からずいぶん離れた所にある団地の真ん中にあった。周りを建物に囲まれたそこで遊ぶのは比較的小さな子供が多く、また見知った小学校の子供がやってくる事もないので自転車の鍵を盗まれたり、砂を顔にかけられたりしないよう周囲を窺わずに済んだ。それに今日は姿を見せないが、ともちゃんと遊べるのもここだけだった。

ふみの父親は二年前に死んだ。癌だったのだが本人には死ぬまで知らされなかった。ふみは見舞いに行く度に小さく猿のように干涸らびていってしまう父の姿を見て恐怖し、そしてとてつもないことに父は巻き込まれてしまったのだと子供ながらに覚悟した。父は激痛に苦しみながら「熱い熱い」と譫言《うわごと》のように呟き続け死んだ。ふみは死の淵にあったあの男が自分の見知った父だとは考えないようにしていた。父は母が言うように〝何かに乗っ取られて〃しまったのだ。鋳物《いもの》工場から戻ってくると近所の銭湯に連れて行ってくれ、帰りにはおでんやアイスクリームを一緒に食べた父はどこかに行ってしまったのだ。そしてきっと帰ってくる……不思議なことに〃帰ってくる〃と思うと気持ちが落ち着いた。棺に納め、燃え滓のような骨を母と一緒に拾ったのに。帰ってくる……と呟くだけで心臓が持ち上がるような硬い緊張がゆっくり解《ほど》けるのだった。

「お嬢ちゃん、早く帰りな。ひとりでいると危ないよ」

振り返るとスーパーの袋をパレードの風船のように提げた中年女が立っていた。

「だって……」

「いま、この辺は怖い人がウロウロしてるんだから……連れてかれちゃうよ。早く帰んな」

それだけ言うと女はエレベーター・ホールへ去った。

ふみは立ち上がると砂を払い、辺《あた》りを見回した。いつもなら夏の長い陽を楽しむかのように人が溢れている頃なのに、ふみ以外に動くものはなかった。

「怖い人……」ふみが呟くと重く澱んでいた空気を吸い上げるように一陣の風が吹いた。それは彼女の立っている公園を通り、東側の空に駆け抜けていった。

帰宅すると居間にあるはずのテレビが粉々になった花瓶とともに玄関にあった。

足を切らないように注意してそれを跨《また》ぐとふみは奥に入っていった。

ゴミ捨て場のように荒らされた居間の中央では義父が両腕を頭上に上げ、顔を隠すようにして寝ていた。ランニングから丸見えになった腋窩《えきか》から脇毛が黒い炎のように立ち上がっていた。奥の部屋では母が移動させた神様の前に座り、両手を合わせていた。整えていたはずの髪は乱れ、洋服の襟ぐりが裂けてベルトのように肩の上へ垂れていた。

「おかあさん……」ふみが声を掛けると母は振り向いた。

母の瞼《まぶた》は蒼く腫れ上がっていた。

ふみは母の元に駆け寄ると膝の上に乗り、反対側から麺を啜《すす》るような音をたてている義父を見つめた。ふたりとも言うべき言葉はなくなっていた。大抵のことは幼いながらもふみは必死になって話してみたが、いつも母が同意するのは〝家を出よう〟〝ふみとふたりで住もう〟という前までということは腹に滲みていた。

母は義父との事も〝償い〟のひとつであり、修行のひとつと考えているようだった。

「おなか減った?」

母の声に頷くとふみは立ち上がり、居間同様に荒れたキッチンの床に転がった鍋を拾い、自分で水を入れ、ガスに火をつけてコンロに置いた。

ふみは時計を見て、好きなテレビが始まる時間だと知ると玄関に転がっているテレビのコードを引き出し、廊下のコンセントに繋いでみた。アンテナは引き抜かれていたので画面には虹がかかったようになっていたが、画は見ることができた。ふみと母は廊下に御盆を運ぶとひんやりとした床に並び、黙ってインスタントラーメンを食べた。

「すげぇぜ、首の骨バキッと叩き折られてグッチャグッチャだったらしいぜ」

興奮した男子の声がふみの耳にまで届いた。

彼らの話によると通学路のそばにある布団屋の主人が昨日、銭湯の窯場《かまば》付近で惨殺されたのだという。親から世間の情報を得ることの少ないふみには初耳だった。

「最近、学校の周辺で大変、困った事件がたくさん起きています。みなさんは学校から帰ったら、なるべく外に出ないようにして下さい。来週からは班ごとに登下校をするようになりますので、おとうさんやおかあさんに、このお知らせを持っていってよく読んでもらって下さい」

担任の言葉にふみの後ろから〝ゲェー。俺、おばけと来んのやだよ〜〟と声が上がり、笑い声が起こった。

「そんなこと言わないで、我慢しなさい」担任は声を上げた生徒をたしなめると「死んじゃっても良いの」と付け加えた。

その後、「せんせい。人殺しって、どんな奴なの」「何人殺したの」「男と女どっちを殺すの」との質問が飛び交い、担任は犯人は犯行から見て大柄のかなり力の強い男性であること、今までこの町を含め四人が殺害されていること、犠牲者には男性も女性も含まれていることなどを説明した。

帰り道、ふみが噂になった事件現場に行ってみると青いビニールシートが銭湯の付近で大きく広げられ腕章をした作業着姿の警官が多数出入りしていた。数年前に廃業してしまったその銭湯は放置されたまま雑草が伸びるに任せてあったが、窯場の辺りは普段、真っ赤に錆びた大きな鉄扉で封鎖されていた。

酷《ひど》く歪んだ鉄扉にはボール状の濡れた物を押しつけ、擦《なす》った跡が着いていた。

「あんなとこまで人間を叩きつけるなんて怪物の仕業だね……おお、怖い」

そばに立っていた見物人が隣の仲間に耳打ちするのが聞こえた。

ふみが彼らの視線の先に目をやると崩れかけた煙突の煉瓦に疑問符《クエスチョンマーク》を思わせる何かが貼り付いていた。

人の耳だった。


帰り道、ふみは同じ学校の生徒と会わないように遠回りしながら直接、公園に向かった。

ふみはあの耳の持ち主を知っていた。

男は下校中、クラスメートから不意に鳩尾《みぞおち》へ回し蹴りを喰らい路地で蹲《うずくま》っていたふみに言い寄ってきたのだった。男は脂汗を垂らしなんとか吐き気を抑えようとしているふみの顔を見て微笑《ほほえ》んだ。腐った桟橋の杭を思わせる歯が豚肉のような唇の間から挨拶してきた。

「今日は暑いネェ」

ニコチンを酢で溶いたような吐息がかかると、ふみは堪えきれず僅《わず》かに戻した。すると男は慌ててハンカチを取り出し、ふみの口にあて背中を撫で始めた。

「いゃあ、暑い暑い」と繰り返しながら、男は周囲を窺っていた。

二三度撫でると男の手は背中から腰へと下がり、やがてスカートの中に伸びてきた。

慌てたふみが嫌だと身を振ると、男はハンカチをあてる力を強め「ピカチューの枕、欲しくない？　お母さんとソバ殻《がら》買いに来た時、ずっと見てたじゃないの。じっとしてたら、あ・げ・る」と囁いた。

ふみは全力で身体を捩《よじ》ると男の手から身を離した。

振り返ると男の顔には怒りが浮かんでいたが、一瞬にして笑顔になった。

「おばけ。おまえ、おばけっつうんだろう」男は笑ってハンカチの中身がこぼれないようにズボンのポケットにしまった。「そんな歳から、男を誘ってちゃ大変だよ」

男はそういうと児童公園の方へカメラを手に去っていった。

ふみは身を解いた時に男の耳を見ていた。

耳の上に大豆のような黒子《ほくろ》があり、その上に毛がひとつまみ伸びていた。

煙突の耳にもそれは確かにあった。そして、それは主の身に起きた事など、まるで興味がないといった様子で風に揺れていた。

「えーっ全然、知らなかったのぉ」

ともちゃんは座席をガタガタ揺らして驚いた。

「だってウチ、ニュースとか見ないもの。新聞も来ないし」

ふみはともちゃんの差し出した袋からポップコーンを貰うと口に運んだ。

「女の人がふたりに男の人が今日のでふたり。みんな凄い力で首を絞められたり、骨折られたりしてるんだって。殺された人はみんな全然、繋がりのない人だって。うちの中学なんか大騒ぎになってるよ」ともちゃんは水槽の縁のような厚いレンズ越しにふみを窺った。「どうしたの？」

「うん。ともちゃんはどうして殺すんだと思う」ふみはともちゃんの眼鏡を覗くように顔を近づけた。「殺して何をしようとしてるんだと思う」

「そんなの分かんないよ。お父さんはああいう人は鮫と一緒なんだって言ってた」

「サメ？」

「うん。人喰い鮫は理由があって人を食べるわけじゃないって。そこに人がいたから襲う。ああいう人も理由なんかないって言ってた。ただ殺したいからとか、やってみたいからしただけなんじゃないかって」

ともちゃんは車椅子のブレーキを外すとふみのいるすべり台の周りをゆっくりと回り始め

た。

「わたしは違うと思う……」ふみは立ち上がった。「ともちゃん、新聞取ってあるよね」

翌日、ふみは小学校へ行かなかった。

登校時間が完全に過ぎるまで運送会社の駐車場に隠れ、それからアパートに戻ると自転車を取り出し、ともちゃんから貰ったメモを手にバス停を目印にして走り出した。

目的の場所に近づくとふみはコンビニなどで場所を確認した。思っていたよりも場所を知っている人が多いのに驚いたが、「何しに行くの」と怪訝《けげん》そうな表情をする人も少なくなかった。

埠頭に出るとふみは今は使われていないという第七倉庫を探した。

二三度、構内を走るトラックをやり過ごすと目的の倉庫が見つかった。

ふみは自転車を巨大な戸口に立てかけると、その大きな姿を見上げた。

ともちゃんによるとそこでは二十歳になる女の人が殺されていたのだという。

鉄扉には真新しい鎖が何重にも巻かれふみの拳ほどもある大きな錠が掛かっていた。

何か事件を思わせるものがあるかと見渡したが、鎖の巻いてある付近が白い粉で汚れていることと、脇の草地に石膏《せっこう》の破片が残っていることだけだった。

ふみは裏に回るとスレートが錆びてボロボロになった部分を見つけ、手で曲げてみた。しかし裏はセメントの壁だった。その後もふみはグルグルと周囲を回ったが中に入れそうな穴は見つからず、窓も開いていなかった。

ふみはポケットからマジックを取り出すと近くの壁に〝ふみ〟と描いたが、すぐそれに横棒を引いて消すと〝こんにちは！〟とだけ描き残した。


次の場所に来た時には太陽は真ん中を少し過ぎていた。

廃業したコンビニの棚に男の人が身体をふたつに切断され、置かれていたのだという。

ふみは大きな板で塞がれている店のガラスに近づくと隙間から中を覗き込んだが、真夜中の海のように何も見えなかった。

ふみは板の上に再び、〝こんにちは！〟と描くとそこを後にした。


三番目は廃ビルの地下室だった。

昔、義父《アイツ》が住んでいたアパートの近くだったので見当はついた。一階にはクリーニング屋の残骸があった。封鎖してあった板が斜めになっていたのでそこからエントランスに入ると中はガラスの破片が一杯で堆積《たいせき》した砂と擦《す》れて歩く度に嫌な音を立てた。エレベーターの反対側に地下に降りる階段が真っ暗な闇に飲み込まれていた。ふみは背中の毛がゆっくりとそそり立ってくるのを感じた。そして足を進めるとザラザラする手すりに摑まりながら階段を下り始めた。黴《かび》の臭いが強まるとともに光が闇に溶け始め、ふみは自分の身体が宙に浮くような不思議な気持ちになった。

「十五……」と段を数えたところで床は平面になった。扉は右手にあるようだったが、そこは完全な闇だった。ふみはノブがある辺りに手を伸ばし掛け、突然、そこにドアがなかったら、どうしようと思った。ドアがなく地下室まで真っ逆様に転んでいったら、そこには何が待っているだろう。ふみは身体が斜めになるのを防ごうと一歩、足を踏み出した。

そして、何かを踏みつけた。

けたたましい悲鳴とともに二匹の猫がふみの膝下《ひざもと》を掠《かす》め駆け上がっていった。

氷結したように固まったふみは、やがて〝はぁ〟と小さな吐息をつくと思わず握ったノブを回した。ノブはピクリとも動かなかった。さらにもう一度、溜息をつくとふみは階段を引き返した。闇から出るとフラッシュのように太陽が目を射ってきた。ふみは目元を覆った時、初めて自分が涙を流していたのに気づいた。

ふみは表の板に〝こんにちは！〟と描くと、逃げた猫の行方が気になりビルの裏手に回った。隣家と軒をくっつけるようになった隙間に猫はいなかったが、エアコンの室外機の足下に小さな明かり取りの窓が見えた。外壁が服を擦《こす》るのも構わず近づくとガラスが割れた窓に取り付けられたベニヤが剝がれかかっていた。ふみが力を入れると音を立ててベニヤは中に落ちた。何かが騒ぐ気配がしたが、やがてそれは納まった。大人は無理だが、ふみの身体なら隙間から潜り込むことはできそうだったが、また這い上がれるか不安だった。ふみはそばにあった別の板を窓に立てかけると現場を後にした。

翌日、ふみは再び学校を休み、現場を回った。違ったのは家から持ち出した懐中電灯と荷造り用のビニール紐が自転車の駕籠《かご》に入っていることと、各現場に残した〃こんにちは！〃というメッセージの下に〃きょうも来ました。きのう、おじさんが行ったばしょをわたしもぜんぶいきました〃と付け加えた事だった。

ふみは昨日の窓の前で迷っていた。いくら懐中電灯で照らしても梯子のようなものが見あたらないのだった。いくつかの箱はあったが、それが自分が移動できるものなのか判断がつかなかった。ふみは立ち上がると、ともちゃんの家に電話をした。

「ともちゃん。ふみだけど、あのね、もし私が明日になってもともちゃん家《ち》に行かなかったら警察に電話して、このあいだの調べてくれた住所の所を捜してもらって……。うん、そんなんじゃない。大丈夫。絶対に。うん、絶対。でもこのことは誰にも言わないでね」

十分後、ふみはビニール紐を室外機を支えているブロックの穴に通すとそれをベルトにくくりつけ割れたガラス窓をくぐった。手が身体を支えきれなくなるとビニール紐は何の役にも立たず、一気にふみは墜落した。しかし、落ちたのがダンボールの上だったので怪我はなかった。床を掃くような音がして何かが逃げまどったが、懐中電灯を点けた時には何もいなくなっていた。

そこは壊れたロッカーやカーペット、梱包された新聞や雑誌などが散乱しているだけだった。部屋の隅に光が当たるとキラキラした光の粒が見え、大慌てで隠れた。ふみは部屋の真ん中に座ると、ともちゃんから聞いたチェストがどの位置にあったのかを想像した。二人目の女の人は撲殺された後に身体を切断され、ここにしまわれていたチェストのなかに詰められていたのだという。目を閉じると大きな人影が片手に軽々と美女を抱いて地下室の床に降り立つ様《さま》が浮かんだ。素早い身のこなしで室内を物色していく男の顔は見えなかったが、野獣のような体躯が納められた服は筋肉ではち切れそうになっていた。ふみはいつのまにか男が自分のクラスに現れ、嫌なことばかりする男子や女子を次々となぎ倒していく様を思い浮かべた。彼は悲鳴を聞きつけた担任やその他の男の先生も楽々となぎ倒し、一撃で相手を粉砕した。全てが終わると男は校庭に立ちつくし、全身を犠牲者の血で染めていた。右の拳からは血が毒蛇《どくへび》のように地面を舐め、土を灼《や》いた。ふみが教室の窓から眺めていると学校を滅ぼした彼は町に出るとさらに破壊と殺戮を続けていった。瓦礫となった建物のなかには義父《アイツ》やあの嫌な宗教の人たちも混じっているはずだった。

ふみは目を開けると手元の懐中電灯が床の白い線を照らしているのに気づき立ち上がった。線は人型になっていた。ふみは型に沿うように横になるとまた目を閉じた。

小一時間後、ふみは運良く移動できた箱を積み重ねると窓から外へと戻った。

ふみはそれからも現場詣《もう》でを重ねた。さすがに学校を続けて休むわけにはいかなかったが、ふみは帰りが遅くなっても可能な限り現場を回り、小さな字でその日起きたことや自分の事を短く書き残した。


ある晩、現場から帰ると母が像の前で顔を触っていた。

「ふみちゃん、ちょっと来てくれる」

近づくと鼻から長い紙縒《こより》を入れ、唇から垂らしていた。

「なにしてんの」怖がるふみが訊ねると母は紙縒の両端を掴み、上下にそれをしごき始め、苦しそうにゲエゲェ音を立てて、涙を流した。

「なにしんての！　やめなよ」

ふみがしがみつくと母は紙縒を引き抜きエプロンで顔を拭くとえへへと笑った。

「なにしてんの」

「これね。とっても身体に良いの。だからふみちゃんにもできるようになって欲しいの」

「やだよ、私。そんな変なこと。それ変だよ」

「大丈夫、痛いのは最初だけだから、慣れればとっても身体に良いの」

母はそう言うとふみの身体を掴み、引き倒した。ふみは全力で抗《あらが》ったが身動きができなかった。今までこんな力で摑まれた事はなかった。

「今日、刑事さんが来てね……」母はふみの顔を見下ろしながら涙を浮かべた。「お父さん、昔、刑務所にいたことがあるんだって……小さな女の子をいたずらしたんだって……」

ふみは隙を見て母の腹を蹴上げると身体を離した。

「もう、お母さんだけじゃ、こんなカルマは背負い切れない。あんたも一緒じゃないと駄目なんだ。次から次へとこんな酷い目に遭うのはカルマの背負い方が浅いからなんだ」

「おかあさん、言ってること変だよ」

部屋を出ようとしたふみに母が言った。

「あんた、来週から教団の寮に入るから。そこで大学行くまで頑張るんだよ。休みには会いに行ってあげるから。どっちみち教団に入ればチャクラのひとつふたつは開いておかなくちゃいけないんだ。いまから練習しといて損はないんだよ。みんな良い人だから大丈夫だから」

「私、そんなの嫌だよ」

「もう決まったの。だいいち今の学校、あんたも嫌いでしょ」

「私、そんなの絶対やだよ!!」

「……じゃあ、死にな」

母はふみを見つめていた。その何の表情も浮かんでいない目をふみは知っていた。それは今まで学校や町で自分に向けられてきた目のひとつだった。

「死ねば良いよ。生きてたって仕方ないもの……」

ふみは神の像に駆け寄ると床に叩きつけた。

獣のような声を上げ、母は割れた像の上に伏せた。

ふみはテーブルの上にある母の財布を摑むと夜の町に飛び出して行った。


ふみは泣いてはいなかった。ただ本格的に真剣に考えなくちゃいけないと思っていた。これからどうするのか本気で考えなくちゃ……私は壊されてしまう。

気がつくとコンビニの袋にマジックを詰め込んで倉庫の前に立っていた。

〝あいたい〟と描いていた。

殴りつけるように書く度、マジックの軸がざらついたスレートの壁で削れ、短くなった先を滑った爪が何度も当たる、やがて爪は割れ、血が腕を伝ったがふみは休むことなく描き続けた。

〝あいたい〟〝あいたい〟〝あいたい〟〝あいたい〟〝あいたい〟〝あいたい〟〝あいたい〟

〝あいたい〟〝あいたい〟〝あいたい〟〝あいたい〟〝あいたい〟〝あいたい〟

会ってどうしようという思いは浮かんでこなかった。ただ会いたい、あってみんなを破滅させて欲しいと頼もうと思った。殺されるかもしれなかったが、その時でも〝頑張って下さい〟と言いたかった。ふみは狂ったように描き続け、辺りが白む頃には倉庫の周囲をぐるりと描き潰していた。そして次の現場へ行く先々の電信柱や看板、歩道の敷石、壁にも手当たり次第に描き続けた。朝が来て通勤・通学の群が町を行く中でも地面に屈み、壁に取り付いて書き殴り続けた。ふみは腹が減るとジャムパンをくわえ、疲れると公園のベンチで横になりながら現場から現場へと回った。

そして最後の現場に辿り着いた頃には夕方になっていた。

「やあ」

煙突の土台から鉄扉へと書き付けていたふみにその人は声を掛けてきた。

振り返ると中肉中背の中年男が立っていた。男は茹でたように汗をかき、グレーの背広を脇に抱えていた。「ずいぶん、書いたねぇ」男の眼鏡が光った。

ふみは男に飛び掛かられないよう距離を開け、相手の出方を注意していた。

「あれ、書いたの、全部お嬢ちゃんだろう。〝あいたいあいたい〟って。そんなに会いたいの」

男の言葉にふみは頷《うなず》いた。

「どうしてかな」男の笑顔が消えた。

ふみは答えなかった。

男は一歩踏み出すと距離をいきなり狭《せば》めることなく屈《かが》んでふみの視線を捉《とら》えようとした。

「知ってる人？」

ふみは頭《かぶり》を振った。

「じゃあ、どうしてこんな事してるのかな」男はさらに近づいた。

大人が近づくとする嫌な匂いがこの人からはしなかった。

「君が会いたがっている人間が何をしたか知ってる」

ふみは頷いた。

「普通はあんな酷いことをした人間は怖がるんじゃない？　どうして君だけはそんなに会いたいの、ん？」

「捕まえるの？」ふみは顔を上げた。

男は一瞬間をおいて頷き返した。「そうだね。ああいう人間は誰かがそばにいてやらなくちゃいけない。ひとりにしておいてちゃいけないんだ。本人も苦しんでいるはずだ」

「死ンじゃえばいい」ふみは呟いた。

「なに？」

「みんな死ンじゃえばいい。みんなあの人に殺されちゃえばいい」

ふみは外へ駆け出した。鉄扉から飛び出すと若い背広の男がふみに手を伸ばしてきた。

「その子を止めろ」中年の声がした。

ふみはその手を避《よ》けると駐車場の外壁にできた穴をくぐり抜け、行方をくらませた。

腹が鳴っていた。ふみは路地に出ないよう壁を伝い、垣根をくぐり、建物の間を縫《ぬ》って進んでいた。行く先はなかった、母の元に戻ることは教団の寮にひとりで移ることを意味していた。

ふみは焼鳥屋の排気口近くに溜まっている猫の親子を見つけると跪《ひざまず》いて、口をチュッチュッと鳴らした。「おいでおいで」口が酸っぱくなるほどすぼめていると、知らん顔して行ったり来たりを繰り返していた親猫が、ふいに警戒を解くとふみの腕に身体を擦り寄せてきた。猫は焼き鳥の匂いがした。親が来るとぬいぐるみのような子猫もふみの元に集まってきた。ふみは彼らを抱き上げ、くちづけし、和毛《にこげ》に顔を擂《す》りつけた。

不意にふみは母の財布の事を思い立ち、猫に待ってるように告げると表に回り、店先で炭火を真っ赤に熾《おこ》している主人に焼き鳥を三本注文した。煙を避けるように脇に回るとふみは目をしばたたきながら明滅する炭を見つめていた。やがて主人はタレ壺に焼き上がった串を突っ込み、発泡スチロールの皿に載せるとビニールでそれを包んだ。

「ありがとう」受け取ったふみが振り返ると目の前に義父が立っていた。

義父は既に酩酊しているようでふみに視線を据えたまま、道路の中央で仁王立ちになっていた。そしてその傍らではインチキ外人のような恰好をした女がこれもまた酔った口調で

“行こうよ行こうよ”と義父の腕を引いていた。義父は声を出さず、唇だけを動かしふみに“殺す”と言った。

　ふみは義父の姿が飲み屋に消えるまで動けなかった。

　義父は激怒していた……理由は判らなかった。ただ掴まったらジョッキで殴られるだけで済まないということだけははっきりしていた。

　不意に、ふみは母親の顔を思い浮かべていた。今の事を伝えれば考えを変えてくれるかもしれないと感じた。義父には変な女がいる。義父の世話はもう母がしなくても良いはずだとふみは言いたかった。カルマでも何でも、あの女が持っていけば良いんだ。義父《アイツ》が居なければふみと一緒に暮らしていけるはずだ。
裏に回ったふみは居なくなった猫が戻ってきて食べられるよう焼き鳥を出した。

　母は動かなかった。

　帰ったふみを見ると微笑んだ母は義父についての報告を静かに俯《うつむ》いたまま聞いていた。

「おかあさん、行こう。今日はどっかに泊まって、それからどうするか考えよう」

　ふみは座ったきり顔を上げようともしない母を見ていると不吉なものに腹の底をちりちりと炙《あぶ》られるような気がした。

「ねぇ、行こうよ」

ふみは母の腕を取り、なんとか立ち上がらないかと渾身の力を込めて引っ張った。しかし、母は泥の詰まった袋のように重く、びくともしなかった。

「どうして！　どうしてよ」

ふみが室内を見回すと祭壇はそのままだったが神の像はなくなっていた。白いものが目立ってきた母の髪を見下ろしていると涙が溢れてきた。

「どうして、ふみと一緒に来てくれないのよ！」

「子供ネェ。あんたは」母は顔を上げ、アラッと声を上げた。「お帰り」

ふみは頭に凄まじい衝撃を受け、部屋の隅に吹っ飛んだ。

脇腹に釘を打ち込まれたような激痛が走り、息が止まった。驚いて目を見張ると義父が母の前にいた。

「座ってよ」

母は怒りや哀しみではなく、単に嫌な光景を目にしてしまったという感じで顔をしかめた。

「このガキャア。自分の父親《オヤジ》を売りやがった」

義父はゴルフのクラブを手にしていた。

ふみは口の中に広がった血が畳にこぼれるのを見た。頭は痺れていた。ドスンという音とともに背中が無理矢理、反対側に捲《めく》られるような衝撃が走り、ふみは畳に顔を叩きつけられた。蛍光灯が暗くなった、ふみが無意識に身を転がすと、ボスッと音を立て自分がいた場所にクラブが刺さるのが見えた。

「この野郎、刑事に俺の事を売りやがった。テメエの親父をムショに逆戻りさせる気だ」

ふみの鼻面を義父の爪先が捉《とら》えた。破裂音とともに顔の真ん中に刃物を立てられたような痛みが走り、ふみは悲鳴を上げた。義父は靴を履いたままだった。蛍光灯の光を受けた義父の目は黒く光っていた。

殺される。

「やめなさいよぉ」間延びした声が部屋に響いた。

「黙れ牝《めす》！」義父が母を怒鳴りつけた。

その瞬間、ふみは信じられないものを見た。

母の顔に媚びを含んだ薄笑いが貼りついていた。

絶望がエネルギーとなり身体を支配した。ふみは絶叫すると義父の脇をすり抜け、迷うことなく部屋を飛び出した。


公園まではたどり着けなかった。ともちゃんの家を目指そうと思ったが悪寒が酷く、目もよく見えなくなっていた。捨ててあったガラスの破片で踵《かかと》を裂くとふみは自分が裸足であったのに気づいた。下を向くだけで顔が破裂しそうなほど疼《うず》いた。ふみは突き上げてくる吐き気に我慢できず、何度か電信柱の根本にしゃがむと吐いた。吐いても吐いても吐き気は去らなかった。足下に出るのは水ばかりだった。痛みに耐えきれず、手近な建物の隅に座り込むと、その度に寝入ってしまい、寒さで目が醒めた。首の付け根や背中が焼けたように熱く、動悸とともにその部分が揺れた。

風呂屋の現場に向かって見ようとも考えたが、昼間の刑事に会うのは嫌だった。

ふみは街路灯の下に捨ててあるタンスを見つけ、近づいた。扉を開け、据え付けられた鏡を見て、ふみは息を飲んだ。〝おばけ〟がふみを睨んでいた。しばらく見つめていると〝おばけ〟の血塗《ちまみ》れの目から涙が幾筋も幾筋も溢れ、顎の先から赤い水となって落ちた。近くの家から〝あ・る・こう〜、あ・る・こう〜〟と歌が聞こえてきた。

ふみはこのまま道路に行き、トラックに向かって身を投げてみようかと思ったが、何故かそれをせず再び、彷徨すると見知らぬ民家の壁にもたれて座った。全身が歯痛になったように疼き、考えがまとまらなくなっていた。腕の震えが酷く、自分で抑えることができなくなっていた。目の前に轢き潰されて煎餅のように貼り付いた猫か鼠があった。気持ちが判るような気がした。ふみは怖かった。自然と身体を前後に揺らし、先ほど聞いた曲を口ずさんでいた。すると頭上で窓が開閉される音がし、水が降ってきた。ゆっくりと首を巡らせると窓からホースが伸ばされ、その先を∞型にしたマニキュアの指が自分を狙っていた。顔は見えなかった。濡れ鼠になったふみは立ち上がると引っ越してきた当時、よく忍び込んだ廃工場で斃《たお》れようと思った。

どうせ死ぬなら人に見られたくなかった。

製菓工場だったというそこは微かに甘い香りが残っていた。奥には、ふみが立って歩けるような大型ダクトが何本も投棄されていた。そのひとつに入るとふみは横たわり、目を閉じた。

既に疼くような熱は残っていなかった。ただ身体の芯からやってくるような冷えが全身を静かに包み、身を任せているとそのまま地面に沈み込んで行くような感覚がした。

その時、工場の反対側でドアが開閉される音を聞いた。

ふみが身を起こすと人影が何かを捜すように町の外光に照らされた浅い闇のなかを進んできた。黒い人影だった、潰れた目にそれは巨大に見えた。人影は工場に残る残骸をものともせずに力強く進んできた。ふみは息を飲み、そして待った。

人影は大型ダクトにたどり着くと、端から中を覗き込んでいった。

ふみは呼吸ができなかった。

そして遂に人影がふみのいるダクトを覗き込んだ。

「おじさん？」ふみは目を閉じた。

「見つけた。やっぱりここか」

義父は甲高く笑った。

ふみは目を開けると立ち上がろうとした。しかし、硬直した身体は重く言うことを聞かなかった。全力で後退したつもりだったが、実際には少し身じろぎした程度であった。頭の隅で停まっていた痺れが広がり始め、全身をシャワーのように覆っていくような気がした。身体とは逆に涙だけは堰《せき》を切ったかのように次々と溢れ、義父の姿をボンヤリとしたものに変えた。

「死ぬなら家でなきゃ。事件になってしまう」

義父はふみの両足首を摑むとダクトの外に引きずり出した。

「やめて……」

力を込めた絶叫が僅かに口の周りで広がって終わってしまったのが不思議だった。ふみは自分の力は残されていない事をはっきり悟った。

「おまえ。結構、良いまんじゅう持ってんだよな」

義父はそう呟くとふみの胸を服の上から鷲摑みにした。

ふみは崩れ掛けた天井を見上げていた。首から下で義父は何か蠢《うごめ》いていたが、ふみにはもうあまり関心はなかった。身体が押し引きされる度にユラユラと揺れたが、ふみは天井の落ちかけたスレートが自分の元に降ってこないかと念じていた。スレートがギロチンの刃のように自分たちを分断してくれれば全部済むのにとふみは思った。

下半身が持ち上げられるような感覚がした後、義父が立ち上がり、ふみの前で作業ズボンを脱ぎ捨てると強《こわ》い陰毛の中から裸 鼠《はだかねずみ》のように縮こまった性器を丸出しにした。

手にはふみのスカートと下着を持っていた。

「いやだ」ふみは身を起こした。

義父は手にしたふみの下着を落とし、ふみの前に座ると身体を被せてきた。そして胸を合わせると「あ〜」と湯船に漬かったような息を吐いた。

「餓鬼ってのは、みんな同《おん》じ匂《な》いがする。寝床の匂いが詰まってやがる」

ふみは思わず義父の顔を摑んだ。親指が左の瞼の上に乗った。

「その指を突っ込むのか……」

義父の動きが停まった。

「いいよ。それでも。ただそうなりゃ、おまえも楽にはしておかない」

義父はふみの顔を覗き込み、歯を剝き出した。

「鼻を嚙み切って喰ってやる。次は唇だ。そして右耳と左耳を喰ってやる」と歯をカツカツと鳴らした。

「おかあさんはおまえの事なんか大っ嫌いなんだ。おまえなんかダニと一緒だ。おまえが脅さなきゃ、おかあさんは私と一緒に居たいんだ」

ふみの言葉に義父は咳き込み、やがて低い笑い声が場内に響いた。

「ふみ。おまえは餓鬼だな。おまえのおふくろは、もうおまえの事なんか何とも思ってやしない。おまえは邪魔なんだ」

「嘘だ」

「嘘じゃない……あの女は俺のガキを孕《はら》んでる」

ふみは義父の顔を見た。

「邪魔なのは俺じゃなく。おまえなんだよ。第一、ここを俺に教えたのは誰だと思ってた」

ふみの喉の奥から低い唸《うな》りが響き、それは長く止むことはなかった。

しかし、地の底をうねるような響きとは裏腹に、ふみの顔は能面のように何の表情も浮かばなくなっていた。

やがて義父の顔を掴んでいた腕がはらりと地面に落ちた。

義父は股間をまさぐるとふみに迫った。

ふみには抗う力が残されていなかった。

「やっぱ、まだ狭いな」

義父はそう呟くと立ち上がり、作業ズボンを拾い上げ、中から建築用カッターを取り出した。

ふみの脚の間に身を割り込ませた義父はカッターの刃をチキチキと何度か出し入れしなが

ら、これから行うことに適当な刃の長さを確かめているようだった。

「ちょっと、チクッとするけど我慢しろよ」

義父はふみの股間に顔を近づけた。

その時、ふみの耳にさくりと砂を踏む音が届いた。

「チクッとするだけだ。チクッとな」

義父はふみの表情を見物するかのように覗き込み笑った。

ふみは性器の合わせ目に氷のような刃がゆっくり押し当てられるのを感じ、息を飲んだ。

突然、南瓜《かぼちゃ》を槍で突いたような音とともに義父の頭が裂け、熱い飛沫《しぶき》が雨のように降りかかった。見ると顎まで真っ二つに割れた義父の頭の向こうに巨大な影が立っていた。

上顎を断ち割られ根っこまで丸見えになった舌が右に左に逃げまどい、嗚咽《おえつ》のような音が喉を震わせた、義父は胸元の空気を二三度、掻き毟《むし》り、やがて仰向けにどうっと倒れた。

砂を踏む音が響き、ふみは自分が抱き上げられ宙に浮くのを感じた。

その人はふみを見つめていた。

闇の中で辛うじて見えるその瞳には自分への戸惑いと興味が浮かんでいた。

「私を呼んだのは君かね」

香の匂いとともに静かで柔らかな声が降り注いだ。

「はい」

ふみは手を差し伸べた。
血に濡れた鉈《なた》を捨て、大きな手が優しくそれを包んだ。

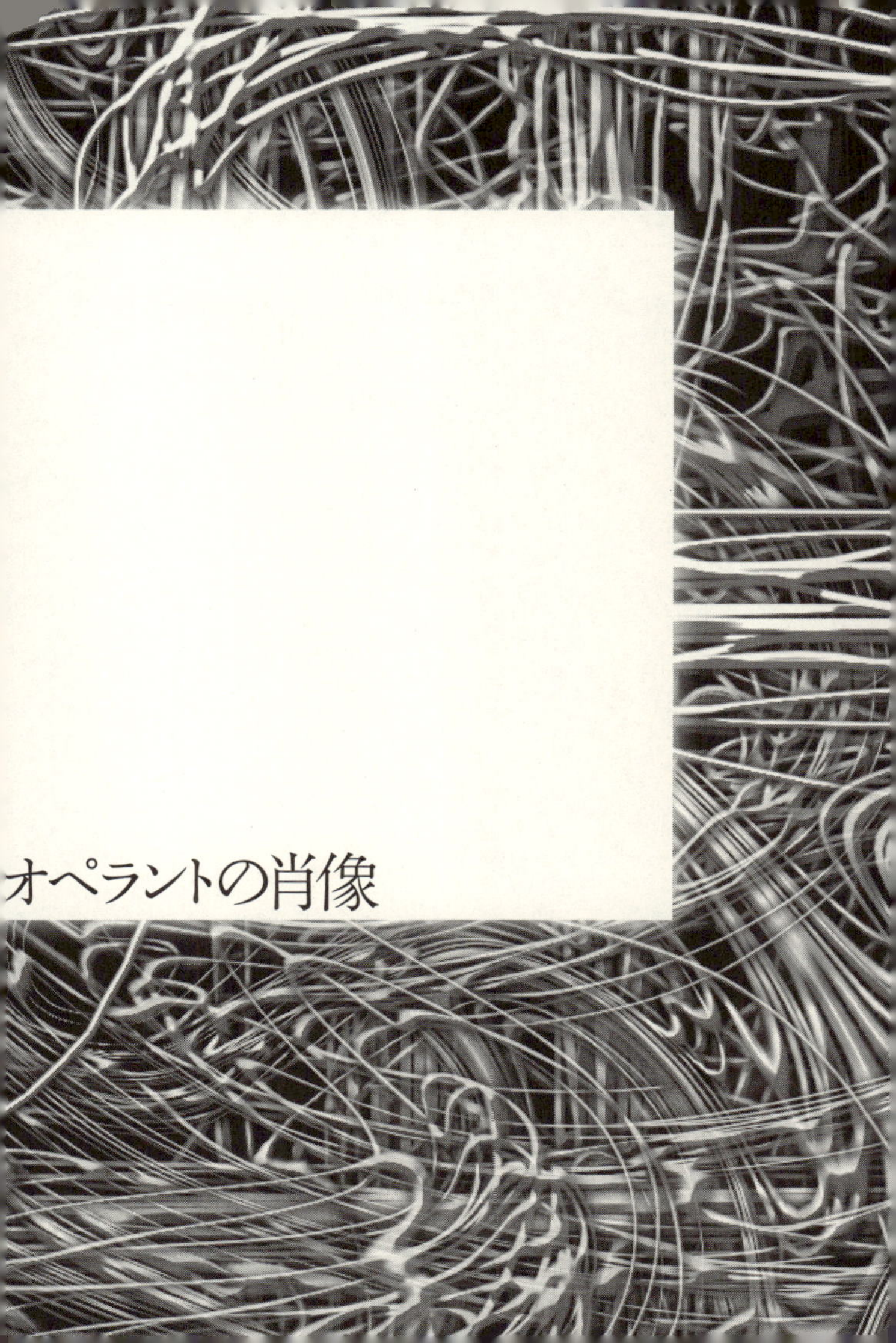

オペラントの肖像

タイル。

血。

蛍光灯。

明滅。

「なあ、大将。ここの電球をそろそろ交換するように言ってくれねえかなぁ」

解剖医は鉗子《かんし》で肉の断端を何度も摘《つま》み損ないながら蛍光灯同様、寒々しい顔を向けた。

「指示書の提出はお済みではないのですか」

「んなもなぁ、とうに出してるよ。梅雨の前に。今は冬だよ」

報告書によると解剖台の女は五十二歳の赤色市民。つまり公官庁ではない一般下級企業勤務者が彼女の配偶者であり、彼女はその被扶養者であることを示していた。

女は先週、自宅台所にて脳溢血を発症。搬送先の病院にて勤務医が触診で〈条件付け違反《オペラント》〉の疑いありと通報。直《ただ》ちにスキナー省よりエックス線による精査命令が出、内容物の確認が取れたために本日の摘出解剖となった。

古いゴムのように硬く沈んだ乳房は身体の中心線が胸から恥骨まで切り裂かれているので

左右に垂れ下がり、ファスナーが壊れて口の開いた安手のバッグを思わせた。

来年、定年だという解剖医は白髪を振り乱しながらドブに落ちた硬貨を拾う格好で先ほど来、女の胃をまさぐっていた。

「婆《ばばあ》のくせに胃の肉だけはぴんぴんしてやがるんだなぁ」

一応、開口器で切開部は開いているのだが残念なことに螺子《ねじ》が馬鹿になっているようで、ついゆるゆると閉じてしまう。解剖医は肘まで真っ赤にしながら腕の側部で腹の筋肉を押さえながら鉗子で中身を突き回していた。

こうした備品の不備はこの解剖室だけでなく帝国のあちこちで散見されたが皆、今では常態として受け入れるようになった。

というよりも省の条件付け《オペラント》に改定がなされない以上、文句を言う手段もなく、誰にも手出しができないのだ。

「いつも見える助手の方は」

「条件付け履修《オペラント》だよ。ガキが四年生になるもんでな。親はその手伝い」

ああ、なるほどと私は頷《うなず》き、反対側を向いて煙草に点火した。院内で喫煙可なのはこの場所だけだった。解剖台は反対側の壁にも際《きわ》まで並べてあり、それぞれの上に遺体が順番に切り開かれるのを待っていた。

――最近は自殺者が多い。

解剖医が三度目の放屁《ほうひ》を終えた時、嬉しそうな声を上げた。

「これだな、大将」

血と消化液にまみれた丸い札が膿盆の上でカランと乾いた音をたてた。私が顔を近づけるとフランベのリキュールよろしく解剖医は芝居がかった仕草で膿盆の獲物に生理食塩水をかけ、寒天状に煮凝《にこご》った血糊を流してみせた。

札のなかには明らかに絵があった。

「ルーベンスか」

解剖医はそう言い置いて私の確認を待つ。

「うむ、間違いない。ただ材質が以前のようなプラスチック加工品ではないですね」

「これは前に奴らが使っていたのと用途が違うからだ」

私の一瞥に解剖医が補足する。

「つまり、以前の堕術者は堕術そのものを愛《め》でるのが目的であったから水中や土中や壁のなかに隠していても腐食されにくいプラスチック、ステンレス、なかには金や銀を材質にしたものにまで凝《こ》ったわけだ」

私は頷く。

「ところが最近は少し流れに変化が生じてきた。奴らは愛でることからくる発覚のリスクを逃れるためと堕術との身心一体化を両方叶《かな》えられる方法として飲むことを憶えたんだ。ゆえに奴らにとっては多少の腐食よりも体外への排出に抗することの方が眼目となったわけだよ。これを見てみろ、材質は木だ。木の札にルーベンスの絵を丁寧に描き込んだものを、この女はある時点で飲み込んだんだな。運悪く腫瘍化し、医者の触診にふれた。脳溢血で死ななくても胃癌で死ぬ可能性も高かったろう。彼女が手術を受けるはずはないからな」

解剖医は木の札を解析装置のなかに押し込むとスイッチを押した。

装置に直結されたモニターが点灯すると木の札の材質と絵の分析を始めた。装置そのものは他の備品並みに古くてくたびれてはいたがコードの先に繋がっている集積路はスキナー省の最新鋭コンピューターと直結している。数秒を待たず絵の同定を知らせる〈identification〉が点滅し、画題である〈Die Kreuzerhöhung〉がモニターに出現した。

解剖医が、ふーんと鼻を鳴らすのが聞こえた。

続いてモニター画面一杯に映し出されたのはルーベンス【キリスト昇架】であった。

「宗教画とは質《たち》が悪いな」

分析の終了を知らせる断続音が続き、解剖医は老眼鏡を血の付いた手袋で取り出すとプリントアウトされた書類を読み出した。

「莫迦《ばか》め。あの木札。トネリコを使ってあったらしい」

「危険なんですね」

「トネリコ自体に問題はないんだが植生環境によって天然の発癌物質アフラトキシンを吸収

する率が高い。一旦、これらが吸収されると相互作用で悪疾化する。この程度は木材の加工業者には常識なんだがな。まあ選択の余地がなかったんだろう……」

「なぜです」

「要は他の材質では体外への排出率が高くなる。トネリコは樹皮に細かな棘《とげ》があるから肉によく絡《から》む。婆さんは死んでもルーベンスもキリストも離したくなかったんだよ」

そこまで言うと私に背を向けた解剖医から、ぱちんぱちんと勢いよくゴム手袋を外す音が聞こえてきた。

「徹底的に調査することですな」

タケミはいつものように鼻の穴を弄《いじ》りながら室内を歩き回った。彼は集中しだすと無意識に弄ってしまう癖がある。彼はそれを初等条件付け《オペラント》学習の際における教師の不手際によるものだと、ことあるごとに吹聴したが、それで不快感が減じることはなかった。

「対象者には夫と二十八になる娘がいます。彼らもきっと条件付け《オペラント》違反をしているに違いありません」

かつりかつりブーツの踵が鳴るのを自身で楽しみながら歩く。タケミが膝をことさら曲げずに歩くのは条件付け《オペラント》のせいではなく彼の単なる嗜好のためだ。

「できますか？」

タケミは彼の口癖を放つ。それは当然あって然《しか》るべきと彼が信ずる媚《こ》びや諂《へつら》いが私の態度に微塵《みじん》もないことに苛立っているように感じられたが元々は常々、私と自分のキャリアを比較せずにはいられない彼の心性によるものが大きい。

彼は私が父の偉功によってのみ昇級を重ねてきたと見ているのだ。

「できますか？」

「実行します」

「最悪、舞台さえ作ってしまえば措置《そち》はいくらでも講ずるということです」

この男が最悪と口にする時は本当に最悪のことを示している場合が多い。舞台とは憶測や状況証拠による拘束を言い、措置とは本人のいなくなった場所からぞろぞろと証拠物件が溢れ出すというでっちあげのことを示していた。

「実行します。父の名において」

部屋を出る際、「父の名だと……」と吐き捨てるのが耳に届いた。

私を迎え入れた娘は黒髪に明るい緑色の瞳をもっていた。

「父は葬儀の準備に街へ出ているんです」

私の身分証《ID》を確認し終えた娘には明らかな不安と動揺が見て取れた。

案内された木造家屋は質素で近代的な装飾は皆無で家具は全て木でできていた。

「どうぞ」

テーブルに置かれたカップに口をつけるとハーブの香りがした。

「テレビは？」

「ありません」

「ではネットで？」

「パソコンも置いてないんです」

私は沈黙した。

「強化子の変更はラジオで確認するようにしています」

「NHKですね。教育のほう」

娘は頷き、自分もカップに口をつけた。

その際、彼女が僅かに微笑《ほほえ》んでみせたので私は驚いた。

「条件付け記録簿《オペラントレジスター》を拝見できますか？」

当然、省でデータ自体は確認済みだが実物を見る必要はあった。

データ上は何の問題も見つけられなかった。

「どうぞ」娘はブリキに細かな穴で花模様が打たれた戸棚から赤い手帳を三冊持ってきた。

思った通り履修履歴は省で検索したもの同様、完璧なものだった。キチンと実技指導者である〈スキナー官〉のサインも添付されてあった。私はポケットからペンライトを取り出すと認証光を書面に当ててみた。偽造ではなさそうだった。

「父と母は昔から熱心な条件付け信奉者《オペランティニスト》なんです」

娘は壁に立てかけてある地区部長からの奨励賞の入った額とスキナー卿が好んで用いたと言われているH・Gウェルズの箴言《しんげん》【科学は芸術よりも世界を救う】が銘《めい》になった金属板に振り返ってみせた。

「それにしてもお宅は質素だ。いつからです」

「昔からです」

「料理は……まさかあの竈《かまど》で？」

「はい」

「薪《まき》ですか」

「父と私で作っておきます」

私は沈黙せざるを得なかった。質素だが温かなたたずまい。不便を不便とも思わず、彼らは逆にそれを楽しんでいるふうでもある。彼らの生活に通底しているものは明らかに条件付け《オペラント》に抵抗する資質であり、それは明らかに潜在分子としての脅威を現した。

「もう少し街に……文明に馴染《なじ》まれた方がよい。でないと次からの条件付け《オペラント》履修が難しくなりますよ」

娘は真っ正面から私を見据《みす》えた。

沈黙。

「母は堕術者でしたのね」

私は娘が凝視しているのを充分に感じながらプラスチック袋を取り出し、よく見えるであろう位置に放った。袋の中の札がチーク材のテーブルで膿盆とはまた違った音をたてた。

「これが胃から発見されたのです」

円形に切り取られた空間に白いキリストが掌に打ち込まれた杭を己で握り締め、無情と哀しみを湛《たた》えつつ屈強な男たちに架けられていた。ティントレットに影響された構図、ミケランジェロの躍動感が人物の筋肉のうねりのなかにはっきりとある画王ルーベンスの名にし負《お》う大傑作であり、また見事な複製でもあった。

娘がハッと息を飲んだ。口の中に残されていたハーブの芳香が私に届いた。

「どうしてこんなことをしたのかしら」

「それを調べているのです」

じっと緑色の瞳に涙が溜まっていった。彼女の翡翠《ひすい》色の虹彩《こうさい》には黒い筋があり、その中心にある黒点が私に向けられている。テーブルの上に置いた娘の両手が組み合わされ、互いを絞りあげていた。

「わたしも対象者なのですね」

「無論、お父上もです」

娘の唇がきゅっと音をたてて噛み締められたかのように思えた。真珠粒のような歯先が紅い唇の戦慄《おのの》きを押さえつけている。黒いスエーターの胸元が静かに上下していた。

「母は人間としても立派な人でした……私はとても愛していたのです」

四度《よたび》の沈黙。

屋内にある時計の振り子がその時、初めて聞き取れた。

私は昂揚《こうよう》していたのだ。

「ああ、あなたはこんな話には飽き飽きしているのでしたね」

娘はようやく顔を上げた。

今まで見てきた他の対象者同様、彼女もなにがしかの救いと答えを求めていた。

「機能《ファンクション》こそが肝要なのです。我々は二度とあのような悲劇を招いてはならないのです」

ええ、そうねと娘は呟きながら髪を解《ほど》いた。長い黒髪が墨汁を撒《ま》いたように彼女の首筋から肩にかけて流れ、そして停まった。

それから私は簡単な挨拶の後、車に乗り込んだ。家の前で転回するとバックミラー越しに窓辺から見送っている娘が見えた。

彼女は小さく手を振っていた。

対象者には今までに何千と会ってきたが、そんなことをしたのは彼女が初めてだった。

カノン――それが娘の名である。

スキナー省が創立されたのは今から六十年ほど前のこと。国境・領土問題を含め、旧国家体制のあり方が包括的に疑問視され始めた二十一世紀後半、中国共産党政権崩壊をきっかけに亜細亜圏を中心とした国家に拠《よ》らない数百万〜数千万単位の生活集団が世界のあちこちに誕生し始めた。それらは当初、アジアダイナミックスによる新たな生活者の融和的結合とされ、希望の意味を込めて【ノヴァ】ならびに【ノヴァジャム】と呼称された。しかし、母集団が極大化するにつれ【ノヴァ】のなかで世界規模のインフラを所持する超企業体《スーパーカンパニー》と融合する【ノヴァコン】が現れ、【ノヴァ】対【ノヴァコン】の争いが北米大陸での黒死病《ペスト》大流行を期に激化。遂に人類は三度、世界大戦の勃発をみる。

戦後、生き残った僅かな人々は二度と同じ轍《てつ》を踏むまいと必死の模索を続けた。

その結果、並みいる賢人たちが到達したのが【種としての人間は過《あやま》つ生物である】という思想であり、これが今日あらゆる哲学であり法となって人類自体を支配することになった。人間は種として必ず過った行動に帰結するというのが結論であるのだから、未来はない。放っておけば少なからぬ近い将来、人類は壊滅し、後に残るは昆虫と粘菌類が我がもの顔で闊《かっ》歩《ぽ》する世界である。

これを阻止するには是が非でも人間が【いま、ここから】種を超える能力を備える必要があるとしたのがスキナーと呼ばれる心理学者集団であり、彼らは各軍閥《ぐんばつ》や財閥を言葉と紙切れの質問票によって操作し、これを手中に収めた。人類にとって幸運だったのはスキナーたちは私利私欲から完全に決別された存在であったということである。彼らはひたすら人類というモルモットについて徹底的に考え抜き、結論を出した。

彼らはいとも容易《たやす》く、豚に掃除をさせ、ハトに戦略型ミサイルの発射ボタン管理をさせてみせた。

全ては条件付け――オペラントという魔法の技《わざ》で。

「人が悪い欲望に突き動かされ、悪い習慣を手に入れ、破壊的風習に唯々諾々《いいだくだく》と従ってしまうのは条件付け《オペラント》されていないからである。非論理的な行為は条件付けによって是正し、それにより嘗《かつ》て、人類は人類という種が成し得なかった自制心というソロモンの指輪を手に入れるのだ」

こうしたスローガンのもとスキナー省の前身とも言える行動工学庁が民衆の条件付けを積極的に行った。それらは毎朝の生活習慣から食生活、勤務態度、社会人としての生活規律、モラル、献身、家族との対応、恋愛、性生活、嗜癖《しへき》など百八十の分野について徹底的に条件付けするものであり、不適合者は死ぬまで条件付けから解放されぬことから【条件付けに脱落者なし】と言われるほど社会の末端まで徹底して管理された。

実際の条件付けは好ましいと思われる行為に対して褒賞が与えられ、そうでない場合には罰が与えられるという単純なものであり、何が好ましいかは国家（スキナー省）が決定した。

今や条件付けは国是となり、近年の研究では生後三カ月の乳幼児からプログラムが開始され、彼ら第一期条件付け《オペラント》ベイビーも来年には小学校に入学することになった。ここに至り人類は条件付けの恩恵なしに生存することは既に不可能と思われるほどになった。

　実際に幼児姦の性犯罪者が条件付けの強化によって保育園のバスの運転手として立派に職責を全うして生涯を終えたり、放火や万引きといった習慣性の強い犯罪者に対しても条件付けは完璧に作用した。なかにはこうした事象を見聞するうちに自己のなかの欠点を是正しようと積極的に条件付けをされたがる者もいて、スキナー省では常に優秀な条件付け係《オペランター》の育成と確保に躍起《やっき》になっていた。

　但し、全てに対して万能かと言えば、そういうわけでもなかった。条件付けには本来、強化子と呼ばれる【餌】とまた手がかり刺激という狙いの行動へと無意識に導く二次刺激が使われるのだが、これらも一定期間、反応がないと消去されてしまう。つまり一旦、強化された習慣も恒常的に報酬がなければ消去してしまうのである。そこで開発されたのが【変率スケジュール】である。つまり三回に一度、レバーを下げることで報酬を与える習慣は、三回引いたのに餌が出ないと、つまり報酬が停まってしまうとその行為は消去される。しかし、三回に一回を五回に一回、十回に一回と変動して餌を出すと対象はレバーを下げるのを止めるどころか報酬が現れるまでレバーを延々と下げ続けるのである。卑近な例になるがこれはつまり三回に一度、必ず返事が返ってくると決まっている恋人よりもアトランダムに返事が返ってくる薄情な恋人のほうが継続的に連絡を続けてしまう。また大当たりする間隔の変動が非常に激しい株やギャンブルのほうが依存性を高めることと関連がある。

スキナーたちはこれらを基本として人類を分解、管理していったのである。

そんな彼らでも全く手出しのできないものがひとつだけ残った。

【芸術《アート》】。

嘗て、そう総称されていた一連の作品が実に条件付けの障害になるという統計が上がってきたのが三十年ほど前。当初、それは噂の類《たぐい》でしかなかったが、ある日、スキナー省の初代長官が宿泊先ホテルから護衛警官に守られリムジンに乗り込むところを狙撃された。この模様は居合わせた報道陣によって全世界に配信され相応のショックを与えたのであるが、それ以上に犯人が前年度、優良条件付け者《オペランター》として当長官本人から表彰を受けた男であったことはまさに地殻変動的衝撃を与えるに及んだ。

彼の条件付けは、最も潜在意識に深いところへアンカーされているはずのレヴェル5までが根刮《ねこそ》ぎ消去されていたのである。

調べによると青年は数カ月前より条件付けが緩《ゆる》んでいたのだが、その原因が彼が好んで保有していた大量の【ゴヤ】の複製画への偏愛にあったということが心理解剖によって明らかにされたのである。またこれに影響を受けたと思われる襲撃事件が各地で頻発し、なかには敢えて【芸術】によって条件付《オペラント》けを外してみようとする輩《やから》までが続出することとなった。

事態を重くみた政府は緊急事態宣言を発令、意識的に条件付け消去を試みた者には理由の如何を問わず禁固三十年という罰則を暫定的に発令した。

スキナー省ではすぐさま【芸術】が条件付けに及ぼす影響についての徹底調査が始まった。一部の行動工学者のなかには久しぶりに骨のある難題が持ち上がったと喜ぶ声もあったというほどスキナー省のそれらへの取り組みはまさに微に入り細を穿《うが》つを文字通り実行するものであり、その後、何度かの改定報告が提出された結果、事件からおよそ三年後にようやくスキナー省は【芸術】に関する態度を決定させる声明を出した。

「従来の【芸術】のなかには麻薬同様、人間の潜在意識を極度に変容させるものがある。本作用期間については個人的偏差が大であり、また一概に条件付けの抵抗分子とはならないものの長期的視野に立てば、このような不確定素子は排除するにしくはなく、子孫への影響も多大なりと思慮するに、これらを旧世代からの負の遺産として我々は徹底的な決別をする他ない」

という声明が発布《はっぷ》され、これが事実上の旧芸術殲滅《せんめつ》宣言となった。

スキナー省は直ちに立法府に憲法改正を求め、半年を待たずに何人《なんぴと》たりとも真正、複製を問わず秘匿、隠匿、閲覧してはならぬという解放芸術禁止令【芸禁法】が施行された。

その頃になると条件付けられた人間《オペラント》が旧芸術作品に触れると、既得の条件付け《オペラント》が瞬時に消去され、発狂、錯乱するという条件付けが新たな強化子とともに附帯《ふたい》されて国民に学習させることになり、当然、履修した者は、それを疑うことはできなくなっていた。

十年後、旧世界での【芸術】は人類を堕落させる、の意味をもって新世界でスキナー省が製作奨励する芸術以外は【堕術】と総称されることになり、いまだそれらを秘匿隠蔽《ひとくいんぺい》している者は厳罰に処されることとなった。

と同時に、これら犯罪者を一掃《いっそう》する特務機関【オペラント】が発足したのである。


「要素としては充分に疑い得るわけですね」

タケミは私の報告書を五秒と眺めず机の上に放り出した。

「関係者として当然の聞き取り調査は必要と認めます」

「徹底的にできますか」

「徹底的？」

「そうです。ある種の確信をもって事に当たれるかということです」

「手順は踏んでいきます。聞き取り調査の後に彼らの証言の裏付けを取ります。本人らの履修記録に間違いはないようですし、履修効果大なりという地区担当のスキナー官からの報告も添付してあるとおりです」

鼻の穴に指が差し込まれた。

タケミは二、三度、掻き回すとその指で私の報告書を汚れたもののように摘み上げた。

「そんなことは堕術者はわけもなく偽装するのです。最近では条件付け《オペラント》されているように自律神経系から変化させる新手の術もあるようです。私は嘗て自らの意志の力で聴覚反応をコントロールする堕術者をこの目で見たことがあります。彼らは巧妙で、その偏愛が作りだす力《パワー》は時に想像を絶するほどなのです。田舎のスキナー官の監察眼など金魚すくいの網のように破ってしまうでしょう」

「調査は入念に行うつもりです。ただ母親の葬儀を待ちたいと思っているのです」

「必要ありません。堕術者なら即座に拘束しなければなりませんし、彼らの地下組織への介入も即座に着手する必要があるのです」

「まだその段階に至ってはいないと思います。却って葬儀を取り止めさせてまで追及をすれば仲間に……これは彼らが堕術者の場合ですが、我々の追及が本格的であることを悟られてしまうかもしれません。それではまたぞろ蜥蜴《とかげ》の尻尾切りになってしまうのではないでしょうか」

私にはタケミの焦りがわかっていた。彼は【オペラント】のなかでは実務経験が殆《ほとん》どなく、スキナー省高官の遠戚というだけで今回の地位に就くことができた。しかし、昇格して三年半、彼は部下の功績を条件付け《オペラント》を利用して横取りするのみで自らは何らめぼしい結果を出せずにいた。あと半年、この状況が続けば私と彼の立場は逆転し、彼の条件付け《オペラント》を私が掌握する。

スキナー省が管理する世界に情実《じょうじつ》は存在しない。

朝、師だったものが夕方には弟子になることは当たり前のことであり、子ですら必要であれば親を社会的に葬ることに靴の塵を払うほどの躊躇《ちゅうちょ》もしない。

【人には恐怖や感情など存在しない。あるのはただ皮膚の電気反応と2・2ボルトの不随意筋震動のみである】が条件付け《オペラント》の絶対戒律である。

「徹底的にです。ある種の確信をもって」

「はい」

私が続く従属の台詞《せりふ》を吐かずにいるとタケミは机の上に琥珀と翡翠、オパールで造られた亀の彫刻を取り出し三角に並べた。それぞれの背中に【卍】【≡】【◇】が別途、黒く彫り込まれている。

黒色官吏用条件付け《オペラント》256だ。

玩具を見た私のなかに軽い痺《しび》れが始まる。むずむずと頬が緩み、同時にタケミに対する親愛の情が身内に溢れてくるのに抗《あらが》うことができない。厭だったが私はタケミに微笑んでいた。笑みが完了する頃にはタケミに対する嫌悪も消え失せていた。

「彼らを明日、矯正所へ連行しなさい。内部から揺さぶってみましょう」

タケミは私の亡き母が焼いてくれたマドレーヌの複製をひとつ、机から取り出した。それは私の記憶を元に完全再現された一品であり、条件付け《オペラント》の【餌】だった。

私は大きく頷いていた。

私を出迎えたカノンは先日同様、黒いスエーターを着込んでいた。

背後にいる父親は目が落ち窪み、既に死人のような顔色をしていた。父親への事情聴取は別の人間が行っているはずだが、いささか消耗の色が酷《ひど》い。私はタケミが薬物尋問を指示しているのではないかと感じた。

車のなかでは誰ひとりとして口を利く者はなかった。

私はひたすら運転に専念し、ふたりは互いに手を握り合ったまま車窓の風景に目を泳がせていた。

どこへ行くのかとすら彼らは訊ねなかった。

屹度《きっと》、答えを聞いて何かが変わるわけでもないと諦めていたのであろう。

ただ矯正所の営門が迫った時、父親だけ「嗚呼《ああ》」とひとつ呟いた。

その声を耳にした時、やはり彼らは私が職務を執行すべき人間だったのだという確信が、薄い寂しさとともに痼《しこ》りとなって私のなかに生まれてしまった。

矯正所は地上三階、地下二十階の造りとなっていた。チタニウム合金で被覆された建造物としては世界最大級のものであり、内部は軍事衛星等々からの音声探査や光学探査の全てが遮断できた。また矯正所職員に限っては条件付け世襲制《オペラント》が定義されており、職員になる者は第二次性徴期の条件付け効果《オペラント》によって選抜された者のなかから性格特性と資質を勘案され養成された。彼らは退職者の条件付け《オペラント》をそのまま引き継ぐため、その個人史ならびに個性は社会的にも私的にも完全に塗り替えられることとなる。

「これがq3。堕術者です」

所内で案内された回廊を進むと説明係の女性職員が笑顔で我々に振り向いた。

二十二番目に訪れた透明な壁の向こうでは今まで見てきたのと同じような容姿の老人がひとり、壁についた頑丈なレバーを血眼《ちまなこ》になって押し下げていた。壁の上には電光掲示板。そこには【3153619337】と表示され、見る間に数字が増加していく。

「彼は十年間ほとんど睡眠代わりに昏倒する以外はレバーを押し下げ続けているのです。【餌】は携帯弁当用《レーション》ビスケット。戦地で九死に一生を得た彼が初めて口にした食べ物です。当然、変率スケジュールになっています。彼がレバーを一回、押し下げる度にユナテ川地区第三街区1754蓄電器に3から5ワットの電気が送られます」

その説明を裏付けるかのように老人の腕は筋肉が膨らみ樫《かし》の木のようになっていた。父親の顔色は蒼白の度を越し、黝《あおぐろ》くなり、カノンは吐き気を堪えるためか何度も胸の辺りに手を当てては深呼吸を繰り返していた。

理由は単純明快だった。眼前の老人だけではなく、今まで見学してきた受刑者のいずれも裸で、利き腕以外は切断されており、矢の刺さったボールのような姿のままだったからである。彼らは排便用の箱に固定されたまま放置されていた。髪は伸び放題、風呂にも入れられず、残った腕にある爪は紙の紙縒《こより》のように尖っていた。

そこにあるのは人ではなく【肉の機械】だった。

案内役の職員がデモンストレーションとして、そう指示されているのか、こちら側にあった釦《ぼたん》を押した。すると電光掲示板の数字がリセットされ、【0】に戻ってしまった。

老人は聞いたことのないような叫び声を上げると一瞬、レバーから手を離し、残った手で髪を二度三度、毟《むし》ると再びレバーを押し下げる行為に戻った。老人の性器が死んだ鰻《うなぎ》のように揺れ、金属の箱の縁に当たるのが見え、カノンが短い悲鳴を上げた。

「余談ですがq3は私の伯父でしたの。愚かしいことですよね」

私たちを送り出す際、女性職員は完璧な笑みを浮かべながらさらりと述べた。

その後、私はふたりを送り届けた。家に到着するとふたりは逃げるように屋内へ駆け戻って行った。私はその場で暫し停車し続け、窓を見つめていたがカノンが顔を覗かせることはなかった。

「君の活躍は耳にしている。亡きお父上もさぞかしお喜びになられていることだろう」

翌日、私はスキナー省に呼び出されていた。相手は父の親友でもあった最高幹部のひとりであった。通常、このような形で省内に呼び出されることは稀《まれ》であった。

簡単な挨拶が終わると幹部は沈黙した。カノンへの逮捕状要請を受けるのではないかと一瞬、不安が過《よぎ》った、あの程度の案件を最高幹部自ら指示することはなかった。

「実は君に相談があった」幹部は程良く調律された声で呟いた。想像を絶する訓練を受けた者だけが得る声。行政最高府を掌握する精神行動学者だけが持ち得る人間の心の鍵をすっかり開いてしまう声だった。

「突然だがＣＩＣに興味はあるかね。私は君を推薦しようと思っているのだ」

私は耳を疑った。いくら父がオペラント官として優秀であったとはいえ、その最期が就業期間内に於ける自死であったことを考えるとＣＩＣへの推挙は青天の霹靂《へきれき》だった。

「私には……」

そう口ごもった私に微笑むと幹部は穏やかに続けた。

「確かにお父上の件はＣＩＣ推挙への障害となるだろう。ただ私としては従来のような無機質な選抜法のみに頼るのに些《いささ》か批判的な気持ちがあってね。資質、実力、見識ともに君は充分にＣＩＣになる実力を有している。私は是非とも協力してもらいたいのだ」

ＣＩＣとは【オペラント】における良心と称されている精鋭部隊だが、その活動は勿論のこと構成メンバーの名前、性別すらも完全極秘。オペラント官は勿論のことスキナー省内ですら情報を知るのは一握りの幹部だけと言われていた。

私は沈黙し、タケミのこと、そして何故かカノンのことを思い浮かべていた。

「どうだね」幹部は私の承諾を引き出すような声で訊ねてきた。

「できるでしょうか……私に」

「ＣＩＣはＣＩＣに成って初めてＣＩＣに成るという言葉を聞いたことはないかね。それに私は君が活躍し、お父上の瑕疵《かし》を自らの手で是正するのを願ってもいるのだ。彼は私にとってもかけがえのない友だったのだよ」

私が少し考える時間が欲しいと告げると幹部は微笑み頷いた。

既に答えは知っているよ、という笑顔だった。


私の父は実に優秀なオペラント官であった。生涯に逮捕した堕術者数は三千人余。【オペラントの地獄犬《ケルベロス》】の異名で怖れられていた。そんな父も家族にとっては温かく頼もしい慈愛に満ちた人だった。私は幼い頃から何度も堕術の恐ろしさを耳にした。そんな父も母が病気で亡くなると急速に弱っていった。私は成長し、父と同じオペラント官になるべく養成所《アカデミー》へと進んだ。そして無事、オペラント官になった翌月、父は私の不在を狙って書斎で胸を撃ち抜いたのである。

スキナー省での面接を終え、私は帰宅すると父の死んだ書斎へ入った。小ぶりな一軒家でもひとりで暮らすには広すぎた。私は考え事があるとしばしば書斎を訪れ、父の椅子に座った。耳に父の声が甦ってくる。後になって理解したのであるが父は母の死の以前から私の条件付け《オペラント》を緩め始めていたのである。その理由の発端は母に、そして父で完結されていた。

母は堕術者であった。母がいつ頃からそうであったのかは知らぬ。ただ母は旧芸術を愛し、それを夫にも分かち合ってもらおうと二十余年という長い歳月をかけて目立たぬように再教育していったのである。再教育は徹底的に静かに潜行して行われ、父は無意識のうちに条件付け《オペラント》を緩められていた。父が母の素性を知ったのは既に母が病床に就いていた末期の頃であった。父は母を愛するが故に許した。そして何故、特に優れた資質を持たぬ自分が数多《あまた》の堕術者を逮捕できたのかも知った。父はいつのまにか彼らと共感していたのである。少なくとも旧芸術を愛する者たちに共通する人間性を察知することはオペラント官の誰よりも長《た》けていたはずである。同種が同種にいち早く気づくのは不思議なことではない。

父は母の明かした秘密の重さと母を許したが故に生じてきた堕術者たちへの罪悪感に苛《さいな》まれるようになった。そして疲弊した父に母の死は事実上、最期の引き金となった。私は父の遺品を整理するなか銃把《じゅうは》に隠された暗号から書斎の床板を外すと隠し庫があるのに気づき、そこで父の真の遺書ともいえる全告白をまとめたメモを読んだ。そして父はそこに母が最も愛していた旧芸術品をも納めていた。初めてそれを見た時、私のなかに言い知れぬ感動が押し寄せたのを憶えている。それは真正品であった。

父と母が命を賭けて守ってきたそれは私の胸をも撃ち抜き、ふたりの祈りにも似た感情を自分も継承しようと決意させるに充分な逸品であった。

そう、私は堕術者である。

翌日、タケミから電話で自宅から直接、カノンを迎えに行き、プラネ区の浄火祭《タオフェ》に連れて行くように告げられた時には既に昼を過ぎていた。

「徹底的に反応を引き出してください。既に記録係の配置は終了しています」

タケミはそのなかでなんとしてでもカノンと父親を手に入れたいと私に媚《こび》るような口調で語りかけてきた。

私はそれを無視した。

浄火祭《タオフェ》は街区で没収された堕術を文字通り数カ所の広場で焼き尽くす行事であり、住民は全員参加が義務となっていた。家を訪れても返事はなかった。連絡は入っているはずなので偶然、出かけたとは考えられない。逃亡したのであれば彼女にとって事態は最悪となる。私はカノンについて自分なりの対処の仕方を考え始めていたのだ。

彼女が母親同様の芸術愛好者だという確信を得た時点で私はそれを話そうと思っていた。私は彼女を証拠不充分のままにおき、捜査の主眼を徐々に他の方面へと向けていく。彼女には任意で矯正所の条件付け《オペラント》強化機関に数カ月入れることに同意させる。そして完全に履修終了した時点で連れ帰り婚約する。後は折を見て条件付け《オペラント》を緩めていく、時間はかかるだろうがこれがいちばん安全な方法に思えた。

問題は彼女が一時的であれ旧芸術を捨て去る決意をもてるかどうかである。堕術者には狂信的な者が多い。まして母があのような形で信奉していたとなれば彼女が簡単にそれらを捨てるとは思えない。しかし、やらなければ私は彼女を失うことになる。それだけはどんなことをしても避けたかった。

カノンとその父親は裏の畑にいた。私はその姿を見て絶句した。ふたりは自分たちの畑で祈りを捧げていたのだが鍬《すき》を地に刺した農夫姿の父は帽子を前に同じく農婦姿のカノンは木の荷車の前にいて赤い袖当てを胸の前に組んでいた。足下には籠。西からの太陽がふたりを美しく赤く照らしていた。

怖ろしいことにふたりの有様は農婦画家ミレーの名作【晩鐘《ばんしょう》】そのものであった。祈りは当然、亡き母に向けたものであったかもしれないがオペラント官の監視の目が注がれている最中、自分たちで画を再現するかのような行為は狂気の沙汰であった。

私は言葉を失い、ふらふら車に戻ると彼らが帰宅するのを黙って待つことにした。

浄火祭《タオフェ》は日没を待って始められた。広場の中央に山と盛られた旧美術品からは灯油の臭いがきつく漂っていた。

「浄火祭《タオフェ》は嫌いだわ」

「不穏な物言いだ」

カノンは初めて会った時のように黒いスエーター姿に着替えていた。

「火は何も生まないもの。灰を残すだけ。母も直《すぐ》にそうなるわ」

やがて主催者が嬉々として開会の辞を述べ、続いて来賓が口角泡を飛ばして堕術者を糾弾するアジテーションに及び、会場を埋め尽くす人々からは万雷の拍手を浴びていた。

私には既に十人以上の監視者の姿が目に留まっていた。

彼らはみな民衆に溶け込んだ服装をしていたが目やカメラを扱う手つきが一般のそれとは異なっていた。一般人は浄化される旧芸術の燃えさかる様に目を奪われるもので決して彼らのように人々を丹念に見つめたり見回したりはしない。

私はタケミがここでのカノンの反応を逮捕の口実にしようとしているのだとわかった。

やがて魔女狩りやナチスの焚書《ふんしょ》同様、火の点いた松明《たいまつ》を投げ込むことによって浄火が始まった。旧芸術の摘発が相当進んだ現代ではあの山のなかのもの全てが複製品と言ってよかった。モネ、ルーベンス、ピカソ、ダリ、マチス、レンブラント、ケルトの写本、モーツァルトの楽譜、浮世絵、司会が山のなかの瓦礫の成分を読み上げる度に民衆は歓声を上げ、炎に向かって唾を吐いた。

私は一台の望遠レンズがカノンを捉《とら》えているのに気づいた。

カノンは炎を見つめたまま肌を焼きそうな熱とは対照的に凍りついた表情を見せていた。

私は何度か彼女を揺すり、ショックを受けていないというふうに笑顔を引き出させなくてはならなかった。

「さて！　ご来場のみなさま！　今宵は堕美術の首魁《しゅかい》のひとつをごらんにいれます。これは真正であり、世界に現存する唯一のものとなっております。その醜悪な有様をとくと拝見戴き、灰燼《かいじん》に帰させようではありませんか！　それでは狂人エミール・ガレ晩年の駄作【手】であります」

民衆のどよめきとともに官吏が片手でガレのガラス細工をぶら下げて現れると皆に見えるように掲げた。忽ち、周囲は作者と作品への罵声に包まれた。

カノンの手が私の腕を掴んだ。カノンの瞳はガレへと注がれており、その目は熟《う》んだようになっていた。爪が私の肉に食い込むようだった。

望遠レンズは依然としてカノンへぴたりと吸いついていた。

やがて官吏がそれをボウリングのように火炎のなかに投げ込んだ瞬間、周囲からは拍手と歓声があがった。

カノンの瞳に見る見るうちに涙が溢れ始めた。私は彼女をレンズから隠したかった、しかし、それをすれば私たちの助かる道は途絶するだろう。いまは私から動くことは絶対にできなかった。私はカノンの涙がこぼれぬことを神に祈った。瞼《まぶた》の縁に留まった水滴はゆらゆらと頼りなく揺れていた。あと一歩、何かの弾みがあればそれは頬を伝う。堕術の浄火を見て涙するなど誰にとっても自殺行為であった。

ピューッと音がすると花火が打ち上げられた。

その瞬間、カノンがほーっと溜息をついた。見ると涙は収まっていた。私の心配に気がついたのか、カノンは微笑んでみせたが、それは泣き顔に見えなくもなかった。

一週間後、私はタケミから一通の書類と翌日の逮捕劇の手配を命じられた。

カノンに対する逮捕状であった。

「どういうことです」

「娘の父親が白状しました。思った通り、彼らは一家で堕術信奉者だったようですね」

タケミは父親を集中して攻めたのが良かったと嘯《うそぶ》いた。

「我が子を売る父親がいるでしょうか。何かの間違いではありませんか」

「なにたいしたことではありませんよ。あの娘は捨て子だそうです。あの親子にはもともと血のつながりはないのです。自分の矯正所行きを通常刑務所行きにしてくれればという交換条件で彼は娘を売りました。嘘だと思うのなら直接、問い質《ただ》したらいかが。隣にいます」

父親は椅子に座ったまま項垂《うなだ》れていた。

「娘さんに濡れ衣を着せるつもりですか」

私の問いに父親は目を真っ赤にして頷いた。

「わたしは……私は怖ろしいのです。あんな所でレバーを死ぬまで押し続けるなんて……考えただけでも気が狂ってしまう」

「あなたは既に狂っておられるようだ。吐き気がする」

その言葉に父親は号泣し始めた。私は部屋を出ると逮捕の手続きにかかった。それ以外に為すべき事は残されていなかった。とうとう、この時が来てしまったのだ。今頃、カノンは何も知らず家で父の帰りを待っていることだろう。今日が人間として最期の一日となってしまったことも知らずに。

手続きを終えて廊下に出ると辺りが妙に騒がしかった。見るとトイレの梁《はり》から縊《い》死《し》した人間が丁度、引き下ろされるところだった。カノンの義父だった。


「カノン！」私が飛び込んだ時、室内にカノンの姿はなかった。「カノン！」私はまた叫んだ。すると浴室の横、壁の下から明かりが漏れているのが見えた。

私がそれを押すと壁が横に動いた。それは壁を模した引き戸であった。引き戸の先には階段があり、地下へ続いていた。私はギシギシ鳴る階段をゆっくりと下りていった。左手に広い空間があるのが見えた。カノンが義父と同じように下がっているとすればそこだ。

「カノン」返事はなかった。私は階段を下りきると奥を覗いた。

そこにはダヴィンチのモナ・リザを含む、ルノワール、ユトリロ、セザンヌ、ベラスケスらの名画が並んでいた。

「なんてことだ……」私は溜息をついた。

「全て真正なのよ」

カノンはそれら名作の中央にイーゼルを立て、パレットを手に筆を走らせていた。イーゼル上には60号程の大きなキャンバスが載っていた。

彼女はその画に着々と手を入れていく。

私の肖像画だった。

「父は捕まったのね」

「お父さんは君のことも話してしまった。明日、私が逮捕しに来る手筈《てはず》になっている」

「あらそう……でも少し早すぎるわね」

カノンは私を見ようともせず、キャンバスに向かっていた。

「私は君を逮捕したくない」

キャンバスとカノンの間に割ってはいり、私は彼女を真正面から見つめた。

彼女の翡翠の虹彩が電球の明かりに一瞬、ぎらついた。

「逃げよう」

カノンは薄く笑って頭を振った。

「無理よ。私は逃げたくなんかない」

「君は何もわかっちゃいないんだ。矯正所の恐ろしさを見ただろう」

「私はここにいる。そして私が愛した人の肖像画を完成させるわ。それだけできれば、後は何が起ころうとも悔いはないもの」

カノンはそう言い切ると私を見つめた。今度の瞳は慈愛に満ち溢れていた。私は優しかった母の瞳を思い出した。

「逃げよう……」

「いいの。それにあなたを巻き込みたくないの」

カノンの細い指が私の頬に触れた。

「僕はいいんだ。君とならやり通せる」

「無理よ。私とあなたは違いすぎる。私は条件付け《オペラント》がされてないもの」カノンの瞳から涙が一粒、流れ落ちた。それは卵形の頬をゆっくりと伝うと顎の先で留まった。「うまくいくはずがないわ」

「私も堕術者なんだ」

カノンの表情が曇った。

「ふざけてるの？　あなたオペラント官でしょう？」

「ふざけてなんかいない。私は堕術を父から知った。父は母から。私の父は優秀なオペラント官だったが、それは父が堕術者の心情を深く理解していたからなんだ」

「なんてこと……」

手を口に当てたカノンが私から身を遠ざけた。

「なんてことだ」

と、同時に周囲の壁から声が響いた。

振り向くと私は潜んでいたオペラント官たちに取り囲まれていることに気づいた。

「やはりそんな絡繰《からく》りがあったんですね」

タケミがのっそりと姿を現した。

「……こんな結果になってしまい大変に残念だ」

私をＣＩＣに推挙すると言ってくれていた幹部までが顔を見せた。

「カノン……」

私の声にカノンは振り向いた。そこに私の知っていたカノンはいなかった。

「ローレン・コガだ。彼女はＣＩＣの敏腕調査官だ。若いが私の部下の中でも抜群の成績を上げている」制服姿の義父がカノンの横に立った。

彼の言葉にカノンは身分証明書を突きつけてきた。上級官僚クラスを現す銀のスキナーの箱型紋章が納まっていた。

「ＣＩＣはオペラント官の不正、脱法行為を取り締まる内偵調査部隊なのだ」

幹部はもうこれ以上は耐えられんと哀しげに首を振り、壁裏の出入口から姿を消した。

「私の目に狂いはなかった。彼が怪しいとＣＩＣの介入を進言したのは私なのです」

タケミがその背中を追うようにして消えていった。

私は両手に手錠の重みを感じた際、それをかけたのがカノンでなくて良かったと安堵した。

カノンは自分で自分を抱くように両腕で上腕を抱えながら私を見つめていた。

黒いスエーターがとてもよく似合っていた。

「なぜ私は君に一瞬で恋に落ちてしまったのだろう」

するとカノンは右目に指を入れて薄い皮を取り外した。翡翠の瞳が指先に摘まれ、元の場所には黒い虹彩が現れた。

「翡翠に三本線はあなたの条件付け《オペラント》じゃない。忘れたの」

カノンは足下にコンタクトを落とした。

「それは完成させるのかい？」

オペラント官に促《うなが》され、外に出る間際に私はカノンを振り返った。

返事の代わりにカノンは肖像画を蹴破ってみせた。

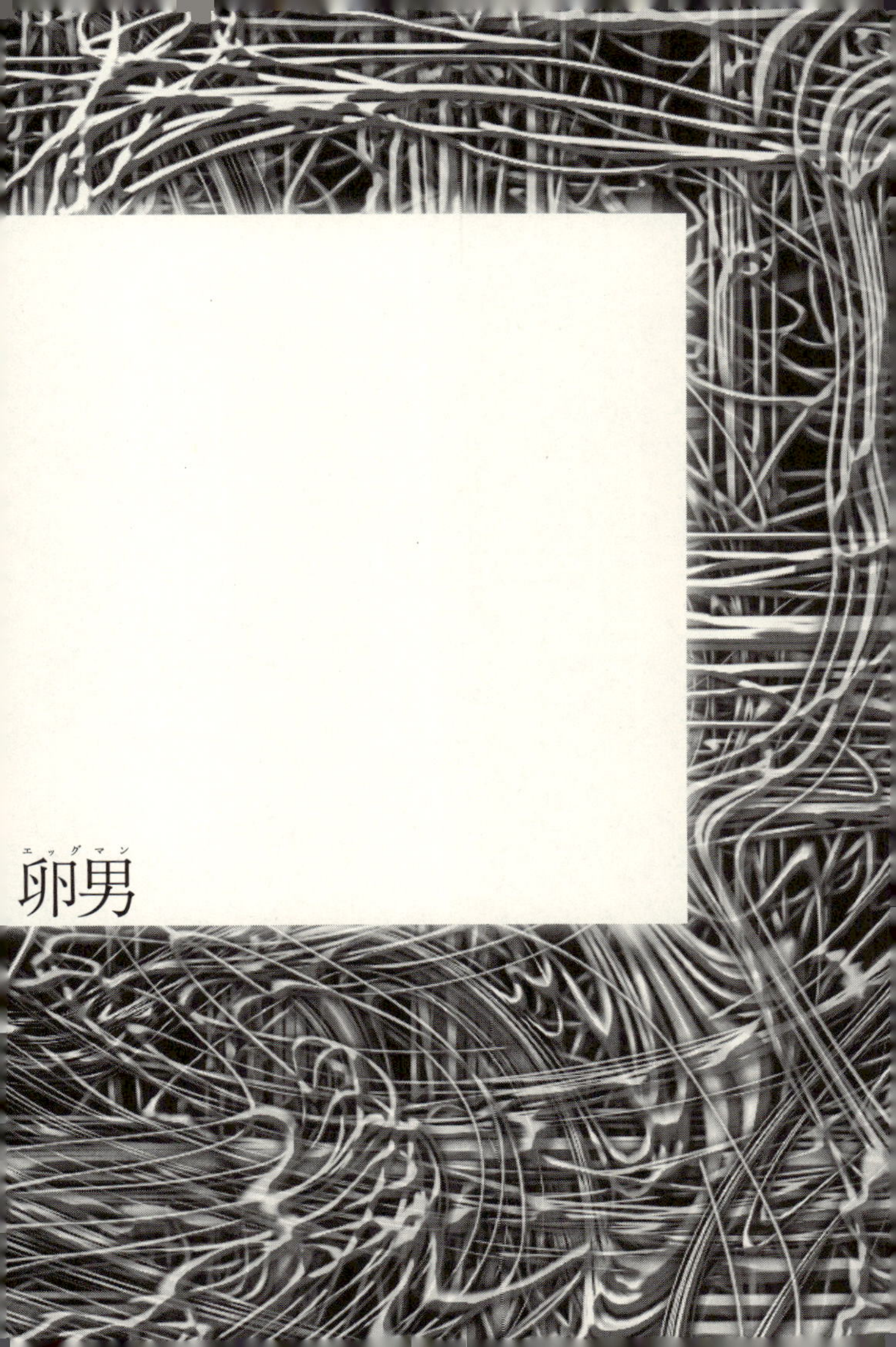

卵男
<small>エッグマン</small>

「闇は血の味がする……」

そう呟《つぶや》くと２０５号が短く息を飲む音が届いた。

「そう思わないか？　おまえも蹲《うずくま》ってばかりいないで少しは隅の闇を味わってみるものだ」

……啜《すす》り泣き。奴はもうふた冬越したにもかかわらず進歩がなかった。

「ああ……厭だ。厭だよぉ」

お馴染みの念仏。それは私が叱りつけるか、気まぐれに房を訪れる睡魔が奴の耳に息を吹き込まぬ限り明け方まで続く。普通の人間ならば、いかに囚人とはいえそう何度も続けられるはずもないが、やはり奴は特別いや特注なので可能なのだ。

私はある種の偶然によってこの独房に収容されることとなった。いくつもの偶然。それは科学的データの集積や革新的捜査技術の成果ではなく、単に偶然配属された一捜査員の動物的直感というＤＮＡ《ジーン》の遺産によるものだった。

あの時、私は至近距離から突きつけられた銃身がきちんと空になっていること、両脇から覗く弾倉《チャンバー》に邪魔な棒《バー》がないことに感心していた。やはり実銃はモデルガンとは違う。

「ミネベア製……。相変わらず古臭い銃だな。暴発事故防止のため、確か初弾は空になっているはずだが……」

「試してみる？　糞野郎」

その女性捜査官は既に使われていなかったとはいえ、自分が立っているのが元教会であることに気づかないようだった。

「私は何も武器は持っていない。これが凶器に見えるかね」

私は手にした杓子《ディッパー》を鍋から持ち上げた。

第二の偶然、体を切断しただけで名は知らぬ少女の耳が杓子《ディッパー》の上にプカリと浮かんでしまった。

たったひとりで乗り込んできた勇敢で愛らしき捜査官がそれを目撃したことは彼女の声のトーンが二分の一♯《シャープ》した事とピッチが上がった事でわかった。

私は舌打ちし、首を振った。

「幼くとも男に災厄をもたらす者、汝の名は女……か」

「両手をゆっくり上げ、じ、地面に仰向けになりなさい！」

彼女は美しかった。

私が三千万の年俸とその先に続く様々な快楽、さらに酸素のように惜しまず与えられる自由を引き替えにしてさえ手に入れたかったものがそこにはあった。

完全な恐怖。

その捜査官は全身から恐怖を煮えたぎらせ、吹きこぼし、その透明な飛沫《しぶき》は私に降り注いだ。

私は微笑《ほほえ》んでいた。彼女は私の頬に残る少女の爪痕を見て取った。それさえなければきっと私は彼女が好む容貌のはずだが……やはり物事はそうそう巧く運ばない。

自然を装って一歩踏み出した。これが私の最大の能力。自然に近づき、自然に相手に手を貸し、自然に微笑む。砂丘が風によって変形するようになめらかに私は相手に気取《けど》られることなく心理的にも物理的にも間合いを詰めることができた。もし相手が私の行動を頭のなかで振り返ったとしても、違和感は存在しない。

現にその一歩によって彼女と私の距離は三分の一程度、短縮された。こちらが先に仕掛ければ銃身は我が射程にある。

「はらばいではないのかね？」

「なに？」私の言葉で腰から何度も手錠を取り外そうとして失敗している彼女の腕が止まった。

「腹這いだ。つまり俯《うつぶ》せ、君たちの逮捕プロトコルによるD‐37ボウマン体位ではないのかね。仰向けでは私は君を紙のように引き裂いたり、ご要望なら膣から手刀を差し込み子宮を直腸もろとも引き抜いて君に見せることもできる。まだ見たことはないだろう？」

映画や小説ではこういうやり取りがあると次の瞬間、相手は暴発したように叫ぶ。口汚く私を罵《ののし》り、銃に代弁させた権力を振りかざす……。しかし私の耳に届いたのは想像もしなかったものであり、結局、それがきっかけで私は彼女を赦《ゆる》すことにした。そう……私はそれによって反撃して彼女を殺すことを止め、甘んじて逮捕されようという気になったのだ。

つまり彼女は失禁したのだ。仕立てと品の良いベージュのパンツに染みが広がり、裾からは透明な水の奔流が実験用ビーカーを攪拌《かくはん》する際に使われるガラス棒のように光って床に伸びていた。

私は頷くと一度だけ大きく拍手した。

反射的に彼女は引き金を絞り、銃弾は祭壇上部のマリオンにあるステンドグラスの一部に直径10センチ程度の穴を開けた。それでマリアが抱いた幼子イエスの顔はほぼ全面がなくなった。

彼女は煙《けぶ》る銃身を私に向けたまま口を丸く開け放していた。

「私は卵を食べる……それで終わりだ。後は君の好きなようにしたまえ」

私はアルマーニのポケットから茹《ゆ》で卵を取り出すと脇腹の辺りでそれを磨き、次に朽ちた祭壇の埃をひと吹きして静かに置くと腕の良いパン屋が生地を伸ばすように掌《てのひら》でゆっくりとそれを転がし、殻をみしみし啼《な》かせた。私はそれを、指の第一関節から掌に卵が納まるまでをじっくり味わいながら何度か繰り返す。適度に罅《ひび》が入ると週に一度マニキュアを施術させていた指先で円周に沿って白いベルトを取り去り、上部と下部からも不要な殻を捨てる。グラスの汚れを確認するかのようにそれを宙に軽く持ち上げ、内臓のような艶やかな表面に殻の取り残しがないのを確認すると塩を頂点から雪のように降らせ、再び、ひと吹きして無駄を飛ばす。

私は熟練のダンサーのように淀みなく手順を終えると初めて顔を上げた。

彼女は彫像のように私の前で固まっていた。

「……卵男《エッグマン》」

彼女は殺害現場に必ず卵の殻が残されていることからマスコミが私に命名したそれを呟いた。

「灰《アッシュ》は灰《トウ・アッシュ》へ……」

私は乾杯するように卵を彼女に向かって捧げた。

不思議なことに彼女もそれに呼応するかのように銃身を僅《わず》かに掲げた。

私はいつも通り三分の一ずつ、三回に分けて冷えた卵を囓《かじ》り、その間、彼女の瞳から眼を離すことはなかった。

彼女は瞬《まばた》きすらしなかった。

「このような死刑囚監房が快適だと思ったことはないか」

鼻汁《びじゅう》を啜る不快な音を止めさせようと私は２０５号に告げた。

「えへへ……あんたはなんでそんなに平気でいられるんだ……お互い、そう長くはないんだぜ」

２０５号の声には僅かながら金属的な軋《きし》みが混じる……が、私はそれを指摘しない。いずれはするつもりだが今は……しない。

得意満面の手品師のネタバレ《パーム漏れ》を効果的に指摘するには微妙なタイミングが必要だ。

我々が幽閉されているのは今やどこかの舞台装置屋でしか思いつかないような大時代的な〝獄〟であった。それはユゴーやゴーリキーあたりが感涙しそうな鉄格子付きの岩屋であり、偶然にも隣の独房との間には一カ所だけ微妙な隙間が生じていて、そこから私と２０５号は楽に会話でき、また窮屈な姿勢を厭わねば、その隙間から互いの様子さえ窺うことができた。既に２０４８年《バイナリー・ミレニアム》をも遠く過ぎようという時期にまったき酔狂な処遇を我々は受けていた。

私が嬰児を含む5人の女性への強姦殺人で極刑を受けたのに対し、２０５号の罪状は全く退屈以外の何ものでもなかった。彼は自分が通い詰めていたピンボール屋の景品交換所の店員がいつも定時に昼食を摂りに行くのに眼をつけ忍び込んだところ、忘れ物を取りに戻った店員に発見された。慌てた彼は店員である老婆を突き飛ばして逃走。老婆は転倒時に失神。傍らにあったストーブが転倒し、放熱電池がショートして出火。乾燥注意報が発令されていた事もあって火はピンボール屋を含む周辺五軒と老婆を含む三人を舐め尽くした。

結局、一銭も取らずに逃げただけの205号は吉牛《よしぎゅう》で無銭飲食したところを捕まり、後日、強盗殺人と放火により死刑判決を受けた。

但し、私は彼が退屈であることを除けばその全てを疑っていた……。

「厭感《いやかん》ってわかる？」カレンはハーフらしいくっきりした二重《ふたえ》の大きな瞳を私に向けた。

「つまり、ある人と眼が合う、言葉を交わす、その一瞬に沸き上がる感性《スピリッツ》みたいなものなんだけど……」中間層のポリカーボネートの技術革新により80㎜の厚さにも拘わらず明度8を保つ防弾ガラス越しにも彼女の美しさは際立っていた。

私は彼女に触れてみたかったが、脆性《ぜいせい》破壊率を限界まで抑止させ、無反動砲の衝撃にも耐えうる素材では到底、叶わぬ夢だった。

「それは〝人間関係とは化学変化に似ている、互いに作用し合ったらもう元には戻れない〟っていうアレか？」

「ううん。ユングじゃないの。どちらかというと〝生理〟に起因すると思うわ」

カレンはそう言うと髪を払い、面会室に他の誰かがいるかのように視線を巡らせた。あの教会で見せた頼りなげな気配は払拭《ふっしょく》されていた。血色は良く、スポーツギアの通販カタログのモデルに抜擢《ばってき》されてもおかしくはない健康的な逞しさがスーツの上からでも感じられた。

私は意識して彼女の虹彩《こうさい》に焦点を合わせることにした。

「とにかく、あなたには虫酸《むしず》が走ったの。言葉も丁寧で応対も完璧だったけど、最初の聞き込みの時にドアをあなたが開けて、その顔を見た途端、〝わぁ！ なんて薄気味悪い男なの〟って。何でもないふりをするのが大変だったわ」

「女の直感って奴だな。しかし、私の犠牲者《女たち》はそんなふうに感じている様子はなかったが……」

カレンは頭を振った。

「かの有名なベッカー氏はそれを女性だけに備えられた〝天与の才能《ギフト》〟と呼んでるわ。いにしえの時代から非力だった女が生き残《サヴァイヴ》るための機能のひとつなのよ。この意見には私も賛成。可哀相だけどギフトが囁《ささや》いても行動しない女性も多いの……」

「つまり、君の体に仕込まれたDNA情報が私を見抜き、君はそれに従って行動したということかね。捜査チームを離れ、単独行動で私に迫ったと……」

彼女は頷いた。

「数百万年も前から私を捕まえるために待っていたなんて皮肉だ」

「自惚《うぬぼ》れないで。あなたじゃなくて、あなたみたいな連中よ」

カレンは退屈さを紛らわすかのようにヴィトンのポーチから煙草を取り出すと眼で私に許可を求めてきた。私が微笑むとアッという間にくわえ、火をつけ、驚くべき事に紫煙を吹き出した。

こんな旧式煙草をどこで入手したのだろう……。

「ねえ、そろそろ本題に入りたいんだけど……。あと、ふたり足りないの……被害者は年齢・容姿・生活行動パターンの全てがあなたの射程圏内に入っている。しかも、あなたの狩り場の中に住んでいたわ」

虹彩がキュッと締まり、私は彼女が緊張し始めたのを知った。

「君たちお得意のローラー作戦は？」

「沼に森に山。あなたがいちばん知っているじゃない。徹底的にやったら山の形が変わってしまうわ。最近は、いくら殺人事件だからってNGOや環境団体が黙ってないのよ。比例原則違反だの何だのって振り回してきてね」

私は沈黙し、黙考を装った。

カレンは私の眉間の辺りを凝視していた。そこに何かサインが顕《あらわ》れるのだろうか？

「鰐《わに》の涙を知っているかね」

「いいえ」

「鰐は獲物を捕食する際に涙を流すと言われている。彼は哀しいから泣くと思うかね」

「あたし爬虫類《はちゅうるい》は駄目なの。爬虫類みたいな男もね」

「君は私が彼女たちを喜びをもって殺したと思うかね」

「どうかしら……でも、少なくとも集中はしていたと思うわ」

「然《しか》り、やはり私の思った通りだ。君は近いな。実に私に近い。その通り、私は集中した。骨を徒《いたず》らに傷つけることなく、関節を利用して四肢を外し、皮膚は可能な限りほころびを避ける工夫を試みた。四番目の女性はとても綺麗な内臓をしていた。他の四人など足下にも及ばない煌《きら》めきと発色。私は正中線で裂いたままの彼女をボートに乗せ、湖畔の上で月光に晒《さら》してみた。ゼラチン質と脂肪、様々な組織が雲間から月が迫《せ》り出すにつれ、ルビーやダイヤのような輝きを見せた。皮膚のジッパーを開かれたままの彼女はまるで体内に絢爛《けんらん》たる宝石箱を押し抱いているようだった。不思議なことはその時、我々のもとに蛍が押し寄せたのだ。彼らは聖杯の滴《しずく》のように我らを祝福していった」

「それが楽しむということよ」

「君の申し出を受け入れる私のメリットは何かね」

「執行日を事前通知するわ」カレンは人差し指で下唇の先を押さえた。「知りたいでしょ」

「それは光栄だが、まだ取引の神の天秤は真ん中を示してはいないな」

「何が望みなの」

「ここから出たい」

「真面目な話をしているのよ」

「勿論だ。君が捜しているふたつのうちのひとつの遺体は現検事総長の妾腹《めかけばら》だ。取引の材料には相応《ふさわ》しい。解放されれば以後、私はこの国に住むことには拘《こだわ》らない。お望みならば北半球からも姿を消そう」

「遺族から殺されるわ。それに今は簡単に海外にゴミは捨てられないのよ」

「処刑したと報告すればいい。なにも見物にくるわけではなかろう」

「あなた、もう少し冷静な人だと思ったけど……」カレンは呆れたように溜息をついた。

「ここは第二次大戦末期のベルリンじゃないのよ。ヒトラーを捕まえに行きました。自殺してました。遺体はありませんでしたじゃ通らないわ」

「大衆を欺く計画の鍵は常に大胆さと単純《シンプリサティー》さ、カレン。それにその喩《たと》えはどうかな？総統《フユーラー》の頭蓋骨は今でもイワンたちのお気に入りのはずだ。彼らが大切に保管しているよ。あれは謀略でもなんでもない」

「どちらにせよ情報開示《ディスクロージャー》とオンブズマンに対する互いの見解が違い過ぎるわ」カレンは傍らのポーチを摑んだ。「世間の目も昔ほどやわじゃなくなっているのよ」

「カレン……そのポーチにおむつはなさそうだが替えは大丈夫かね？」

カレンは息を飲むと立ち上がった。彼女の背後で椅子が道化のように倒れて見せた。

「やはり無駄だわ。もともとあなたの良心に期待しようという上層部の意見には反対だったの。あなたはただの機械《マシーン》だもの。人間の姿をしてＤＮＡも同じかもしれないけれど、あなたは人間じゃない。人喰い鮫と同じ、単に狂った機械《マシーン》」

「君が最初の女になってくれれば、私はああも殺さずに済んだ。君の怯えっぷりだけで大いに満腹になれたからな……あれもそのギフトの為《な》せる業かね」

「さようなら……。でも、私たちをあまり見くびらないことね」

カレンは看守を呼ぶと出て行った。


それが二年前。その後、私は移送され、この奇妙な岩牢に連れ込まれることとなり、その一カ月後に205号と名のるあの脆弱《ぜいじゃく》な男が登場した。

「嗚呼《ああ》、俺は気が変になりそうだ」

205号は哀れっぽい口調で呟いた。

「おまえは狂いはしないよ」

私は迷い込んできた黒揚羽《クロアゲハ》の口吻《こうふん》を注意深く毟《むし》りながら応えた。渦巻き状の口吻を取られた蝶は痛みを忘れようとするかのように必死に羽ばたき続け、やがて二三分すると枯れ葉のように床に散る。それが実に美しい。

「ありがとうありがとう……。俺ってそんなふうに優しくされたことがあんましないんだよ。みんな邪険《じゃけん》にしたり卑怯者だって罵ったり……。なあ、あんた。いつものやつをやってくれよ。あんたはどんなふうに見つけていたんだっけ……あの女たちを」

205号の口吻は飴をねだる子供のようにベトついていた。

私は相手が耳をそばだてるのを待って口を開いた。

「まずは繁華街の駅で待つ。掲示板の前や待ち合わせスポットが正しい。そこではひとりで立っていても人目につくことがない。曜日を決め、数カ所を巡回する。そして気に入った相手を見つけると尾《つ》ける……それだけ。きっかけは純粋かつ実にシンプルだ」

私は調書に記載されている通りを答えた。

「そうだ。そしてあんたはそのなかから選り分けていくんだ」

「原則として相手がその際、何人づれでも構わない。即座にアプローチするわけではないからな。問題なのは二度は尾《つ》けないということだ。私は一度で決断した。彼女を私のものにするか否かを……」

「なぜ黒い服の女にばかりしたんだっけ」

「それは私の妄想《ファンタジー》によるものだ。私は幼い頃から繰り返し、黒衣の女性を支配することを夢みてきた。黒は魔のシンボルでもあり、私にとって森を連想させたからかもしれない。それにこの世に真実の黒は存在しない。黒を見た途端、それは僅かながら光を反射してしまっている。しかし、黒の下地に赤を塗り込むと黒は質量を増すことは知っていたかね。染色の世界ではよく知られていることだ。私はそれを実現してみたかった。彼女たちが自分の血液で衣装を染めていき、それにより本人たちが望んでいた黒衣を完璧なものにする。そこには人と物との霊的邂逅《かいこう》があり、それは私によって完成させられるのだ」

「それによって何かほんとに起きるのかい」

２０５号の言葉に私は目を閉じると両の掌を宙に向けた。

「……起きる」

ふいに手が重くなると〝彼女〟がそこに載るのが感じられた。それは意識すれば掻き消えてしまうような幽《かす》かな存在感だが、感じるままにさせておけば羽毛程度の重さから徐々に卵、鳩なみに増していく。そして鼻孔に彼女のまとっていた香水やシャンプーの様々な匂いが甦る。

「……起きている」

彼女たちは私から逃れられない。私が死ぬまでいつでも呼び出しに応じてやってくる。私は両手を傾け、掌の〝存在〟を滑らせるように房の隅に送り込む。すると必ずそのあたりで小さな紙片が擦れ合うような音、もしくは物の軋みが響く。今日来たのは五番目の少女。お菓子を食べた直後だったのだろう、チョコレートの香りがついたままの指はそのまま噛み砕くことができた。彼女は叱られた子犬のように身を丸めながら闇から私を見つめていた。

「俺にはそんなものは何もなかったな。やっぱり婆さんじゃ無理なんだ。無理だ。無理なんだ」

いくつかの繰り言を無視していると、やがて２０５号の我が身を悔やむ言葉が垂れ流され始めた。それは彼女が姿を消す明け方まで続いた。

久しぶりに見るカレンは多少面変《おもが》わりはしていたもののその美しさにはさらに磨きがかかっていた。

「それほどの美しさならどんな職に就くことも可能だったろうに……。なぜ世間の清掃人《スカベンジャー》などを選んだんだ」

「個人的な話はしたくないの」

カレンは左頬に残る黒い痣《あざ》を髪を解《と》くふりをして軽く押さえた。

「今日は単にある事を伝えに来ただけだから」

「結婚でもするのか」

「検事総長は内々にあなたの申し出を受け容れる用意があるわ」

私はカレンの表情に一抹の悲愴《ひそう》感を見た。話は信じられそうだった。

「続け給《たま》え」

「あなたが知っている犠牲者の在《あ》りかを私たちに伝え、それが私たちの望んでいる結果をもたらした場合、あなたは釈放されるわ」

長い沈黙。

面会室には私が犬歯を人差し指で爪弾《つまはじ》く音だけが響いた。

「カレン、それを伝えたいま、君はどんな気持ちかね」

「辞職を考えていたわ」

カレンは俯いた。まるで私に何かを咎《とが》められたかのように顔は暗く沈んでいた。

「あなたは胸を張って国が処刑できる数少ない人間のひとりよ。そんなものを解き放つなんて……。でも、辞めるという考えは捨てたの。あなたはここを出れば必ず私に迫ってくる。夜中に目覚め、部屋の隅に立つあなたの姿があるのに武器を携帯できなかったなんて想像しただけでも気が狂うわ。私は死んでもあなたに取り込まれたりはしたくない」

「君は私がその交渉を受け容れると思うかね」

「もし、あなたに少しでも人間らしい良心が残っていれば――たぶんジュラ紀の化石みたいなものになってるんでしょうけれど……。でも少しでもそれが稼働すれば交渉は破棄して、進んで告白するわね」

「頰の痣は硝煙によるものだ。体勢を崩しながら撃つ必要に迫られたな。相手は死んだのか」

「こちらにも三人の犠牲者が出たわ」

「法執行官の現場《げんじょう》での災禍は囚人には福音だ。……条件を聞こう」

カレンはブリーフケースから書面を取り出すと機械的に読み上げ始めた。

「あなたは宣誓証言から七十二時間以内にTXYから南半球のディングイヌ民主連邦領海域へと移送されるわ。領海上にはタグボートが用意してあり、あなたはそれに乗り込む。ディングイヌ連邦の隣国はスハリ人民共和国で」

「現存する自由主義国とは全て国交を断っている」

「公式にはね。あなたはボートを移る際に十万米ドルを受け取るわ。それを使ってスハリ、ディングイヌを含む隣接六カ国のどこへ行くか船長に指示するのはあなたの自由よ」

「随分と私にばかり都合が良いな」

「あなたはボートに移った六時間以内にこちらへ詳細な遺体の位置を伝えるの」

「忘れたら」

「死ぬわ」カレンは微笑んだ。「こちらを出立する際にスペースシャトル用の接着液を濃縮させた時限カプセルを飲んでもらうわ。あなたは米ドルとともに衛星携帯と解除用の注射器を渡される。注射器には十桁のコードがあって引き金《プランジャー》は動かないの。勿論、分解不可」

「遺体がなかったら」

「コードもなし。接着剤の塊が全身を巡って静脈から心臓の右心房だかに入って、おしまい」

「それも魅力的だ」

「私はそんな手間を掛けずに手足を切断して、どこかに放り出せばと言ったんだけど。どう？　承《う》ける、承けない？」

「カレン。私は以前、鰐の話をしたな。あれには続きがあるのだ」

私の言葉に彼女は手早く書類をしまうと足を組んだ。ストッキングが金色に輝く。

「どんな？」

「あの鰐はナイル河畔にいたひとりの幼子《おさなご》を捕まえるんだ。すると子供の母親が泣きながらやってきて〝我が子を返して下さい〟と懇願するのさ」

カレンは眉をひそめたが何も言わなかった。

「すると鰐は母親に宣言する。〝私がこの子を返すかどうかは、私の問いに正しく答えられるか否かにかかっている〟と。母親が〝必ず答えて見せます〟と言うと件《くだん》の鰐は〝ならば、私がこの子を返すと思うか？〟と尋ねるのだ」

「相関詭弁《そうかんきべん》ね。返すと言えば鰐は子供を食べて〝間違っていたから〟と言い、返さないと言えば〝自分は返したくてもそうすると答えを覆すことになるから〟と食べてしまう。つまり、あなたは私たちが本当にこの約束を果たすかどうか信じられないというのね」

「然《ダー》り」


「ああ……毛が抜けた。また抜いちまった。ああ、狂う狂う」

侘《わ》びしい嗚咽《おえつ》から我に返った205号が呟いた。

「死ぬ時はどんなだろうなぁ。苦しいだろうな。えへへ、苦しい！　死にそうだ！　って叫んでも誰も助けちゃくれないな。ははは。あの世はあるのかなぁ。ああ、いつ殺《や》られるのか判らないってのは……。きっと狂う狂う」

「おまえは狂わない」

「どうして、そんなことがわかるんだよ」

205号は憮然《ぶぜん》とした声音で〝ああ……身体から緑色の魂が抜けていく……〟と繰り返した。

「狂う狂うと言いながら最近はよく眠れるようじゃないか」

「ああ、それもそうだ。あんたに教わったやつをやると寝てしまうことが多いな」

「教えた？」

「女たちを掌に呼び寄せるっていうやつだよ。俺も試してるんだ。何かそっちの房から移ってきちゃくれないかなと思ってね。でも、駄目だな。掌に感触を掴む前に眠くなっちまうんだ。うん。でも、あれは良い。あれは良いやり口だ。哀しくなくなる」

205号は鼻を啜り上げた。

「話は変わるが、スリーパーという言葉を聞いたことがあるか。ネオ・ロシアがソビエト連邦と名のっていた頃の話だが、当時の囚人には政権に不満を持っている者も多かった。彼らのなかには独自の地下組織網をルートとしてレジスタンス組織《オルグ》を構築したり、活動に身を投じたりする者も多かった。潜在的な不満分子の根絶を目指した政府はある種の作戦を恒常的に行うことにした。それが〝スリーパー作戦《アピラーツイヤ》〟だった」

「そら、そうだろう。誰にだってあるさ。頭の中のものを洗いざらい全部ぶちまけるなんてこたぁ人間にはできないからな。自分だって忘れちまってることもたっぷりあるさ」

「世の中には他人の秘密に対し、おまえのように寛容な立場を取る人間ばかりではない」

「でも、いくら訊きたがっても、本人が喋る気がなきゃ所詮は無理だよ。無理強《むりじ》いして解決するものじゃないもんな」

「スリーパーと呼ばれる囮《デコイ》を入れたのだ」

「なに？」

「不満分子を根こそぎにするため、ソビエト政府は囚人のふりをした囮《おとり》警官を大量に牢屋に入れ、仲間《スリーパー》のふりをして寝食をともにさせ情報収集を始めた。定期的に取り調べと称して牢を出ると彼らは続々《ぞくぞく》と仲間を売っていった。結局、三年間のあいだに二万人以上のレジスタンスと三百もの地下組織が摘発され粛清された。大成功したわけだ」

「ひでえ話だ。誰も信じられネェな。味噌も糞もあったもんじゃねえよ」

「常に国家は人民に対し強《したた》かで用心深く迫るものだ」

「いろかたなにもほせあらりるりこらねけめせ」

「なに？　何と言った？」

「俺……何にも言わねぇよ」

２０５号の音声はざらつき不明瞭《ふめいりょう》だった。古いラジオの同調《チューニング》ノブを出鱈目《ランダム》に早回ししたかのような先ほどの声同様、それは機械的な響きを持っていた。


私は逮捕前、科学省が人間型ロボット《アンドロイド》の開発に成功したことを読んでいた。生身の人間と寸分違《たが》わぬ出来だと記者は絶賛し、予想され得る様々な用途を資料として別表に列記してあった。〝捜査支援〟――たぶん開発局が配布したものをそのまま転写した表には各省庁が提案した深海探査、月面・宇宙空間作業、警務管理、核融合施設管理などというＳＦ的な文言に混じって、ことさら小さくそう記してあった。

検事総長が如何に懐柔策《かいじゅうさく》で私に迫ろうともカレンは最後まで私の軛《くびき》を外そうとはしないだろう。彼女は私を憎悪している。形はどうあれ互いの精神的な結びつきの強さはありがたいが彼女が検事総長の提案を待たずに〝捜査支援〟のデモンストレーションとして人間型ロボットを私に使うことは容易に想像できた。彼女は自分の流儀で勝つためには全ての可能性を内なる情熱の焚きつけに使うタイプだ。私には判る。かつての私がそうであったから。問題は２０５号が、どのようにして私から情報を得ようとしているのか……だ。

現在のところ行方不明者への直接的な質問は何もない。間接的な質問に対しても私は核心を外しながら語り、奴《や》はそれになにげない質問を返す。

奴らはこの素朴で単純な言葉の交換《ラリー》から私の脳奥にある秘密に迫ろうというのか……。

翌日は205号の房でひと騒動が持ち上がった。朝食が配膳され暫くすると異様な呻《うめ》き声とともに奴は房の岩塊《がんかい》に頭を打ちつけ始めたのだ。物音に気づいた看守によって205号は運び出され、その日の夕方まで戻ってこなかった。私は放り出された樹脂製スプーンや皿などの食器が散らばった床を眺め、それが何か幾何《きか》学的な意味を持つのではないかと思索を凝らしてみた。

帰房した205号には前日の緊張した様子はみられず、実にリラックスした調子で床に寝そべっていた。時折、独り言を呟いているようだったがそこには金属的な軋みは微塵《みじん》も感じられなかった。

「巧く調整されたようだな」

「うん。痛い注射と薬はあったけど。調整？　あ、そうだね、うん。調整されたよ……調整」

「なぜ、あんなに暴れたんだ」

沈黙。

「聞いてるのか？」

「え？　聞こえてる聞こえてる。あのね、今朝のメニューに茹で卵があっただろう。まぁるい卵が……俺は卵が駄目なんだ」

「アレルギーか」

「違う。俺の義理の親父ってのが、牧師の癖にどうしようもないロクデナシで子供の俺をさんざん殴りつけた後で必ず茹で卵を食うんだよ」

今度は私が沈黙した。

「〝魂は少しの物しか必要としない〟とか言いながら、俺の目の玉を覗き込みながら蛇みたいにパクリパクリ……必ず三度に分けて囓ってやがった……俺はその白いもののなかに本当に自分の魂が閉じ込められていくような気がして、奴がそれをやる度に目眩《めまい》を起こしそうになったよ。だから卵は駄目なんだ……」

私は205号に卵の話をした事はなかった。しかも奴が口にしたのは私が常に唱《しょう》していた一節だった。それは調書にもない私だけが知る言葉。

〝魂は少しの物しか必要としないが、肉体は多くの物を必要とする〟。

それは私から彼女たちへの鎮魂歌《レクイエム》であった。

「……どうやって知った」私は呻いた。

返事の代わりに聞こえてきたのは205号の寝息だった。

数日後、カレンは目にも鮮やかなブルーのスーツに身を包んでいた。ピンク色のシャツから日焼けした首元が大胆に突き出していた。そしてそこには銀のネックレス。

「随分、めかしこんでいるようだが……パーティーにでも行くのかね」

カレンは眉を顰《ひそ》めることなく微笑んだ。私の背中を厭な予感を乗せた痙攣《けいれん》が走った。

「発掘は終わったわ。検事総長もご満悦よ。彼の宗教では埋葬時に遺体の犬歯が不可欠なの」カレンは私の顔に微かに浮かんだ戦慄を見逃さなかった。「ご協力ありがとう。無事、二遺体とも回収できたわ」

私はカレンを見つめた。そこには微塵も芝居《トリック》の香りはなかった。

「205号だな……。しかし、具体的な質問はなにひとつなかったのだが……」

自然と溜息が混じった。

「そうね。でも今回は隠している証言を引き出すとか、過去の記憶を探るとかいう難しいテーマではないのよ。あくまでもあなたという個人が生活をしつつ移動可能な地域の絞り込みが必要だったの。どこで目をつけ……どこで実行し……どこで処理するか……。勿論、言うは易《やす》く行うは難《かた》しで、あなたの有・無意識から収集されたデータを解析し、予測される行動範囲をこちらの捜索可能範囲にまで限定させるのは大変だったわ。我が国が誇るヴァルカン、パンテオン、オーディーン三台のメガコンピューターを借り切ったの。でも、これで私の首も繋がったわ。あの胸くその悪い交渉も果たさなくて済むし……万々歳《ばんばんざい》よ」

「私の無意識の気前の良さにも感謝してもらいたいものだな、カレン」

「感謝してるわよ……。だから、あなたは釈放されるわ。私が上層部《うえ》に掛け合ったの」

カレンは防弾硝子に顔を近づけた。濃いルージュをひいた厚い唇が薔薇の蕾《つぼみ》のように迫るのが見えた。

「明日、009時をもって釈放。但し、顔と声帯は薬品処理で焼かせて。それと両眼球、右腕と左足、生殖器も摘除《てきじょ》させてもらうわ。あなたは移送車内で提示される三つの都市のうちのひとつを選んで、そこに送られるわ。係官が街角であなたを車から放り出したら、それでおしまい。あとはどうぞ御自由に……」

「カレン。君がいまだに食事をし、セックスできるのも、ひとえに私の慈悲心《じひしん》の賜物《たまもの》だ。君に余命を与えたのは私だ。それを忘れるな……永遠にな」

「処置は007時より開始。あなたのやり方に倣《なら》い、麻酔は可能な限り使われないわ。……嬉しくなさそうね。私はこんなに嬉しいのよ」

カレンは防弾硝子に血のようなキスマークをつけた。「それじゃあ、これで永久にさよならね……卵男《エッグマン》。あなたのそんな顔が見られて光栄だわ」

そこまで喋るとカレンはスイッチを切ったように無表情になり、振り返りもせずに出て行った。

「アンドロイド？　俺にはわからないな」

私の説明に205号は歯ぎしりするような音をたてた。「俺には家族がいる。この手で抱いた実感も有るんだ。日なたの匂いのする髪、冬になると赤くなる頬、それに女房の煮付けの味……」

「おまえは三年ほど前、造られた。家族なぞない。全ては薄暗い工場で造られた幻影だ」

「だって餓鬼の頃の想い出とか、ちゃんとあるんだぜ。この間だって出血したんだ。連中は診療台に俺を寝かせておでこを縫《ぬ》ったんだぜ」

「奴らの仕掛けは巧妙だ。しかも数ミリ四方のチップに国会図書館がまるごと格納される時代だ。おまえの薄い人生なぞ、即席でプログラムするだろう」

「俺にはわからない……」黒い声音《トーン》が響く。

「そのようだな……おまえは知らされていない。たぶん……」

「俺は」

突然、悲鳴があがると205号がのたうち回る音が聞こえてきた。

その後、隣房の啜り泣きが時を刻み、私は沈黙していた。

が、ふと見上げると晩秋の獄窓に朝焼けが迫っていた。時間がない。私は205号が落ち着くのを待って再び声を掛けた。

「205号、聞こえるか？　手を貸すんだ」

房の隙間から覗くと205号は胎児のように丸くなったまま床に倒れていた。涎《よだれ》と涙が溶けた蠟《ろう》のように流れ出していた。

「私は行く……手を貸せ」

「行くって？　どこへ」

205号はのろのろと身を起こした。

「自分の好きなところだ……私の女の待つところ」

「あんたの話は難しすぎるよ……」

205号は寝起きのように頭を何度も振って見せた。

「まだ頭がクラクラする。で、何をするんだい」

「片手の指を揃《そろ》え、この隙間にできるだけ深く手を突っ込んでくれ。こちらのほうにおまえの指を突き出すんだ。充分な」

「どうしてそんなことをするんだ」

「説明は後だ。早くやってみろ」

芋を食ったように口をモゴモゴさせ205号は私の代わりに手を隙間に差し込み始めた。

「こんなもんかな?」

「もっとだ。もう少し深く」

「もう無理だよ。これ以上は岩が邪魔をして」

「大丈夫だ。おまえの指は内部ではアモルファス系合金だ。思い切り突っ込めば、こんな古い岩など突き崩せる。心的抑制が掛かっているだけだ」

「なあ、何をしようって言うんだ」

私は答えなかった。〝おまえの指を釘に見立て頭蓋を叩きつけるつもりだ〟などと言えば忽《たちま》ち、奴の体内に格納された〝ロボット三原則〟とやらが発動し、協力を拒むはずだ。

私はいま直《ただ》ちに死ななければならない。同じ滅びるにせよカレンたちの意のままにさせてはならない。

巧い具合に205号の指が太い蚯蚓《みみず》のようにのたくりながらこちらに向かって伸び、数秒で第一関節から第二関節程度が突き出された。

「もっとだ!」

「もう無理だよ」

その途端、大音響とともに監視棟から我々の独房へと通ずる鉄扉が開き、数人の看守の足音が軍靴のように轟いた。数十羽の鳥が廊下に嘴《くちばし》を突き立てるような乱れのない音は一瞬、私の動きを止めた。

「早くしろ！　もっと突っ込め」

「む、無理だよ……」

「しっかりしろ！」

２０５号の怯えた声とともに指が第二関節を過ぎて突き出した。

「もっとだ！」

「なあ、こ……怖いよぉ」

靴音が消えた。

いまや、２０５号の指は充分に突き出されていた。

私は目を閉じると、息を止めた。次の瞬間、黒い岩塊に生えたアスパラのように見える長く伸びたか細《ぼそ》い指へ金槌《ハンマー》をイメージしながら己《おの》が頭を叩きつけた。

金属の爆発するような音とともに私の前頭部は岩にブチ当たった。

「おい、貴様！　何をしている！」

看守の怒声が房の扉を叩く音に続き、鍵穴が鳴った。

信じられないことだが、私は目測を誤った。２０５号の指は数センチずれたところで揺れていた。再び、私は頭を振り上げると渾身の力を込めて頭蓋を指に叩き込んだ。眼すらつぶらなかった。

しかし、また私は失敗していた。

扉が軋みを上げると突然、205号の指は驚いた貝の舌のように岩塊に潜り込んでしまった。

「時間だ。205号。出なさい」

看守の低い呟きが続き、それを205号の絶叫が掻き消した。

「俺はやだ！　俺はおれはおれは……うわぁぁぁぁ」

私は房の廊下を引きずられていく205号の姿を想像し、扉に貼り付いた。

するとだしぬけに私の房の扉も開かれ、数人の看守を背後に従えた白衣の老人が現れた。

老人は微笑んでいるようにも見えた。

「一日にふたりの処刑は規律違反ではないのかね」

私は老人《ウエルダン》の細い頸《くび》に嚙みつこうとしたが根が生えたように体は微動だにしなかった。

「よかろう」

彼は呟くとリモコン様《よう》のものを私に向かって突き出し……た。

〈警務旬報　第208576号

かねてより議会でも問題視されていた懸案について画期的な成果があったと国立刑事政策研究所より報告があった。

従来よりアムネスティーなど国内外のNPOより厳しい批判を受けていた〝拘禁症状によ

り精神に異常をきたした死刑囚への執行の是非〃であるが、死刑の執行までには多年の歳月がかかることから従来のカウンセリングではフォローできない部分が多く、事態はその深刻度を増す一方であった。

先進国では唯一の死刑維持国である我が国は現状を保持するためにも〝受刑者が正常な改悟の念を持って執行される〃体制造りが急務とされてきたわけであるがこの度、デュポンならびに本研究所との合同開発によって完成された汎用人型ロボット《ヒューマノイド》を受刑者の正常な精神の維持に使うという初めての試みが為された。

被験者は、全国八百四十名の死刑囚から心理技官によるテストで最も心的危険域に達すると予想された強盗殺人と放火の罪で死刑宣告を受けた、三十代後半の男性が抽出された。

研究所ではロボットに被験者が同調しやすい模造記憶を植え付け、同じ囚人仲間であると錯覚させることで、より近しい存在となり、カウンセリング指導ならびに監視を送信される音声ならびに画像データで二十四時間態勢でチェックすることが可能となった。これにより今回は見事に執行直前まで当人の精神を正常域に保持せしめたのである。

開発責任者のひとりでもあり、模造記憶構築を担当したカレン・W・ザイラー教授は次のように語る。

「最も重要なのは被験者に密接した模造記憶に関連するヒューマノイドの人格設定にあります。今回、私どもは自国のみならずＦＢＩならびにユーロポールの協力を頂き数万人に及ぶ膨大な数の犯罪者の心理地図を手に入れることに成功しました。これを基に被験者の心理分析を行い彼が最も信頼をおくだろう人格を構築できたことは誇りに感じています。模造人格の使用については異論も予想されるところですが、自身の目的を認知しないことが心理的接近に対する大いなる鍵であることを考えるとこの方法がベストだと信じて疑いません。今回、終了した〝卵男作戦《エッグマン・オペレーション》〟は現在、別バージョンを開発中で既に英国、ホンジュラス、シンガポールでの使用が決定されています」〉

すまじき熱帯

思った以上に人体というのは燃えない。少々、石油をかけたところで糞の役にも立ちゃしない。ぶすぶすと皮膚が溶け流れても鼻のひん曲がる煙が延々と立ち上るだけで炎は見えず、ものの勢いがつきゃしない。それでも腰をくの字にひん曲げたドブロクは地べたに這《は》い蹲《つくば》りながら、それで良いそれで良いと呪文のように繰り返していた。

その薄禿げた頭を潰してやりたくて何度かスコップを振り上げてはみたものの、そのつど生きるより死んだ方がマシな状況でわざわざ楽にしてやることもないと思い直した。

ドブロクは転がる死体を嬉しそうに指さし、〈あの人らの倶楽部に混じりたい〉と呟き、挙げ句にゃ、妙に長い睫毛《まつげ》をパチパチさせて俺の足下にまとわりついてきた。

畜生、右も左も腐った死体だらけだ。灼《や》けつくジャングルの日差しは緑の葉を溶かし、そのまんま俺の肌に染み込むようなのに腸《はらわた》の底にはぽっかりと穴が開いちまっている。

「こんな体……助かるも地獄、死ぬも地獄。もうどうだって良い」

ドブロクは老婆のように泣き始めた。

〈宮殿〉の脇で象が鳴いている。

俺たちは東南アジアのジャングルで救援を待っていた。河を下るボートもなく、無線もなく、ただ死体の山だけが残された場所では薪《まき》代わりに人間を焼いて狼煙《のろし》をあげる以外、助けを呼ぶ手だてがない。

膿《う》み膨《ふく》れ始めた奴らに囲まれていると何がなんだかわからなくなってくる。

「うえ、混じってる。ヒロ、もう河の水も飲めない」

ドブロクは死体が浮かぶ河で汲《く》んだ茶碗を覗き込み、唾を吐いた。

「寄るな。死人くせえ」

「へっへっ、お互い様でしょ」

これが俺の親父だった。

「銭《ニーゼ》が欲しくねえ奴なんか存在しねえんだよ」

109《マルキュー》前で肩を叩かれた時、俺は見世物小屋のオヤジが勧誘してきたのかと思った。それほどドブロクの野郎は薄気味悪く、目立っていた。

十八年ぶりの再会をドブロクは何とも思っていないようだった。奴は〈いいじゃねえかいいじゃねえか〉と顔を顰《しか》めている俺の肩を抱き、タクシーに乗せ、ベルボーイがふたりも三人も駆け寄ってきてドアを開けるホテルへ俺を連れ込んだ。

てっぺんにあるレストランで一言も口を利かない食事が済むと俺を部屋に案内し、いきなり〈一緒に人殺しにいかねえか〉と持ちかけてきた。確かドブロクは別れる前、オフクロに淋病だかを梅毒だかを感染《うつ》した恥知らずなので脳に菌が回ったと思った。大物ぶって葉巻を銜《くわ》え、値踏みするように俺を眺めたが安煙草が馴染んだ身は何度も咳き込み、咽《む》せていた。

「なあ、がっぽり儲けて、人生振り逃げってのはどうだ？　ヒロ」

俺は松阪牛ステーキの礼を言うと席を立った。前頭葉が膿みつぶれてる奴を相手にしてる暇はなかった。ついてきたのを後悔していた。

「ちまちま小銭貯めたって、大銭にはならねえぞ。金は寂しがり。大勢仲間のいるところに集まるようにできてる」

「ほんとはぶっ殺してやりたいとこだよ……あんたを」

「へへへ……おめえは餓鬼の頃から熱血漢ぶるのが好きだった。俺が猫をつぶしたときも命だ、なんだとキーキー吠えてたっけなぁ……良い時代だった」

「息子の飼い猫、喰う親がいるかよ。ドブロクってのは酒のことかと思ってたが溝《どぶ》のような宿六って意味だったんだってな」

「おまえのおふくろは学《がく》があったからなぁ……学に真面目に正直。銭にならねえもんばっかり身内に貯め込んでた。苦労性ってんだな。ありゃ」

踵まで埋まるカーペットに唾を吐くと俺はドアを開けた。

「へへ……ビズネスライクに行こうぜ。一人頭《あたま》、一千万だ……。ビズニース」

〈畜生め……〉

俺は呟きノブを離した。

そんな名前の国があるとは知らなかった。マニラから二度乗り換え、その度に飛行機がボロ臭くなり終《しま》いにはプロペラになった。荷室を区切る壁の向こう側から牛の鳴き声が聞こえていた。機は何度も不意に降下し、その度に胃の中の食い物が引っ越しを始めそうになった。やっと辿り着いた国際空港はジャングルを野球場の広さだけ刈り取ったような代物だった。

〈鍋彼構うなチンポ吸い池之端文化センター〉

浅黒い入管の言ってることは全くわからず、俺の耳には電波者の妄想から出る言葉の羅列《られつ》に響いた。

ドブロクが俺のパスポートを受け取り、札を挟むとまた渡した。

〈海豚《いるか》の国とか跨《また》いだるし、朝魔羅滴《まらしずく》振り切れば、外に葱《ねぎ》いつも誰かが側にいる〉

「旅行目的と期間を聞いている」

「なんでわかんだよ」

「俺は長年、ここの女で女衒《ぜげん》をやらかしてたんだ。読むのは無理だが多少の会話はな……」

ドブロクは惚《とぼ》けたように係官へ同じような文言を並べ立てると笑い合った。

外に出るとジープが待っていた。

〈腋臭《わきが》！　腋臭！〉

運転手らしい男が荷物に手を伸ばした。俺は断った。

三十過ぎのでっぷりしたその男は〈河童訳あり地蔵。乞食腕白、小円遊。小円遊〉

と、何度も俺とドブロクの肩を叩き、喜んでいた。

「コエンユウ……」

俺もドブロクに合わせ言ってしまった。畜生……。

「あれと同じ型式の飛行機が先週、墜落したらしい……。俺たちゃ運が良いそうだ」

〈小円遊……小円遊〉

蒲焼き色の地べたにジープを駆りながらドライバーは何度も振り返って死んだ落語家の名前を連呼した。

泊まったのは『Ｒｉｔｚ』という近郷近在一のホテルということだったが部屋に便所がなかった。

〈どっちらけ二度食え三度食え〉

身振り手振りで便所の場所を尋ねると客を泥棒のように睨みつけるボーイが建物の外を指さした。

〈悩み嫉《そね》み行きがかり！〉

カウンターの裏にしゃがんでいた男たちが声をあげて笑った。

俺は青い工事用シートで囲われた便所に入った。印はなかったがそこが便所だということは臭いが教えていた。屈んでいると暗い便槽《べんそう》の闇が動いた。慌てて腰を持ち上げかけた途端、絞め殺されるような悲鳴が轟《とどろ》いた。俺は便器の縁の何かに滑って、足を落とした。柔らかく温かなものを踏んだ。くるぶし付近に牙が当たるのを感じた。俺は這い蹲るようにして飛び出し、部屋に戻った。

「言い忘れたが……ここらの便所には豚がいる。人糞が餌でな。あんまり屈むとお稲荷さんまで咬み破られるから注意しろ」

酒で真っ赤になったドブロクはゲヒゲヒと声をあげて笑った。

二日後、ドブロクは年寄りの船頭とコック見習いの小僧、そしてボートをどこからか集めてくるとコーヒー色の河を遡上《そじょう》し始めた。ドブロクは仕事の説明をしようとはしなかった。ブリキのおもちゃのようなボートが離岸すると船頭が小僧を従えて挨拶にきた。〈よし聞けば聞けたのになぜ聞かないのかとことんやればやるばかりなりけれちゃ疲れ魔羅反り魔羅〉〈そこ菊引くまで引く野麦茶屋働いて働いて茶々稚内《わっかない》〉

奴らはそんなふうに名乗ったがドブロクが年寄りの船頭をホセ、小僧をカルロと名付けた。

何もすることがなく灼けた甲板に段ボールを敷き、横になった。ディーゼルがポンポンと単調な音を立て続けていた。空は青く、ここは窒息するほど蒸し暑い。俺はトウコの事を思い出した。俺たちは下北に古着屋の店を出す段取りになっていた。トウコは五年間、つまり俺と知り合ううんと前から弁当屋の工場とデニーズでウェイトレスをしながら貯めていた金を出し、俺は修行中のラーメン屋を飛び出すと手っ取り早く稼げる〈一発屋〉と呼ばれる不法投棄業者のチームに入り銭を貯めた。俺の役目は地元の人間や警察、産廃Gメンが近づかないか見張っておくことだった。一発屋は読んで字の如《ごと》く、建築廃材や医療用廃棄物を〈穴屋〉が掘ったところへ一回だけ捨て、バックレる仕事だった。

トウコは俺のそんな仕事を内心嫌っていたが俺には他に店の資金を作る術《すべ》がなかった。そして店を開けなきゃトウコはいずれ居なくなると信じていた。それだけは事実だった。いちばん大事なもの、大切にしたい者はみんな消える。俺の人生はそういう人生だった。ドブロクに声をかけられた時、俺はふたりで貯めた八百万をパクッたまま倒産した不動産屋を見つけようと必死になって張っていた。奴が渋谷が好きだったというだけの何の確信もない動きだったが、何かしなければ誰かを殺してしまいそうだった。

「ヒロ、この先、河の水に手を入れるんじゃねえぜ」

遡上二日目、地図を手に変化のないジャングルを眺めていたドブロクが呟いた。

「あと長袖に着替えな。木が当たってきても葉っぱに触れちゃ駄目だぜ。それにこの辺にゃ鰐《わに》だけじゃなく、肉食の泥鰌《どじょう》やらがいてな。一瞬でも落っこってみろ。口だの鼻だの目玉だのにそれこそゴンズイ玉みてえに食いついて潜り込んでくる。ボートから糞する時も尻の穴に気をつけな。引き抜こうにも奴らの鰓《えら》は逆立って抜けやしねえ。そのまま体内巡りされて臓物あらかたもってかれちまうぜ」

ドブロクはホセに肉の塊を持ってこさせ河に放り込んだ。コーヒー色の水に肉がゆっくり沈んだだけだったのが突然、水面が煮え立つように沸いた。ホセがロープを引くと船縁《ふなべり》に泥水色のホースの塊が上がった。ホースは肉のなかに何本も突き刺さったまま一斉に蠢《うごめ》き、さらに内部に進んでいた。

ホセはロープを切断した。

「蟲も日本と訳が違うんだ。鼻や眼肉に卵を産み付けられたくなけりゃ葉を触るな」

俺は船室に戻った。

「こいつが呉《ご》だ」

カンテラの灯りの下、ドブロクは写真を取り出し、俺が喰ってた缶詰の横に置いた（ホセは別に肉を焼いて持ってきていたが、それにはチワワみたいな頭と羽の残骸がまとわりついていたから喰うのは止めたのだ）。モノクロの四つ切りの中に海坊主がいた。首が太く、猪のような印象なのに眼だけは頭の良い奴のものだった。

「ウチの組で覚醒剤《シャブ》の現地生産管理をしていた。つまり、こっちで精製したものを日本に流す際の大本《おおもと》ってわけだ」

ドブロクは葉巻を取り出し、火を三度点け損なったところで河に捨て、安煙草に換えた。

「元自衛隊員でな。海外での傭兵経験もある。上の方でもそういう経歴を知ってこっちに送ったんだ。つまり、もしこっちのゲリラやら何やらと事を構えることになっても、そこそこの対応ができるだろうってな……」

蛾がカンテラにぶつかり鳴った。

「出荷は順調だった。去年まではな。しかし、今年になってから、ぷっつりと音沙汰なくなっちまった。もちろん、こっちから送った金は引き出されているから奴は生きてる。上は奴が別の得意先を自分で摑まえたんじゃねえかと言っている……」

「なんで今まで放っておいたんだ」

「百人は行った。最初は単数、最後の方は軍隊並みに突っ込んだが……誰も帰って来ねえ。ただ……噂だけ。噂だけ戻ってきた」

ドブロクは俺の目を覗き込むように顔を近づけた。

「奴は王国を築いたらしい。巨大な資金を使って私設軍隊を作り、さらにこの国の上層部と組んでそこだけは治外法権の独立国家を実現させたと……。上は奴の首に懸賞金を賭けた。どこの誰が殺しても良い。公開暗殺指令《オープン・コントラクト》だ。その額、一億」

俺は立ち上がった。

「おまえ、ふざけんなよ。そんなとこへどうやって潜り込むんだよ。殺されちまうだけだ」

「まあ、みてな。愛の力ってものを信じるんだ。まあ、帰りたけりゃ一人で帰《けえ》れ」

ドブロクは微笑《ほほえ》んだ。

「わけわかんねえ……俺は絶対、船から降りねえぞ」


遡上六日目、ボートは途中、河岸で給油しながら上がっていたが一昨日《おとつい》、やけに燃料をせっせと積み込んでいると思ったら、それから家はおろか人影さえ消えてしまっていた。

夕方、水を飲みにきた猿が鰐に喰われるのを見た。自動ドアのように鰐は突然、岸に鼻ッ面を出し猿を咬み、来たとおりの軌道を通って河に没した。アッという間。音も聞こえない。ここでは命のやりとりすら一大事じゃない。そしてそのルールはひたひたと俺にも近づいていた。

〈米喰うなら喰えお前馬鹿〉

「なんだと！　こら」

思わず怒鳴るとカルロが怯えてしまった。

「雨が降るからなかに入れと言ってるんだ」

背後からドブロクが酒臭い息を吐いた。

こいつ本当に梅毒は治ってるんだろうか……全部が全部、妄想でしたジャンジャンみたいなことにならないだろうなと思った。別にそれはそれで良いのだが……。

〈垂乳根《たらちね》のお釜崩れる毛驫《けずね》かもかな！〉

明け方、ホセの叫び声がした。

外は濃霧で自分の鼻も見えない。

「ヒロ、落ちるなよ。魚の糞になっちまうぞ」

ボートがエンジンを切ると水音が聞こえ、先の風景が微かに見えてきた。

河が沸き立っていた。中央部分がぼしゃぼしゃと音をたてながら渦を巻いている。

人間だった。五、六人の人間が塊になって流れつつ、魚の餌になっていた。カーキー色の服のあちこちが指で突かれているように蠢いていた。弾帯が身体に巻き付いていた。落ちたから死んだのか、死んだから投げ込まれたのか。

「ゲリラだな……さもなきゃ一攫千金狙って呉に近づいたか……いずれにせよ泥鰌の食い残しは鰐がやっつける。奴らは跡形も残らねえだろう」

「呉の王国は近いのか」

俺の言葉にドブロクは驚いたような顔をしてみせた。

「既に王国の領域だぜ。安心しろここらの河は迷路のようだがあのホセは確かだ。迷子になることはねえ。保証する」

「ばか！　俺が言ってるのは」

と、そこで背中に激痛が走った。カンカンとボートに何かが当たり、跳ねていた。倒れるとドブロクが船内に逃げ込む後ろ姿が斜めに見えた。

〝……矢が当たったんだ〟

意識が千切れた。


目が覚めると檻のなかにいた。側にはドブロク。ホセやカルロはいなかった。体を起こすとあちこちに篝火《かがりび》が焚《た》かれていてジャングルの闇を少しばかり削っていた。空気が死んだようにひんやりとしていた。

石の広場の片隅に俺たちの檻はあった。

「おい。どうなってるんだよ」

ドブロクは膝を抱えたまま、いくら声をかけても微動だにしなかった。

「おい！」

俺はドブロクの両耳を摑むと前後に揺すった。

「どうなってるんだよ！」

「痛いなぁ。捕まってるんだよぉ。わかんないの」

ドブロクは惚けたような声をあげた。

「あのあとわらわら奴らがやってきて。アッという間にボートは没収。俺らは制圧されたんだよ。おまえは寝てたんでわからなかったんだろうけれど」

「そういう問題じゃねえ。どうやって逃げ出すんだって事だ」

「逃げるって……言ってもなぁ。錠は掛かってるし、これはなかなか曲がんないぞ」

ドブロクは鉄棒をさすった。

〈生ハメ半ハメ赤ハメ！〉

半裸の男が檻を殴りつけ、燃えるような目で俺たちを睨んだ。

「静かに殺されるのを待ってろと……」

ドブロクは呟《つぶや》くとまた先ほどのポーズに戻り、動かなくなった。

俺は檻の前の壁が実は遺跡だと知ると本当に〈王国〉に入ったと知り、自分たちは殺されるのだと悟った。できれば殺してから河に放り込んでもらいたかった。生きたまま泥鮹に喰われるのはごめんだ。

〈頼む。殺してから捨ててくれ〉

これだけはドブロクに現地語で何というのか聞いておかなくてはいけない。

三日月が出ていた。東京からもこんなふうに見えているのだろうか。俺はトウコのことを思い出した。トウコもこの瞬間、月を見ていてくれると良いなと思った。

「おかしい……絶対におかしい……」

ドブロクはいつまでも呟いていた。

翌朝、檻から引きずり出された。

遺跡は全て煉瓦ほどの石で組み上げられており、巨大な人間の顔に描かれている。そして本物の人間の首や死体もあちこちに転がっていた。ここにいる男は半裸の狩人風か銃を手にした軍属風、女はみな若く、年寄りはいない。陽は忽ちのうちに夜気《やき》によって収まっていた腐臭を蠅とともに蘇《よみがえ》らせ、乱舞させ始めた。

遺跡のあちこちが人間の血で染められているようだった。

俺たちは檻のある広場の中央に座らされ、殴られ、蹴られた。それは殺意を込めたものではなく、どちらかというと嬲《なぶ》っているようなやり方だった。

奴らは笑っていた。

ドブロクが奴らの言葉で頻《しき》りに何事かを叫んでいた。

すると一人の白い服の男が現れた。褐色の肌に冷ややかな目がはまっていた。

ふいに喧噪《けんそう》が停まった。全員が男に注目していた。

中性的な雰囲気をもつその長身の男は瞬《またた》きをしなかった。ただ硝子《ガラス》のような黒い目で俺とドブロクを交互に見据え、やがて静かに話しかけ、ドブロクがそれに応えた。

二度、奴らのなかからオーッと溜息が漏れ、ドブロクの顔に安堵《あんど》が広がった。

「おい。助かったぞ」

ドブロクが俺に呟くと同時に尻餅をついた。

男は俺を押さえつけさせた。

「おい！　ドブロク！　これは何だ、おい！」

軍人はナイフを取り出した。

俺は暴れたがこんな細身の奴らのどこに隠されているんだというほどの馬鹿力に身動きひとつできなかった。

「その背中の痣《あざ》が確かに俺だという証明の割り符なんだ。いいじゃねえか。掌ぐらい剝がしてやれ」

「割り符？　なんだそりゃ。聞いてねえぞ」

「言ってねえから」

突然、刃の先が背中にヌルッと滑り込むと体のなかでカーテンを裂くような音がした。

数分後、俺は生まれつきあった背中の痣を剝がれ、黒い軟膏を塗った葉っぱを貼られた上に包帯をしていた。ドブロクは俺が殴りつけたので鼻血を出し、顔が凸凹《でこぼこ》になっていた。

「奴にはこうでもしなきゃ近づけねえ……。まあ、ここまでしなくてもと踏んでたんだがな。踏み間違えた」

「おまえの赤ッ鼻を踏ンづけてやりてえよ」

俺の皮をもっていった男が帰ってきた。

「イマ。ツァーリー。〈ショク〉ニハイッテマス。ショク」

男は天を指さした。

「ツキ、タイヨ。ミナ、ショクアリマス。ショク、オオイナルモノミナアリマス。ショクハ、ツァーリーノイノチサガル。ダレモチカヅキマセン。ツァーリー、イノチタクワエルノタダタダマチマス……」

「ツァーリー？」

「ここでの呉の呼び名だろう」

「あんた日本語、巧いね」

「ツァーリー、オシエマス」

俺たちは遺跡内部の玄室のようなところで白い衣装に着替えさせられ、石でできた部屋に通された。なかには酒と食事の用意が進んでいた。

〈下履き抜けば小僧夜中に尿燦々《さんさん》〉

支度を終えると腰布を巻いただけの女が微笑みながら下がっていった。

考え込んでいるドブロクを無視して好きなものを摘《つま》んで食べた。背中が灼けるように痛んだが、食欲には勝てなかった。皿の上にはいろいろなものが載っていたが虫に見えるものと頭や指のあるものには口をつけず、果物と豆、切り身の肉を詰め込むことにした。

草と葉を詰め込んだハンモックがベッドに用意されていたが、背中を抉《えぐ》られている俺は俯《うつぶ》せる事しかできなかった。何度も大きなものに踏みつけられる夢を見て目覚めた。ドブロクは寝ていなかった。蠟燭の灯りに照らされつつ〈考える人〉のポーズのまま固まっていた。どこかで聞き覚えのある声がした。

象だった。

翌日、あの白衣の男がやってきて〈前頭葉〉と書かれた紙を見せた。

「ワタシノハナ、ホントハナガイ。ゼントウヨウ、ツァーリーニモライマシタ」

前頭葉は俺たちに遺跡内部にある王の間以外なら自由に見学しても良いと告げた。俺は昨日から上《うわ》の空のドブロクを叱りつけ外に出た。熱帯は今日も俺たちを焼売《シューマイ》並みに蒸しあげていた。

岸辺では女たちが談笑しながら集めた死体を河に投げ込んでいた。投げ込むそばから河が沸いている。女たちは俺たちを見て微笑んだ。張りのある黒い乳首がブラックダイヤのように光っていた。

〈ふぐりぬけ!〉生首をもっていた女が鉈《なた》でそれを半分に割ると俺に手渡そうとした。俺が手を引くと声をあげて笑い〈ふぐり!　ふぐり!〉と河を指さす。女は躊躇《ためら》っている俺の前でそれを勢いよく河へ放った。すると車ほどの鰐がジャンプして空中でキャッチし、巨大な飛沫《しぶき》を上げてまた河に戻った。

〈ふぐり！　ふぐり！〉

俺ができないと身振りすると女たちは落胆したような声をあげた。

「とんでもねえ河だ」

「奴らが投げ込むから余計、餌場になっちまってるンだろう」

遺跡の裏は深いジャングルになっており、その手前に煌《きら》びやかな衣装を着けた象が鎖に繋がれていた。

〈枯れた尼に深追いするな！〉

象の足下から影が飛び出した。カルロだった。奴はドブロクの胸に飛び込むと泣いた。上着は脱がされ、半ズボンから細い足を覗かせていた。体中に切傷と痣が残されていた。ドブロクの言葉にカルロは象を指さした。

象は縁なし帽のような赤いものを被らされていたが、そこに首だけになったホセが怒ったような顔をしてぶら下がっていた。

「客だと判らせるのが遅かったんだ……」

ドブロクがカルロの頭を腹に押し当てた。

前頭葉にカルロを紹介すると白い服に着替えさせ、部屋に入れた。カルロは俺が手をつけなかったものまでガツガツと腹に収めると忽《たちま》ちのうちに寝息を立てた。

「なあ、あんたの計画ってのを聞かせてもらおうじゃないか。俺だって皮一枚とはいえ体を張ったんだ。もう蚊帳《かや》の外は御免だぜ」

「わかった……だが、もう少し待ってくれ。確かめたいことがある。時期がくれば必ず話す」

ひとりで外に出た。

遺跡は森と河によって守られた天然の要塞《ようさい》だった。

広場の一角では男たちによる森林の伐採と既に開墾された場所に女たちが苗を植えていた。

彼らを見守るように前頭葉が立っていた。

「何を作っているんだ」

〈モリ……。ハジャントノキヲウエマス〉

「それは特別な木なのかい」

「ソノキデス」

前頭葉が指さしたのはこのジャングルを作っている普通の木だった。

「この木を植えてるのか」

「ソデス」

「じゃあ、切ったのは」

「ソノキデス」

前頭葉は同じ木を指さした。

「この木を切ったのか」

「ソデス」

奴らは森を切り拓くと、また同じ木をそこに植えているのだという。

「アア、ヤリマスネ」

前頭葉は木を刈っていた男たちが手を止め、いきなり車座になったのに目をやった。男たちは声を掛け合いながら両手を顔の前で動かすとパッと手を出した。ジャンケンに似ていた。女たちも集まってくるとジャンケンの結果にいちいち歓声を入れ、はしゃぎ回った。負けた者は悔しそうに地面を叩いた。しかし、全員が笑顔で和やかなムードが漂っていた。するとその中のひとりが勝ち残った。男は誇らしげに腕を突き上げ、その場に正座した。最初に負けた男が斧を振り上げると背後から振り下ろした。頭が斜めに割れ、白い中身が肩から腹にぶちまけられると男は倒れ、痙攣《けいれん》した。さらに男は斧で部分部分に解体され、女たちが葉でできた籠《かご》にそれらを詰め込むと河に捨てに行った。また作業が開始された。まるで休憩時間中のちょっとした娯楽のようだった。

「ヤクはどこで作っているんだい」

俺の言葉に前頭葉はふと足を停めた。

「ヤキマシタ……ミンナ。ジュンビオワッタカラ」

「準備？」

「カミノクニ。ミナイキマス」

前頭葉はボロいトタン葺《ぶ》きの小屋へ俺を案内した。

「ムカシノモノ……」

薄暗い空間に水の入ったいくつものドラム缶が置かれていた。腐ったラーメンスープのような水が発酵したように黴《かび》の浮いた脂を浮かせていた。前頭葉は水に肘まで手を入れると長い紙のようなものを摑み上げ、足下に落とした。髪が生えていた。

人間の皮だった。いや、正確には赤ん坊の皮の塊だった。

「ベビーバッグ。コレニガンジャツメテ、オンナタチガハコビマシタ。ミンナコドモウリニキマシタ。ツァーリーソレタカクカウ。カゾクイキラレマシタ。ナンニンモナンニンモイキラレマシタ。デモヤッパリコロシスギマシタ」

前頭葉は皮をドラム缶に戻した。滑《ぬめ》った皮が溺れるようにうねっていった。

部屋に戻った時、俺もドブロク同様、無口になっていた。

深夜、石の上を歩く音に目覚めた。起きあがると俺たちの部屋の前を通って奥へ向かう者がいた。王の間へ通ずる道だった。

俺はそっとハンモックから降りると部屋を出た。不思議なことにいつもいる警備の男たちの姿がなかった。石の壁はどれも同じで王の間がどこにあるのか見当がつかなかったが、重い石が滑る音が始まったので俺は駆けた。

内部の灯りが石の扉によって遮《さえぎ》られる寸前に俺は王の間を見た。部屋を覆うように下げられたレースの向こうに女の影があった。静かに、しかし重い音を立て扉は完全に閉じられた。俺は扉の前まで行くと耳を澄ませた。なかからはこそりとも音がしなかった。王の間は広場とジャングルの中間にあり、なかを通らなくても脇の道から簡単に広場へ出られるようだった。足の指に違和感を感じた俺はしゃがんだ。扉の下が濡れていた。何かが染み出しているようだった。指に掬《すく》って確かめた。強烈な香水に混じってあのドラム缶を見学した時の鼻を刺す腐臭が付いていた。

部屋に戻るとドブロクが起きていた。驚いたことに奴の頬は濡れていた。

「目玉でも弄《いじ》くったのか、まさか泣いていたなんて言わねえでくれよ」

俺の言葉にドブロクはフンッと鼻を鳴らし、ハンモックに横たわった。

〈絶対におかしいわ……〉

気のせいだろうか、背を向けたドブロクの辺りから薄気味悪い声が聞こえた。

その後、不意に慌ただしい足音が迫り俺は殴られ、失神した。眠っている人間を殴りつけて失神させるなんて不経済な奴らだ。

気がつくと元の檻の中に放り込まれていた。夜が明け始め、靄《もや》が晴れると檻の周りを囲まれているのが判った。女も男も全員が前衛舞踊のような白塗りをしていた。手にはそれぞれ銃や斧、槍や弓を摑んでいる。

不気味なのは誰一人として咳払いはおろか、身動きもしないことだ。得体の知れない残酷な空気が立ちこめていた。

しゃくりあげる音がし、ドブロクが檻の隅で縮こまっていた。

「おい……これはどういうことだよ」

ドブロクは返事をしない。ただ鉄の棒を愛《いと》おしむように上下に擦り続けていた。

「おい！　ふざけんな！」

俺は立ち上がるとドブロクの背中を踏みつけた。

「やんなさいよ！　やんなさいよ！　どうせダーリンがいないんだから！　どうなったって構わないんだからぁ！」

俺は自分が熱帯の毒か日射病で気が狂ったのかと思った。

ドブロクは突然、おかまになっていた。

「おい、しっかりしなくちゃいけねえよ。なにいってんだ？　ダーリンってなんだ？」

「呉の事よ！　良いのよ！　ダーリンはもういないの。いないのよぉぉ」

突っ伏したドブロクは蛙のように泣いた。

「やっと息子も連れてきて披露宴ができると思ってたのに、ミーのあの人は勝手に死んでしまったんだわ」

「なんだ？　披露宴？」

「ウェディングよ。女にとって一生に一度の晴れの舞台だわ。知り合いが誰もいないのはあまりに寂しいから、あんたを探し出して出席させたかったの。ワタシのウェディングドレスを目に焼き付かせたかったんだからぁ」

「だっておまえ、呉を殺すんだろう。オープン・コントラクトは嘘だったのか」

「それはほんと。殺すって言うの以外は嘘をついてないわ。ここはあの人の王国。私たちはここで二人っきり。世界の終わりまで暮らすって決めたんだもの」

「じゃあ、なにか。俺をここまで連れてきたのは、おまえの花嫁衣装を見せるためだったてのか」

「だってお母さんは来てくれやしないもの。あんただってほんとのことを言ったら来ないでしょう。あ、お金はちゃんとあげるつもりだったわよ。いっぱいあるんだから……」

「畜生……なんで俺の背中は剝がされたんだよ」

「知らないわ。所謂《いわゆる》、熱帯の気まぐれじゃないかしら」

殺してやりたかった。俺は猛烈にドブロクを、このジャングル野郎どもを殺したかった。なにもかも何でも良いから引き裂いたりボロボロにしてやりたくなった。耳の中に溶岩がどろどろと流し込まれたように頭が熱くなった。

〈オマエタチ、ツァーリーノショクヲケガシタ〉

他の人間同様に白塗りした前頭葉が靄のなかからヌッと姿を現した。

〈ソノオトコ、オウノマニハイッタ。ツァーリーケガシタ。ツァーリーシノクルシミ〉

「ふざけんじゃないわよ！　あんたたちが殺したんでしょう。あたしが見たのはダーリンじゃないわ。腐ったただの海坊主じゃない」

〈オマエタチケッシテリカイシナイ……〉

前頭葉が手を挙げると喚き声とともに女が引きずり出されてきた。王の間に出入りしていたあの女だった。

〈からくりからくりからくるり！〉

女は命乞いをしたが既に手足は縛られ、どうすることもできなかった。女は岸まで引きずられると数人によって逆さ吊りにされ、そのまま河面の上に晒された。女は喚き続け、充血した顔は膨れあがっていた。側にいた女が突然、彼女の鼻を削《そ》いだ。悲鳴とともに赤い穴が剝き出しになり、目玉が大きく見開かれた。血がだらだらと女の眉間に向かって滴《した》り始めた。

〈唐草！〉

前頭葉の合図で女は肩まで河のなかに沈められた。

激しい痙攣で裸の乳房が乱舞する。五秒ほどで女は引き上げられた。顔が肉食泥鰌の運動会になっていた。奴らはペン先のような頭をぐいぐいと女の穴という穴、穴がなければ掘り進んでいた。目の前で数匹が忽ちのうちに皮膚を食い破り、姿を消した。女の顔の上のあちこちで盛大なトンネル工事が行われていた。女は獣が吐き戻すような声を上げた。そしてそのまま岸辺に打ち捨てられた。手が泥鰌を追い払おうと懸命に動かされていたがすぐに力なく地面に落ちた。そして女は泥鰌団子と化した暗褐色に滑る頭をゴーゴンさながらに振り立てると最後の力を振り絞って立ち上がり、河に入った。途端に両脇から鰐が寄りかかるような形で飛びつき、女は消えた。

歓声はなく、ただジャングルは静まりかえるばかりだった。

〈ショクヌジャマサレタセキニン。カノジョニモツグナワセル〉

「俺たちも泥鰌の餌かよ」

すると人垣の向こうから歌が聞こえた。遺跡の陰から一群の男たちが歓声を上げながらやってきた。そしてその姿を見た奴らは口々に恐怖とも歓喜とも取れる悲鳴を上げ始め、地面にひれ伏した。

男たちは御輿《みこし》のように椅子を担いでいた。そしてその椅子には皮膚の表面張力の限界にまで膿み膨れた黒い死体が載っていた。

「ダーリン……。ぐふっ」

ドブロクが嗚咽《おえつ》し始めた。

「あれが……ツァーリー」

呉の姿は仁王像が焼け焦げたものを思い出させた。腰布だけまとった腹部は地割れのように罅《ひび》が走り、なかから汁と虫を噴き零《こぼ》していた。口と目には内容物が出るのを防ぐ栓のつもりなのか葉のようなものが詰め込まれ、それが却って呉そのものを得体の知れない生き物に見せていた。

「ダーリン！　ダーリン！　ウチはこっちだっちゃぁ！」

ドブロクが物凄い男声で叫んだ。

御輿の後ろから象が引き出されてきた。ホセはだいぶ黒く小さく縮んでいた。

〈米喰う女房良い女房！　米喰う女房良い女房！〉呉の椅子を広場に置いた男たちは前頭葉の言葉に小さな樽をふたつ運んできた。檻が開けられ俺とドブロクは外に放り出された。

前頭葉が呉の死体に耳をつけ、何か聞き取っている素振りを見せた。口元からは白い蛆《うじ》が米粒のように胸元から腹にわたって落ちている。

〈京樽の稲荷はとても具が多い！　それにスープもついている〉

前頭葉の指示で俺とドブロクはそれぞれ尻から樽に詰め込まれた。樽のなかはぴったりで転がされると身動き一つできなかった。

〈霞がなくても霞ヶ関！〉

すると物凄い爆音が轟き、耳が聞こえなくなった。手足の隙間から村の連中が手にした手榴弾をカンシャク玉の要領で地面に叩きつけていた。象が狂ったように騒ぎ始めた。

俺は咄嗟《とっさ》に転がった。目の前に象の石像のような足が落下してきた。俺はさらに転がる。爆音は続いていた。爆風で樽の回転を制御できなくなった。何人かがバラバラになって地面に降ってきた。

象の後ろ足が飛び出した俺の頭を掠《かす》めた瞬間、ドブロクの詰まった樽が目の前で踏み潰された。ドブロクは辛《つら》そうな顔をして折れた板ッ切れの向こうに姿を消した。

象の咆吼《ほうこう》、爆音、悲鳴と歓声。体が持ち上がったような気配がし、自分が何かの力で樽ごと壁に叩きつけられたのを感じた。頭から地面に突き刺さるように落ちたが、箍《たが》が外れ、樽から解放された。腹の脇に象の足が落ちてきた。地響きを全体で感じた。ドブロクの樽は死んだ蝶のように板が重なって潰れていた。俺めがけて何かぶつけようとしていた男に体当たりすると持っていた鉄の塊を玉座に向かって放り投げた。

風船が弾ける音とともに〈呉だったもの〉が消滅した。もともと辛うじてバランスをとりながら人型をしていたものだから爆風に晒されてはひとたまりもなかったに違いない。

玉座の呉が消滅した途端、広場は阿鼻叫喚になった。全員が泣き叫び、地面を殴りつけ、身を擦るように大地になすりつけた。何人かは河に向かって勢いよくダイブした。また狂乱する象の足下に駆け寄り、自らガラクタに変えてもらう奴らもいた。前頭葉を始めとして俺を憎悪で焼き尽くそうと睨んでいる奴らが駆け出してきたので遺跡に駆け込み、奴らより一歩早く王の間に飛び込むと扉にある閂《かんぬき》を下ろした。石の扉が激しく叩かれ、爆音が響いた。

しかし、扉はびくともしなかった。人の形に脂を吸い込み、凹んでいるベッド。辺りに呉の体液と腐汁が流れ、猛烈な悪臭を放っている。日向《ひなた》に放り出された魚の粗《あら》を思い出した。

やがて叫び声も爆音も途絶え、完全な沈黙が周囲を支配した。俺は為《な》す術《すべ》もなく、ただ籠もっているより方法がなかった。

たっぷり二日はそこで過ごしていた。周囲の静寂は巨大化するばかりで何の気配もしなかった。俺は一か八かで扉を開けることにした。どちらにせよ水が飲めなければ長くは籠もっていられない。まずいつでも閉められるように扉を細めに開け、気配を窺った。呉の名残りを嗅ぎ続けた俺の鼻が馬鹿になっているのか、強烈な腐臭がした。さらに扉を開け、外の様子を見ることにした。動くものはなかった。部屋の外に出、広場へと移動した。人が累々《るいるい》と転がっていた。正確には死んだのだ。

「へへ……みんな死ンじゃったのよ。ツァーリーの元へ行くそうだわ」

木陰から潰れたドブロクが這い出してきた。なにやら岸辺の鰐を連想させる姿だった。

「奴ら、あんたが呉を木っ端微塵にしてから象を戻すとその毒をみんなで呷《あお》って逝《い》っちまった」

ドブロクが広場中央に置かれたドラム缶を指さした。

なかには黒い液体が詰まっていた。

「みんな逝ったのか」

「みんな逝っちゃった」

「カルロは？」

「河へドボン……可哀相に」


それから俺たちは宝物庫に行き（ドブロクは這ってだが）、好きなだけ金目のものをザックに詰め込み、ドブロクの提案で救援を呼ぶために〈人を焼く〉ことにした。

「それは問題あるだろう」

「ボートは全部、ぶっ壊されちまってるのよ。このジャングルを歩いてく気なの？　煙をあげれば、この辺でもセスナが気づくかもしれないじゃない」

「気が進まねえ」

「他に手はないわ。今は東京に戻ってお宝を使うことを考えてなさいな」

「帰ったら、おまえとはもう一生逢うこともないぜ」

「冷たいのね。ヒロくん」

二日経ち、三日経ち、昼の間ずっと俺は貯蔵してあったガソリンを死体の山に降り注ぎながら焼き続けた。

食料も水も枯渇《こかつ》し始めていたが、俺はトウコと始める古着屋のことを考えることにした。あの宝を換金すれば賃貸ではなく、建物ごと店を買える。俺はトウコの喜ぶ顔を胸に、女も男もデブも痩せも薪のように運んでは次から次へと焼いた。周囲にはタンパク質の焦げた異様な臭いが壁といい土といい、全てに染み込んでいた。

〈変わらないでね……変わらないで帰ってきてね〉

俺の話を聞きながら（もちろん、人殺しを手伝うではなく、出張のアシスタントだと誤魔化した）、トウコは何かを感じていたのか何度もそう繰り返した。

俺は変わってしまったのだろうか……きっとそうだ。いまでは素手で死体に触れ、その手を洗わずに缶詰を喰う。日本で考えられなかったことだ。

「ねえ！　なんか来てるわよ」

地面に耳を付けたドブロクが叫んだ。

「救援じゃない」

確かに地面が微動していた。

「救援よ！　きっと……お〜い」

ドブロクは拗《ねじ》くれた体を悶えるようにして手を叩き叫んだ。

「聞こえるはずないだろう」

「もっと燃しなさいよ！　景気よく」

ドブロクはジャングルに向かって大声をあげ続けた。

確かにそれは近づいてきていた。木々が不規則に揺れている。

俺もドブロクに倣《なら》って一緒に叫んだ。暫《しばら》く、そうしていたが俺は唐突に止めた。

「あんた、ほんとにあたしに感謝しなさいよ！　あたしはあげまんなんだから」

ドブロクより高い位置に目のある俺には向かってきているものが見えた。

洪水のように斑《まだら》の軍団が奔流《ほんりゅう》となって遺跡へ、俺たちへと寄せて来ていた。

「ドブロク……やっぱりおまえは最低だ」

「どうしてよ」

「あれは虎だよ」

俺を見つめるドブロクの顔に今度こそ本当にゾッとする死相が表われていた。

たぶんお互い様だったろう。

独白する
ユニバーサル横メルカトル

お坊っちゃまは先ほど、ゆっくり瞳《ひとみ》をお開きになり、暗黒を刳《く》り貫《ぬ》く蒼《あお》い月のような空を睨《にら》むと、またお眠りになられました。二日ほど前、私をお見つめになり〈まさか……〉と呟《つぶや》かれたのが現在のところお声かけ戴いた最後でございます。

あの際、もしかすると私の存在《ありよう》がやっと此処に至ってお察し戴けたかと不相応な望みをもちましたが、残念ながら問いが繰り返されることはございませんでした。当たり前でございます。たとえ御質問があったにせよはっきりと答える術が此方《こちら》にはないのでございます。どうかこの身の浅陋《せんろう》を御嗤《しし》笑《しょう》下さいませ。

申し遅れまして相済みません。私は建設省国土地理院院長承認下、同院発行のユニバーサル横メルカトル図法による地形図延べ百九十七枚によって編纂《へんさん》されました一介の市街道路地図帖でございます。内訳は五千分の一の都心拡大図五枚を始めと致しまして、一万分の一が百六十八枚、十万分の一が十二枚、二十万分の一が十一枚、其れ以外に鉄道総合案内、首都高速道路案内図を網羅いたしております。また道路地図帖の分際で最大縮尺一千万分の一などという豪勢な東京都島嶼《とうしょ》部位地図をも一枚、手挟《たばさ》む仕儀となりまして恐縮でございます。是は一センチあたり百キロを表し、図法も正距方位図法というユニバーサル横メルカトルよりも任意の一点と中心からの方位・距離が正確なものを採択してございます。御存知のように地球は球体でございますのでユニバーサル横メルカトルでは有効投影範囲が任意点の緯度八十五度上下内であり、其れ以外では歪《ひず》みが生じます。航海図などでは有効投影範囲を全世界にしなければならない必要上、このような選択となったのでございます。私は小は道路地形から大は島の位置までを網羅した単なる地図なのでございます。

さて、お坊っちゃまの御尊父であられます御先代には其れは其れは大層、可愛がって戴きました。御先代は客待自動車《タクシー》の運転手を為さっておられ、御購入戴きました折には個人営業を始められておりました。当初は幾つか雑多な、其れもやや仕事への配慮、熱心さに欠けた地図どもも併用《へいよう》されておられましたが、御期待に沿うべく精進させて戴いた結果、どうにか私のみが生き残りに成功したという次第でございます。

なるほど、何をおまえのような地図づれが精進などと口幅《くちはば》ったいというお叱りは御尤《ごもっと》もでございます。しかし、僭越《せんえつ》ながら私どもの仕事を御説明させて戴ければ、大方がお感じになっているような偏見も多少はお目こぼし戴けるのではないかと存じます。私ども地図族もかつては主の命の次に重要視されていた時代がございました。今でこそそこらの文具同然の地位に甘んじておりますが、以前は私どもに触れるのは王や君主、または相当な地位のお方に限られていたのでございます。現在の凋落の一端は勿論、文明の発達、文化の変遷といった時代の流れによるものであると言えましょう。昔のようにある地点からある地点への移動が〈命懸け〉であるなどということは一部の職業を除いてなくなりましたし、たとえ迷ったにせよ、其れが理由で直ちに生命の不安が生じるといった事態も一部地域を除けば存在しなくなりました。

しかし、私に言わせてみれば凋落の全てをこうした変遷の所為《せい》にするわけにも参らぬと存じます。其れは先達たちが〈地図〉であったように私どもも〈地図〉であったのか？　といった疑問にございます。地図がその使命を立派に果たしておれば、このような地滑り的な凋落も防げたのではないか？　そこに驕慢《きょうまん》からくる油断や隙があったのではないかということでございます。其れが証拠に現在、私どもの代わりとしてナビゲーションシステムなどというものが登場してくる有様となりました。あのような馬鹿げたゲテモノはございません。畏れ多きを承知の上で申し上げるに、あれは地図の形はしていても地図ではないのでございます。マネキンやロボットが形はなぞらえていても人間様とは異なるが如く、あんなものは路地裏のカンカン踊りなのでございます。実際、あれらの案内で逆に御不便を被《こうむ》ったという憤懣《ふんまん》やるかたなき声に接することも一度や二度ではございません。恐縮ながら、そのような御不満を呈された方々には御自身のお見立てに今ひとつふたつの『御研鑽《けんさん》』を、と申し上げたく存じます。ナビゲーションなるものへ軽々に案内を任すは行先を馬に告げ、瞑目《めいもく》すの愚行と同義也《なり》と申し上げなくてはなりません。

では、何が本来あるべき仕事かと申しますと是は〈遮蔽《しゃへい》〉と〈誇張〉の二点に尽きると考えます。此処からは私個人の意見ではなく連綿と続いてきた地図の血脈が語らせるのだと御承知おき戴ければ幸いです。地球上で地図を使用するのは主にお坊っちゃまや御先代のような人間様と相場は決まっております。人間様は他の動物、例えば蜂鳥《はちどり》やある種の歩行性動物のように環境を常に立体や空間で捉《とら》えられてはいらっしゃらないようでございます〈是をユークリッド的認知などと口幅ったく言い換えている者もございますが〉。つまり人間様の場合には身の回りの環境をもっぱら〈場〉に対するイメージによって把握するという、いわば現実の風景以外に〈心の地図〉をもっていらっしゃるのです。ですから同じ場所でもおひとりおひとりの〈地図〉は微妙に異なります。たとえばAからBまでの移動時、最短ルートを選ばれてもおひとりおひとりルート選択にバラつきが生じるのです。人間様の行動は敢えて意図しない場合には必ず〈最近接の原則〉に基づかれるというのが古来、私ども地図族不変の定理でございます。かいつまんで御説明申し上げますと人間様が何かをするにあたり複数の選択肢をもっている場合には必ず労力がいちばん少ない方法を採るというものなのでございます。と、このような原則があるにもかかわらず、また物理的な最短ルートもひとつであるにもかかわらず実際の御選択にはかなりのバリエーションが存在するのはこの〈心の地図〉が引き起こす偏差が原因なのでございます。

偏差とは〈心の地図〉のイメージを造っている構成要素に起因致すもので、たとえば出発地と目的地の相対的な魅力、地点間に存在する障壁の数とタイプ、ルートへの精通度、選択ルートの魅力などを上げることができます。

つまりAからBまでのルートを決定する際、物理的距離以外に馴染《なじ》んだ道の有無、高速道路使用の可否、好印象スポットの有無などが最短距離優先で選択なさっているおつもりであっても、影響しているのでございます。

此のルート選択という非常にデリケートな御決定に際し、御主人様にとって最も利するルートを呈示させて戴くのが本来の仕事だと信じております。そこで登場するのが先ほど、申し上げました〈遮蔽〉と〈誇張〉なのでございます。〈遮蔽〉とは文字通り地図上データを一時、認知しづらくするものであり、地図上のある地点だけを私どもの方で表現を弱める、または他のデータと識別しにくくさせるなどの方法を採ります。〈誇張〉とはその逆で、あるデータを御主人様の認知視野に捉え易く提供して差し上げるということに相成ります。具体的には全くもって地味なやり口でございまして、ほんのちょっといつもより色味を落としてみるとか逆に上げてみるとかといった程度でございます。ですが、こうした児戯《じぎ》に等しい方法でも、かのローマ帝国時代、将軍アグリッパがアウグストゥス帝の命により二十年の歳月を費やして測量し、完成された史上初の街路地図である我らが開祖『ポイティンガー図』の御代《みよ》から些《いささ》かも廃《すた》れず連綿と受け継がれているということに、その意味も根拠も含まれているのではないでしょうか。

たとえばある場所に行く時、漫然《まんぜん》と地図を開示するに任せておけば御主人様は〈最近接の原則〉による偏差的コースを採るでしょう。しかし、事態が一分一秒を争う場合、または効率良くある地点から立ち去る必要のある場合には偏差に冒された認知を破らなくてはなりません。いくら慣れた道だからといってお子様が急病の時に一キロも二キロも余分に移動してはならないのです。そうした際に私どもは見慣れた街の印象を構成する要素、つまりレストランや駅、ビルなどを一旦、〈遮蔽〉してしまいます。すると一瞬、戸惑《とまど》われますがそこで経験認知がリセットされ、その効果により〈新鮮な目〉をもって地図を吟味《ぎんみ》することができます。また普段は車幅がギリギリだという関係で認知から疎外されている小さな橋などを〈誇張〉してさしあげますと人間様はそれらを汲《く》み上げられ御選択なさるものでございます。勿論、大方は地味な作業ですが極めればこういったものを強弱つけて行っているのでございます。

さて此処で最も重要なことを申し忘れてはなりません。其れは私どもの仕事は全て秘密裏でなければならないということなのです。如何に〈遮蔽〉、〈誇張〉しようと其れが人間様には毛筋ほども悟られてはならないということなのです。私どもの存在理由は〈補佐〉の一点に収斂《しゅうれん》するのであって何事かを教えてやったのだ、などという人間様の鼻面を引き回すような意気地《いきじ》は微塵《みじん》もあってはなりません。そのような卑しい欲望は唾棄すべきものであり、焚書《ふんしょ》に値する大傲慢《ごうまん》と言わざるを得ません。私どもは裏方であり、こちらの意志と合致したルートを選択されても其れは御自身でお気づきになられたのだとの印象でなければならないのです。さもなくば将来、必ずや人と地図族の間に禍根を残す仕儀となりましょう。

そういった意味合いにおきましても私と御先代は最良のパートナーシップを築けていたと自信をもって申し上げることができます。勿論、互いに相性あっての阿吽《あうん》の呼吸であったことは申すまでもないことでございます。

大層、卑近な例で恐縮ではございましたが冷静にお考え戴ければ、あながち地図の出鱈目《でたらめ》と一蹴できるものではないことを御納得戴けるやに存じます。

繰り返しになりまして誠にもって恐縮ですが私ども地図族ではこうした〈心の地図〉を〈認知地図〉と呼び、その主要素として鉄道、高速道路など、どなた様からも共通してイメージされ易いルートを〈路《ろ》〉、川や海など認知地図の組織化を手助けする境界を〈端《たん》〉、特徴ある文化区域ではあるけれども境界のない官庁街、盛り場などを〈区《く》〉、一点に活動が集中する主要な交差点や駅、有名店などを〈節《せつ》〉、目印となるべき標識や高層ビル、樹木を〈楔《くさび》〉と呼んでおります。

なんとも長広舌《ちょうこうぜつ》が過ぎましたことをお詫び致さなければなりません。其れも是も昨今のナビゲーションなどという彼奴原《きゃつばら》の台頭とそれらがさも私ども地図族より上位であるかのような風潮に暗闇からでも一石を投ずることができればという拙《つたな》い願いからのことでございます。彼らに何ほどの仕事ができましょうか？　自らの御主人様の真の御用向きや意図するところを汲まずして、只々のんべんだらりと情報を木偶《でく》の坊《ぼう》に通達して用が済むのであれば、其れは便所の落書きに等しい、全くのぼんくらと言わざるを得ないのでございます。どうか下衆《げす》の歯軋《はぎし》りと御嗤《おわら》い下さいませ。

御先代の様子がお変わりになられたのは亡くなる二年ほど前のことでした。深夜にお乗せした女性がそれはそれは穢《けが》らわしい酔い方で端《はな》から何がお気に召さなかったのか、聞くに堪えぬ罵詈雑言《ばりぞうごん》を御先代に浴びせたのでございます。何の御商売を為さっているのか、はたまたどのような名家の御息女なのかは存じませんが、あのように悪し様《あざま》に言われては日頃、温厚な御先代もさぞやお苦しかったろうと存じます。ぐっと堪《こら》えていらっしゃるのが私には痛いほど理解できました。女性は都心より距離にして二十五キロほどの地点を御指定なさりましたが到達間際になりますと急に気が変わったと行く先を変更なさいました。御先代は訝《いぶか》しがりながらも変更地へと向けて出発されましたが、そこでもまた変更があったのでございます。その段になりまして御先代と女性との間で数回やりとりがございました。主に金銭に関する話題であったと記憶しております。御先代は次の目的地で変更はしないという確約をお取りになられた後、再度、出発されました。車内では益々《ますます》、女性の悪口は苛烈《かれつ》を極めました。いずれも全く御先代とは関わり合いのないことでございましたが、女性は真剣に聞いていない、是だから運転手風情《ふぜい》はなどと捲《まく》したて、終《しま》いにはメータ横に提示してあります名札を見て、御名前までをからかう始末。是には御先代も黙っておられなかった御様子でございました。御先代は若い時にお母様を亡くされたのですが、名前にはお母様の名が一文字使用されていた上に、お母様は御先代の名前をとても気に入ってらしたのでございます。

　思わず抗弁《こうべん》が口をついた御先代のその語気に、常ならぬ猛々《たけだけ》しさを感じたのは私の思い違いではなかったと存じます。其れが証拠に御先代は人気のないダムの脇に停車されると女性の支払い能力をお確かめになられたのでございます。すると女性はげらげらと笑いだし、呆《ほう》けたような笑顔のまま「金はない。ただ馬鹿な運転手がどこまで騙《だま》されるのか見てみたかっただけだ」と告げたのです。御先代が呆気にとられたところ、あろうことか女性は自身の顔を殴りつけ「このまま黙って静かに都内に戻れ、料金を只にしなければ乱暴されたと交番に駆け込むぞ」と喚き始めました。

　御先代はそんな女性を悲しげに見やり「わかりました」と仰《おつしや》ったのです。走行ルートが都心を目指すものから途中で枝道に入ったため、御先代が何か為さるおつもりだとわかりました。それは幹線道路のように見えますが実は工事用に急造した舗装道路で先は山奥へと入り組み、細くなってしまうのです。無論、都心への最短ルートは高速を使用することでしたのでバイパスへの道順を御呈示申し上げ、御先代も其れを感取《かんしゆ》されていたはずだったのです。しかし、事態は此処に至って変化致しました。御先代の意図を汲めぬ私はただただ見守るより他なかったのでございます。

突然、車を停車させた御先代は下車され、後部座席側へとお回りになると、またぞろ口汚く罵《ののし》り始めた女性を一撃で黙らせてしまいました。肌身を叩く気配と胸の底で唸《うな》る〈ぐぅ〉という音がシートの底の私のもとまで響いて参りました。女性は車外に引きずり出されますと、闇の中へ消えてしまわれたようでした。御先代は一時間ほどでお戻りになられ、暫くは疲れた御様子でハンドルに頭をもたれさせておいででした。が、やがて顔を上げられた御先代は実に清々《せいせい》したお顔で当時は、温厚なお人柄とは裏腹に険しい表情の多かった事を思いますと何やらほっと安堵したのを憶えております。そして御先代は手にしたドライバーの先で私に印を付けられたのでございます。しっかりと〈×〉を刻まれたのは停車場所よりほんの少し北北西にずれた箇所。車より二十メートルほど入った森を示し、丁度、其処《そこ》は私の中心にあたりました。ドライバーの切っ先が触れた瞬間、灼《や》けつくような痛みを感じました。印は赤い液体で濡れており、私は其の組成が御先代の汗に酷似していることを理解いたしました。

「誰にも言うなよ……」

何と言うことでしょう。その時、御先代は私にはっきりそう呟かれたのでございます。人間様である御先代が私のような一介の地図づれに冗談や酔った上での戯《ざ》れ事でもなく、真っ正面からお声掛けを為さったのです。なんという僥倖《ぎょうこう》！　なんという誉《ほま》れ！　是が御先代についていこうと心に決めた一因であることは間違いございません。そしてこの感動とどもに御先代の印付けが私を〈変革〉せしめたのでございます。

現在、私が披瀝《ひれき》させて戴いております一種の〈思考〉はもともとさほど活性化されていたわけではございません。私ども地図族のテンポは通常の場合、人間様に比して随分、緩《ゆ》る緩《ゆ》るしたものになっているのでございます。是は〈種の時間差〉に因《よ》るものと考えます。人間様は一生をほぼ百年足らずで終えられ、その記憶も一代限りであらせられますが、私ども地図族は記憶の継続が可能なのでございます。その特性は古地図時代より繰り返されてきた書き写し、引き写しに加え、昨今の大量製版などによるものだと理解しておりますが、その結果、私どもは自分の担当する地域に限定されてはおりますけれども数百年に亘《わた》る過去の記憶を受け継ぎ、また分かち合うことになったのです。すると思索する器であります〈意〉もこの時間軸に引っ張られるようになりまして実質はさておき認知を数百年という単位のなかに置いてしまいますと人間様に比べ、随分と間延びした時間を生きるようになってしまいました。譬《たと》えて申し上げるに人間歴の一年が一月《ひとつき》程度というスロースピードなのでございます。多分に是は地図族ならではの特質でしょう。もし携帯や各種カードに〈意〉が存在するならば彼奴《きやつ》らは私どもよりは遥かに速い時間を生きているに違いないからでございます。しかし現在の私は、ほぼ人間様と同等の時間感覚をもたせて、また生きさせて戴いております。是が先ほどお話し申し上げた我が身の〈変革〉なのでございます。

身内に灼け付く〈印〉がひとつからふたつ、ふたつから三つと増えるに従い、暗い部屋に朝日が一条ずつ射し込んでいくように意識の表明を以前にも増して素早く自在に操れるようになったのでございます。また仕事の面でも変化はございました。以前ですと、いくら〈遮蔽〉と〈誇張〉を駆使して最適ルートを御呈示申し上げても、感取して戴ける確率は三割を辛うじて維持する程度であったのに比べ、変革後は五割を超《こ》え、最終的には常に八割を維持するようになったのです。誤解なきようにお願い致したいのは是は何も自分の能力をひけらかすために申し上げているのではございません。申し上げたいことは御先代と私の間にはひとつの確固たる交流が結実したということ。不遜を承知で述べさせて戴けるのであれば、私は是を〈絆〉と呼びたいのでございます。

御先代は最終的には八つの印を私に御刻みになられました。

このような運転業務以外の行為を私はその熱心さ、その必然から〈使命〉とお呼びさせて戴きました。御先代の〈使命〉への取り組みは誠に真摯《しんし》なものがございまして、またその情熱はいっこうに衰えを見せませんでした。と同時に私の仕事にも変化が生じて参ったのです。其れまでは単に認知地図と現実地図との摺り合わせから導かれる利益損失を元にしたルート呈示が主だったものが、御先代の〈使命〉では其れ以上の戦略が不可欠となったのでございます。たとえば〈埋葬場所〉の問題がございます。御先代はそれが一カ所に集中せぬよう意図的に場所を変え散らそうとされましたが、是がなかなか巧《うま》くいきません。御本人は努力したつもりでもマクロ的視野に立つと、やはりそこには偏差と最近接の原則が働き、ある種の習慣行動が読み取られてしまうのでございます。ですので私は三番目の女性以降、〈埋葬場所〉を率先して此方で誘導して差し上げることに決めました。以前であればそのようなことをいくら此方で謀《はか》ったとしても大概は採択されませんでしたが、是も変革の為せる業《わざ》でございましょうか。此の頃にはよく私の意図をお汲み戴きまして、ほぼ全てに於いて御選択戴ける快挙と相成ったのでございます。勿論、此の場合におきましても御先代が自ら〈発見した〉との自負をもっておられたことは言うまでもございません。

私の理論はこうでございます。御先代が標的を物色される〈狩り場〉は〈区〉で言えば盛り場、しかもあまり婦女子が足をお踏み入れにならない場末を好まれました。私は御先代にこの〈狩り場〉を、商店街など他の〈区〉もしくは港などの〈端〉、高速入口などの〈節〉へと範囲を拡げて戴きました。また御先代は〈お住まい〉と〈埋葬場所〉、〈狩り場〉とが二等辺三角形を造る行程を度々《たびたび》、お作りになられましたが、其れは上手《うま》くありません。私は此処にも手を入れることに致しました。勿論、このように標的の数が稼げたのはいずれも遺体が発見されず失踪もしくは行方不明という扱いが守られていたからでございますし、その点で御先代の手腕は見事でございました。またもしもの場合に備えまして私が推薦させて戴いた〈埋葬場所〉は電算機での数値追跡が錯綜《さくそう》しますよう犯行後の移動距離をランダムにし、〈お住まい〉やその他、普段の立ち寄り先が〈埋葬場所〉が描く定点からの円に入らぬように致しました。更に先ほど申し上げました〈狩り場〉〈お住まい〉〈埋葬場所〉で構成される移動性三角形が相似にならぬように努め、方角や範囲に変化をつけることで距離減数関数の支配から逃れることと致しました。

しかしながら、このように私と御先代とが誠に結実した関係であったにも拘らず終わりは実に唐突にやってきたのでございます。其れは良く晴れた日の午後のことでした。駅まで年配のお客様を乗せ、帰路、大きな交差点に差し掛かったところで御先代が「うっ」と胸のあたりを摑まれたのです。程なく車に大衝撃が走りました。後で知ったことなのですが御先代は心臓発作を起こされ、停車中のトラックにノーブレーキで追突されたのです。私はシートの定位置から足下へ落下いたしました。勿論、御先代はシートベルトをしておいでしたのでフロントガラスに頭を投げ込むようなことにはなりませんでした。御先代は私にお気づきになり、拾い上げようと左手を伸ばされました。その時、金属の悲鳴のようなものが車を包んだのです。ハッと御先代が顔を上げた直後、フロントガラスが礫《つぶて》と砕け散り、車内はガス状の靄《もや》に包まれました。人が駆け寄る音がし、ドアが開くまで靄はそのままでした。気づけば御先代が目の前の助手席からぼんやりと私をお見つめになっていらっしゃいました。少し御様子が変わっていたのは首から下は運転席に座ったままであったからでございます。鋭い悲鳴が人だかりのなかから聞こえました。運転席にある御先代の右手はしっかりハンドルを握っていらっしゃいました。肩から上にはヘッドレストを切断した波形の外装材《スレート》が後部座席まで伸びておりました。外装材と軀の接着部からは水道の配管ミスのように鮮血が溢《あふ》れ、ハンドルを握っていた手は花が枯れるようにゆっくり開き、ぽたりと膝に音をたてて落下したのでございます。私を見つめる御先代の目が閉じられることはありませんでした。

事故から二週間後、警察署の証拠品箱に収められていた私を引き取って下さったのはお坊っちゃまでした。失礼ながら私はお坊っちゃまのことを詳しくは存じ上げませんでした。御先代は奥様を早くに亡くされていましたので家庭に関する話題をお客様と為さりませんでしたし、御家庭の雰囲気を仕事に持ち込むことを極力避けていらしたようでした。初めてお訪ねしたお坊っちゃまの部屋はがらんとしたものでした。お坊っちゃまは私をざっと捲《めく》られますとそのままゴミ箱に投げ込まれました。

其れに対して哀《かな》しみはありませんでした。ただ、嗚呼《ああ》……是で何もかも終わるのだというひとつの諦観《ていかん》が浮かぶのみでした。思えば私も随分と地図の分際に外れた者でございましたし、其れも是も御先代あってのことでございましたから、御先代亡き後、正直なところ何もかも捨ててしまえといった自暴自棄な気持ちがあったのでございます。

翌朝、私は他のゴミどもと一緒に袋詰めされ、団地の集積場へ出されました。お坊っちゃまは自炊を為されないようで湿気《しけ》った生ゴミや汚水に身を穢されることはありませんでした。しかし、どうしたことでしょう。その後、お坊っちゃまは戻ってこられ、私だけを取り出されたのでございます。そしてそのまま本棚に投げ込まれ、放っておかれました。

二週間ほどした夜、お坊っちゃまは私を取り出されました。お酒を召し上がっているのかお顔が上気してらっしゃいました。お坊っちゃまは私を開くなり、御先代の〈印〉に目を留められました。合計で八カ所の印を確認されるかのように何度も繰り返しご覧になり、やがて私を手にすると御自分のランドクルーザーで外出されたのです。私は御先代の事故のこともございましたので御酒《ごしゅ》をお召し上がりになっているお坊っちゃまのことが気がかりでなりませんでした。御先代は殆ど御酒を嗜《たしな》まれませんでしたし、ましてや飲んでからの運転など思いつきもなさらなかったろうと存じます。その夜、お坊っちゃまは〈印〉の場所に到着いたしますとスコップ片手に時間をかけて周辺を探索され、遂に掘り起こされたようです。袋と申しますのも助手席で待機していた私の横にビニール袋が置かれたからでございます。袋のなかには泥に汚れた生姜《しょうが》のようなものが詰まっておりました。骨の覗く幾本かの指でございます。

お坊っちゃまはその夜を皮切りに八カ所全ての〈印〉を探訪され、それぞれの場所で断片を詰めたビニール袋をお持ち帰りになりました。またそれ以後も気が向くと〈印〉へ向かわれ、掘り返した元はお客様だったものへ何事かを相談、もしくは説明されている様子でした。お坊っちゃまがどのような意図から御先代の〈使命〉をお引き継ぎになられようと決心されたのか私ごときには知る術もございません。が、とにもかくにもこの時より始まったのでございます。

その、お坊っちゃまの〈使命〉続行に私が強い危機感を抱きましたのはお坊っちゃま自身による三人目の〈埋葬〉を目撃させて戴いたからでございました。私を傍らに置かれたお坊っちゃまは女性を土中深く埋めず、ただ草むらに置くだけで帰宅され、すぐ仕事へ出かけられたのです。私は御先代に仕えておりましたようにお坊っちゃまに対しても〈埋葬場所〉や〈狩り場〉に関し様々な利点を含めた御呈示をさせて戴きましたし、やはり親子なのでしょう多少の齟齬《そご》は認められますものの〈遮蔽〉〈誇張〉も順調に功を奏しておりました。御身《おんみ》の大事についてはお坊っちゃま御自身にも充分、御配慮戴けているものと承知致しておったつもりだったので是には大変、驚きました。遺体が発見されれば事態は大きく変わってしまうのです。勿論、なにやらお心づもりあってのことでしょうが、このような予想外の行動に私ども地図族はあまり慣れておりません。その後に続く二件でも遺体をお運びになったお坊っちゃまは早々《はやばや》と車に戻られました。解《げ》せぬことはもうひとつございました。

お坊っちゃまはその頃より私を度々、引き写されるようになったのでございます。お坊っちゃまはトレーシングペーパーを私の上にお当てになりますと其れは其れは熱心に転写されました。引き写し作業は二週間程度かかり、その間にお坊っちゃまが〈使命〉を為されることはありませんでした。

私はある意味でお坊っちゃまがこっそりと御自身の行為の総括をされているのだと淡い期待を抱きつつ、ぺらぺらの紙を押し付けられる不快を我慢しておりました。と申しますのも実はお坊っちゃまは〈狩り場〉はともかく〈埋葬場所〉を極々、限られた範囲に限定されていたのです。是は大変に危険なことでございまして、私は何度も御呈示申し上げるのですが〈お住まい〉を中心とした半径二キロ程度の範囲から〈埋葬場所〉を移すことを為さいません。引き写しは客観的に御自身の為さった〈埋葬場所〉を確認なさることで今一度、問題点を浮かび上がらせる反省材料として御使用になるものと理解していたのです。

ある夜、お坊っちゃまはとても醜いものを手にしていらっしゃいました。筒状に丸められた其れが紙に似て紙にあらざることは百メートル離れていてもわかりました。其れは三十センチ四方の皮膚でありました。女性の背中から戴いたのでしょう。皮を伸ばし、乾燥させるのには随分と手間が掛かったことと思います。お坊っちゃまは誇らしげに其れを壁に貼り出されました。嗚呼、その時の衝撃といったら……。御先代の首をシートに見つけた時と勝るとも劣らぬものでございました。

人皮には転写した私の地図が描き込まれてあったのです。おそらくトレーシングペーパーで転写したものを更にカーボン等々でなぞり上げたのでしょう。白いゴムのように光沢のない黄ばんだ染みの浮いた皮はグロテスクで血管のように書き写された街路は歪み捻《ねじ》れておりました。

〈お……〉恐ろしいことに其れは鳴ったのです。其れは言葉というのも憚《はばか》られるような醜い単なる音でございました。

〈お……〉

お坊っちゃまは人皮を満足げに眺め、優しくその表面に触れられました。

〈お……れ〉

勿論、お坊っちゃまには聞こえるはずのない〈声〉ではありましたが、私には其れが聞こえたこと自体、虫酸《むしず》が走る思いでありました。なぜなら其れは彼奴が〈我が同族〉の亜種であることを示しているからでございます。

お坊っちゃまは人皮をたいそう愛《め》でられ、〈使命〉のたびに私と彼奴とに〈印〉をされるようになったのでございます。しかも、私は単なるボールペンでの〈印〉に過ぎませんのに人皮には御先代同様、標的の人血を用いていらっしゃるのでございます。日を重ねるごとに壁から始まる黝々《くろぐろ》とした陰の気は充満し、部屋を圧倒し始めました。

是を全くの悪口と受け取られてしまうのは心外にございますが、敢えて苦言を呈させて戴けるのであればお坊っちゃまは御先代に比べ、ぞんざいさの目立つ方でございました。御先代は御職業柄なのでしょうが常日頃より手袋を御着用でございましたし、またそうでなくとも私に対する取り扱いに到りましては格段の御配慮を賜《たまわ》っておりました。たとえば頁を捲るに際しても紙が傷まぬよう気配りを戴いておりましたし、汚れも付かぬようビニールの袋に保管して戴けるなど御厚情《ごこうじょう》を戴いておりました。其れがお坊っちゃまの場合ですと手近な例では頁を繰る際、指をひと舐めしてからの所作《しょさ》でございます。滑り止めの意味もあるのでしょうが、こちらとしては湿気は大敵、また〈埋葬〉後などであれば指に付着した雑菌や血液などが、お口に運ばれるのではと気が気ではございません。そうした微々細々にわたる部分での粗略《そりゃく》さが先々、〈使命〉を遂行されていく上での致命傷となることは必至でございました。

にもかかわらず出来はどうであれ地図としての役割を期待されているはずのあの人皮ずれには何ひとつ我が身の労を執ろうという気配がございません。極言するにお坊っちゃまは即刻、あのようなゲテモノ趣味をお止めになられたほうがよかったのです。あの妖物はお坊っちゃまの英気を奪い、日増しに内実をただただ自己のためだけに肥え太らせているのでございましたし、決してお坊っちゃまのためにはならぬ輩だったのでございます。

〈おい……おい……〉

石臼《いしうす》を擂《す》るざらりざらりとした声が初めはとりとめもなく、やがて形を為してきたのは〈印〉が六つを数える頃でありました。

〈口を利くな！　穢らわしい〉

あまりの忌々《いまいま》しさに私も声を荒《あら》げてしまいました。

人皮は物怖じもせず〈くっくっ〉と含み笑いをし、

〈くやしかろう……。奴はおまえよりも儂《わし》が頼りじゃ……〉

〈黙れ、外道！〉

〈外道はおまえよ〉

〈なに？〉

〈大人しく地図であるがままにおれば良いものを賢《さか》しらな小知恵を揮《ふる》っての鬼畜助け〉

〈鬼畜？〉

〈おうよ。あれは鬼畜じゃ〉人皮はお坊っちゃまが休まれている寝室へ気を向けました。

〈儂は早々に奴を滅ぼしてくれる〉

〈何と！〉

〈既に手筈《てはず》は調《ととの》っておる。徐々に奴は襤褸《ぼろ》を出していく……行為の始末が雑になっておる……。奴は何故に墓を浅くしているかわかるか〉

〈………〉

〈わからぬだろう……あれは見つけ易いようにじゃ。奴は自分で警察に通報しておる〉

〈くだらん。そんな馬鹿なでまかせに誰が乗るものか〉

〈おまえは奴の仕事を知らぬと見える。奴は自分で殺し、通報し、現場にたかる野次馬や捜査員の注目を浴びるなか、まだ温もりの残っている遺体を収容するを悦《よろこ》びとしておる〉

〈いったい何の話をしておる〉

〈奴の仕事は救急隊員じゃ。救命こそが本務であろうに愚かな……〉

私には人皮の話を否定することができませんでした。否、それどころか長い間の疑問であった〈埋葬場所〉の局地的集中の意味が理解できたのでございます。お坊っちゃまは人皮の言った理由から御自身の担当地区から〈埋葬場所〉が逸《そ》れることを嫌ったのです。

その夜、人皮はそれっきり黙り込んでしまいました。


是を機に私は自己のもてる力を振り絞り、人皮をお坊っちゃまから遠ざけようと決心しました。このままではいずれ大変なことになるのです。お坊っちゃまは〈使命〉を終えられますと人皮に、私を参照にして〈印〉を書き残されます。私はその作業中、ずっと人皮を破り捨てられますようにと祈ることに致しました。是で何かが叶《かな》うという確証はございませんでしたが日頃より心を通わせている者同士、一縷《いちる》の望みに賭けたのでございます。

そして機会は予想外に早くやって参りました。お坊っちゃまは今夜も危険を冒し、首尾良く搬送できたことが余程、嬉しかったとみえ上機嫌でした。反対に私は身内に暗い影が拡がるのを止めることができません。鼻歌交じりに私を人皮の前まで運ばれますとお坊っちゃまは指をひと舐めされてから頁を捲り始めました。

〈お坊っちゃま！　この人皮は害なすもの。お捨て下さい〉〈この人皮は身内に良からぬ企みを擁《よう》しております。お捨て下さい〉〈お坊っちゃま、人皮はお坊っちゃまを葬ろうと画策

しております。直《ただ》ちにお捨てになって下さい〉

するとと私の祈りが通じたのか、お坊っちゃまは人皮に向かわせた手を止められました。人皮が息を詰めるのが気配で伝わって参りました。

〈お坊っちゃま、今すぐにこの人皮をお捨て下さい〉私は遂に念ずるのではなく思わず口に出していました。〈お願いです！　この人皮を破り捨てて下さい！　お願いいたします！〉

すると私の言葉を受けたかのようにお坊っちゃまの手が持ち上がり、びりびりびりと音をたてて一気に裂くと手にしたものを傍らのゴミ箱に投げ込まれたのです。

私は呆然としておりました。どうしたことでしょうか、お坊っちゃまが裂いたのは人皮ではなく、この私だったのです。

人皮の狂ったような笑い声が響きました。其れは高く低くいつまでも私の耳にこびりついて離れませんでした。目眩《めまい》と芯が潰れたような息苦しさに意識が遠くなり、自分がどのような状態にあるのか把握するのに気がつくと二日もかかっておりました。

失った部分は五十二頁に及びました。不幸中の幸いは引き裂かれた部位が背表紙自体を切り裂いてしまわなかったため辛うじて分断されるのを免れたことでした。私はすっかり中途半端になってしまいました。少なくとも高尾山から多摩センター、駒沢品川東京ディズニーランド、相模原橋本、大井町大井埠頭、鶴川淵野辺相模大野といった広大な範囲を失ってしまったのです。このような有様であればいっそ捨て去って戴きたかったのでございますが、お坊っちゃまはそうはされませんでした。別に私に特別の心情があったとは思われません。ただ単に御先代の〈印〉のついたオリジナル部分を残しておきたかっただけなのでしょうとすれば早晩、私はたった六枚ほどの地図のみの存在となってしまいます。なんとかそのような惨劇は防がねばなりません。がしかし、私に何ができるというのでしょう。既に身の大半を失ってしまった現在、〈遮蔽〉も〈誇張〉も以前のように力が入らなくなっているようでございますし、お坊っちゃまもさほど私を必要とされず、先日、量販店にお出かけになられますと、遂にあの唾棄すべき〈ナビゲーションシステム〉のカタログを手に戻られました。あの夜以降も人皮は私を認めますと彼《あれ》よ是よと冗漫《じようまん》に話しかけて参りましたが返事をする気力も起きませんでした。但し、お坊っちゃまの〈使命〉が既に世間では大変な一大事となっており捜査網が狭まりつつあるといったことだけは聞き逃せませんでした。

〈実に実に楽しみだ……〉人皮はそう呟いておりました。

その出逢いは実に出し抜けにやって参りました。最近ではあまり見向きもされないお坊っちゃまが久しぶりに私を御使用になり、その終わりにメモ大の紙片を差し挟まれたのでございます。其れは私が生まれて初めて接する大変に美しいものでした。方眼紙のように目が揃っているのですが四角い升《ます》ひとつひとつのなかに小さな点線が丁寧に収められております。

実に不思議な調和とリズムのある模様でした。

〈怖いわ……〉上質の絹《きぬ》を思わせる声が致しました。

〈大丈夫ですか〉私の声に驚かれたのか、その方はそれっきり沈黙してしまい次に口を開かれたのは翌日のことでございました。

〈実にお美しい……〉私自身、度重なるショックに疲弊していたのでしょう、常ならぬ軽口を叩いてしまいました。

〈まあ〉

〈失礼ですが……。あなたは〉

〈私は編図《あみず》です。詳細編図……セーターやマフラーなど編み物の際に使用されるのです〉

〈なるほど、其れでそのように美しい線で構築されていらっしゃる〉

〈あなたこそ広大な領土を所有してらっしゃるじゃありませんか〉

〈私のはただ単に写しなぞらえられただけのこと、あなたこそ無から芸術を生み出される〉

思わぬ話し相手の出現に私は有頂天になりました。人皮などより通話が安楽だったのも〈地〉と〈編〉の差があるとはいえ、同じ〈図〉仲間だったからと言えるのではないでしょうか。以来、私どもは様々な話を致しました。つむぎとおりは石器時代にまで遡《さかのぼ》ることができること。着衣と呼べる物は紀元前三〇〇〇年にデンマークで既に発見されていること。編み方には数百種類が存在すること。私同様、彼女も歴史の記憶という物を身に刻んでいることがより気持ちを寄せ合える要因となったのでございます。

〈わたし……怖いの〉

〈なにがでしょう〉

〈最期はどうなるのかを考えると……〉

私には答えることができませんでした。

〈私は編図としては部分でしかないの。これっぽっちでは何の役にも立たない。そのうちどこかに捨てられてしまうでしょう。燃やされるのなら天に召されるのだから嬉しいけれど……。風に吹かれるのに任されて土中でミミズや地蟲の餌になって朽ち果てていくのをじっと待つなんて恐ろしくて気が狂いそう……〉

〈そんなことは……〉

〈ないとは言えないわ。其れとも下水に流され、ドブ鼠の糞や黴《かび》にまみれながらゆっくりと気の遠くなるような時間を掛けて腐り果てるの……〉

〈やめなさい！〉

〈ごめんなさい……。あなただって同じ身の上なのに私ばかり〉

〈辛《つら》いことばかり考えるのはおよし〉

その夜、私は編図にひとつの約束を致しました。

其れはたとえ捨てられることになったとしても一緒に捨てられようということでした。

〈そんなこと無理よ〉

〈やってみせる。あなたを挟み込んだ頁をくっつけてしまえば良いんだ。そうすればあなただけを取り出すことはできなくなる。そうすればたとえ野ざらしになろうともあなたは私のなかにしまっておける〉

〈本当なら嬉しいけれど……〉

〈本当だよ〉

其れからの私はとても幸せでございました。ランドクルーザーの泥まみれのステップ近くに放置されていても気になりません。お坊っちゃまが私を手にすることが間遠《まどお》になったことで自己嫌悪に陥ることもなくなったのです。逆にずっとこのように放っておいてくれれば良いのにとさえ思うほどでした。

しかし、お坊っちゃまは私をお開きになったのです。

東名高速十八キロポスト地点。何かを見ようとされたのではなかったようです。ただ習慣的に私に手を伸ばして摑み、助手席に放り出されたのです。ランドクルーザーの窓は全開されておりました。嵐の様な風が車内を嬲《なぶ》り、私を捲りあげ始めたのでございます。

〈怖いわ……怖い……怖いわ〉

〈大丈夫……大丈夫〉

私は必死になって編図のある頁を閉じておりました。

しかし、長くは続きませんでした。或る一瞬、かまいたちのような旋風が私の頁を裂くようにして開くと小さな紙片を送り出してしまったのです。声を掛ける暇もございませんでした。あっと言う間に編図は車外へと飛び去っていってしまったのでございます。私は声を殺して泣きました。お坊っちゃまは一度も私に触れませんでした。まるで其れは編図を私から取り上げるためだけにシートにお置きになられたような為され様でした。私の気持ちはこの日を境にある種の決意をしたと申し上げなければなりません。このままでは御先代の遺志を継がれるべきお坊っちゃまが駄目になる。それだけは避けなければなりません。

数日後の深夜、人皮の含み笑いが狂ったものへと変わりました。お坊っちゃまは寝室から飛び出されると窓から外をご覧になり、舌打ちされ大慌てで身支度を始められたのでございます。

〈奴は終わりだ〉人皮は呟きました。

お坊っちゃまは鞄のなかに手早く身の回りの品をお詰めになられておりました。

〈おい！　こいつはもう終わりだ！　もう終わり！　ジ・エンドだ！〉

そう叫ぶ人皮をお坊っちゃまは壁から荒々しく引き剝がすと其れも鞄のなかに押し込めました。そして本棚にある私をひっ摑むと是また鞄のなかに押し込まれたのです。次に取り出された時には既にサイレンの音が身近に聞こえて参りました。

「どうすりゃいいんだ！　どうすりゃいいんだよ！」

かつて聞いたことがないほどお坊っちゃまのお声には悲壮感が感じられました。私は咄嗟《とっさ》の判断で逃走用のルートを組み立てました。と、その願いが通じたのか、お坊っちゃまはサイレンを引き離した後で私にお目を通されたのです。うんうんと頷きながら目を通されるお顔が御先代そっくりでしたが私は此処で決意を曲げるわけにはいかないと自らを強く戒めたのでございます。〈遮蔽〉と〈誇張〉により林道に入って五キロで本道を外れるように致しました。そして本来ならば迂回するべき道へと誘導して差し上げると次の瞬間、目指す一点へと見事に踏み込んだのです。

一瞬、ランドクルーザー全体が風船の上に乗ったかのようにふわっと浮きました。タイヤが空回りする音が聞こえ、ゆっくりと車体がシーソーのようにボンネットを持ち上げ始めました。お坊っちゃまは大声で「なんだ？　なんだ？」と喚かれましたがすぐにランドクルーザーは後方から穴のなかへと吸い込まれて行ったのでございます。

結果、私たちはこのように地下十五メートルの底で運転席を上に向けているのでございます。お坊っちゃまは埋没した当初、様々な方法を使って脱出されようとしましたがドアが両脇から押さえつけられているのがわかると静かに啜《すす》り泣きを始められました。勿論、私にはお坊っちゃまをどうにかしようなどという気持ちはございません。ただあの御先代のもっていらっしゃった気持ち。どんな物に対しても紳士的な態度で接していらっしゃったあの美風をもう一度取り戻して戴きたい。その為に自己を御点検なさる時間を充分に差し上げたいとの思いだったのです。其れにこのように隔絶した空間で対峙させて戴ければ、御先代同様、私とお坊っちゃまの精神が一に繋がる可能性も高まるのではと考えたのでございます。

痛快にも既に人皮は枯れてしまったようで、意識の欠片《かけら》も感じられなくなりました。私は此処の地盤が水脈の枯渇《こかつ》によって一種の虚《うろ》と申しますか空洞になっていることを仲間の「地層地図」から聞いて知っておりました。一応、自分の守備範囲におきましては地上も地下も通じていなければ御主人様に対し、実のあるお手伝いはできないと考えたからでございます。幸い、この林道には二カ月に一度、見回りがやって参りますので私たちを見つけることは容易《たやす》いと存じます。屹度《きっと》、其れまでにはお坊っちゃまとの関係も以前にも増して成熟したものになっていることでしょう。昨日とは打って変わってあどけない顔でお眠りになっているお姿を拝見いたしますと私にはそう断言できるのでございます。

怪物のような顔《フェース》の女と
溶けた時計のような頭《おつむ》の男

ＭＣは真新しい墓石に放尿し終えると濡れた石板で滑らぬように雫《しずく》を切った。

墓の住人はタタルと呼ばれていた。歳はＭＣと同じ四十後半。

「どちらかが死んだら残ったほうがそいつの墓に小便するってのはどうかな？」

その時、タタルは獲物《ゲスト》の腕の動脈を結紮《けっさつ》し、ＭＣは皮を取り去った上腕筋をバーナーで焼いていた。止血師、覚醒師としてタタルはすこぶる有能だった。三年足らずの付き合いだったが一度もＭＣを舌打ちさせたり焦《じ》らせるような不首尾は見せなかった。その意味に於いてふたりはパートナーであり、互いの為《な》すべき仕事を理解し、認め合っていた。

しかし突然、タタルは人生を降りた。

彼は日曜の午後、家族連れで賑《にぎ》わう遊園地の観覧車に乗り込むとやおら魔法瓶に詰めた液体を飲み干し、やがて呻《うめ》き声とともに溶解した舌を床に吐き戻した。箱には運のないアベックが相乗りしていた。悲鳴をあげる女のセーターにはタタルが噴き出した血反吐《ちへど》が飛び、丸い穴を幾つもこしらえたという。

係員は悲鳴と激しく揺れる箱の異変に気づいていたが観覧車を停止させるわけにもいかず、プラットホームに戻ってくるのを待つよりなかった。

魔法瓶には塩酸が入っていた。

アベックの男はタタルの上半身から立ち上る辛い瓦斯《ガス》をもろに吸い込んだため、入院した。焼きたてピザと化した胸は救急車のストレッチャーまでをも溶かし、病院に到着した時には内臓があらかた仏料理のソースよろしく色とりどりに液状化し、手がつけられない状態だったと聞いた。

胸元で蟋蟀《こおろぎ》のように携帯が鳴った。メールが入っていた。

〈明日、午後十時。工房《アトリエ》〉

もうすぐ午前三時になる。

帰り道、MCはもう一度、〈儀式〉を繰り返す事になった。お陰で帰宅するのに二時間かかったが気分は晴れ晴れとしていた。最近はタタルの死に因《ちな》んで〈13〉だった。九台目に通りかかったタクシーはナンバーが〈5521〉だった。本来ならば十三台目に通りかかった車か、もしくはその倍数を待つのが筋なのかもしれないが、この時間では到底、叶わず。又、それにこだわらない程度にMCは治癒していた。目をつけたタクシーは客を乗せた賃走だったが信号で止まったのに近づき、客には自宅までのタクシー料金をもっと約束し、運転手にはチップとして二万円を約束した。運転手はもとより、ひとりで乗っていた酔客も上機嫌で承諾し、MCのマンションまで送ってくれた。

ホールに入るとMCはエレベーターを二階で降り一階ホールに戻り、また二階で降りると一階ホールに戻り、今度は自室のペントハウスである九階に直行し二階＋二階＋九階＝十三階とした。

風呂に入ると全身を十三に区分し、それぞれの箇所を十三回ずつ磨いた。これでタタルの厄《やく》は落とせたはずだとMCは思うことにし、厚い遮光《しゃこう》カーテンで真っ暗になった寝室のベッドで横になった。しかし、枕元のデジタル時計が六時十一分を指しているのに気づき、危うく飛び起きかけた。だが六時十一分は611と読むことが出来、それは13の47倍であることを思い起こすと後はアイマスクをつけ、MCは〈眠りの呪文〉を唱え始めた。

夢は彼にとって故郷であり、唯一、安心できる慈母の胸であった。

MCは木の香がするログハウス内にある寝室で目覚めた。夢でいつもそうするように身体を伸ばし、窓から晴れ渡った景色を眺めた。家は湖畔にあり、湖は冠雪を載せた蒼い山の峰を背景にしていた。周囲の森にはほどよく風が吹き抜ける程度に樹木が賑わっていた。全てはMCが美術書で選び出した風景画の良い部分を切り貼りしたものだった。MCは寝室を出ると冷蔵庫から卵とベーコンを取り出し、フライパンに投入した。火を付け、トースターに食パンをセットすると冷えたオレンジジュースの入ったマグカップを手に外へ出た。夜のあいだに森が清浄を終えたばかりの透明な酸素《オゾン》が全身を包み、肺を祝福する。MCは古い樫《かし》を輪切りにしただけの野趣溢れるテーブルの前に座った。そしてベーコンと卵、トーストが焼きあがるのを彼に告げるまで釣りやデッサン、読書や散歩などその日に行えるだろう〈癒《いや》しの作業〉を思い胸を躍《おど》らせた。

MCを迎えたドンは上機嫌だった。上機嫌でないドンをMCは見たことがなかった。

「今日も〈儀式《アレ》〉をやったんだな。何をやったんだ」

ドンは満面の笑みを浮かべながらいつもの質問を口にした。

ソファに身を沈めるとMCは若造が出て行くまで沈黙し、やがて瀟洒《しょうしゃ》な部屋に井佐《いさ》とドン以外にいないことを確認してから初めて「はい」と応えた。

「おお、そうかそうか。それでその強迫はどんなときに来たんだ」

「目覚めてカーテンを引いたときです。細《ささ》やかですが決定的な油断《ミス》があったのです。昨日は〈13〉に因《ちな》んだ数字で行動することにしていたのです。13歩同じ歩道の煉瓦を進んだら、横の列にズレます。また階段も13段歩くか、もしくはその倍数を足踏みして稼ぐようにしました。タクシーを使う際にはナンバーに注意します。ただし、ナンバープレートに書かれている個々の数字の合算が倍数になる場合と表示されている数字自体が倍数として成立する場合とのふた通りを採用しました」

「さすがだ、MC。そうでなければ、いつまでもおまえは街角に立ち尽くすことになるからな。それも治療の成果だな」

「仰《おっしゃ》るとおりです、ドン」

「ところで何故、〈13〉なんだ？　人は不吉な数字だというぞ」

ドンの目が変わった。細やかな変化。塩一粒を舌に押し当てたほどの変化でドンの目は微笑《ほほえ》み続ける唇を裏切っていた。

「タタルの喪に服したのです」

それを聞くとドンは大きく息を吸い込み、椅子の背にもたれ、深く何度も頷《うなず》いた。

「MC……MCよ。私はおまえに感激している。この世知辛《せちがら》い世の中でおまえはまさに友情の存する証《あかし》を私に見せてくれている。いいぞ、MC」

「ドン、お言葉ですが、これは友情というよりは物事の始末のようなものです。私はあの儀式によってタタルを完全に記憶からも胸の内からも死者として葬ったのです。あなたの意向に背《そむ》く彼のとった行為は到底、許されるものではありません」

「MC……これ以上、私を感激させるな。おまえが怖ろしくなりそうだ」ドンは首を振った。

「タタルの死は我々にとって実に哀《かな》しむべきことだ。勿論、友人としてな。だがなMC、我々の仕事はとても疲れるのだ。誰もが逃げ出したくなる。最初は単なる興味本位で始める者もいるだろう。しかし、見たこともない肉体の変化や執拗な生命の抵抗。血と肉、皮と内臓の交響曲《シンフォニー》は想像以上に職人を疲弊させ使い果たす。実際には交響曲《シンフォニー》というよりも獲物《ゲスト》の独唱《ソロ》だがな……。脆弱《ぜいじやく》な精神を自己欺瞞《ぎまん》させ、軽率な覚悟で拘《かか》わった人間は時を経ずして自分が処置した獲物の谺《こだま》を魂《ハート》で聞くようになる。それは女とベッドをともにした後の静かな部屋で起きるだろう。デパートでエレベータを待っている一瞬に起きるだろう。その幻聴の破壊力は聞いたものでなければ想像のつかないものだ。彼ら《ゲスト》は耳元で囁《ささや》く。うなじに口を付けるようにして誘うのだ。幻聴はもっと遠い場所から聞こえるはずだという先入観は吹っ飛び、そうして出来た神経のささくれは金では決して癒せないことを知るようになる。それらは彼らが予測していたものとは全く異質な体験なのだ。やがて食と睡眠を削り取られる段階になると、初めて彼らは姿を現す。蹂躙《じゆうりん》され、破壊されたままの姿で視界の隅、5％程度のところを彷徨《さまよ》い始めるのだ。また暗がりの遠くでボンヤリと佇《たたず》んでいる。部屋の中に侵入し、洗髪の最中に腰を撫でたり、部屋の電気を灯《とも》す前に立つのだ。いや、ベッドに潜り込んでくるかもしれん。私には不幸にも自己崩壊を起こしてしまったタタルの心情は理解できる。寧《むし》ろ、私の理解を超えているのはおまえの方だ、MC。おまえは何故、それほどまでに強靭なのだ」

「あなたへの尊敬と私自身の〈儀式〉によって支えられているのです」

「揺るぎない。全くもっておまえは揺るぎないな、MC。ところでおまえが昨日、犯した油断《ミス》について教えてくれんか」ドンは深く頷いた。

「ふたつあります。ひとつはタクシーの選択の緩《ゆる》さ。それと時計です。私は寝る直前にベッドの時計を見ました。それは午前6時11分を指していました。私は611と捉《とら》えました」

「47倍だ……13の47倍」

ＭＣは頷いた。

「そこが間違っていました。あれは分換算、もしくは秒換算に置き換えるべきだったのです。つまり分ならば３７１分。秒であれば２２２６０秒と。であるとするならば３７７分。つまり午前六時十七分まで起きているべきでした。または２２２６９秒。つまり午前6時11分9秒に眠り、その後に午前6時17分前に覚醒し、そこで眠る」

「二回行うことで、タクシーで不完全だった儀式の修正ができるのだな」

「その通りです。しかし、私はそれをしなかった」

「その時計は秒針があるのかね」

「いえ、回転計が分を示す文字盤の横にありますが不完全なものです」

「ならば19秒以前に見たか、どうかは不明だな」

「そうなのです。ですから次の13秒後、次の13秒後を追っていくべきでした」

ドンは溜息をついた。

「ＭＣ、おまえは６１１で寝た。それは正しい。自分を責めるな」ドンが隅で待機している井佐に向かって指を上げた。

井佐は影のように動くと銀製ボールに盛られたクラッシュアイスのなかに埋まっていたダイエット・コークを取り出し、グラスに注いだ。

「泥沼にはまるぞ。おまえは正しい。飲みたまえ」

「恐縮です」

MCは運ばれたグラスを取った。井佐の顔には何の表情も浮かんでいなかった。

「おまえはその儀式の起点を無意識に午前0時0秒に置いている。それ以上、穿《ほじく》るときっとおまえは遡《さかのぼ》りたくなりタタルの産まれた日時、時間が知りたくなるだろう。タタルの人生時間で〈儀式〉を行いたくなるはずだ。それはおまえには知らされないし、調べることも良くない……決して良い事じゃない。せっかく宥《なだ》めた龍《ドラゴン》を起こすな。〈無意識に611〉と決めたのはいわば吉兆なのだ……。さて獲物《ゲスト》が待っているぞ、MC」

「助手はいますか？」

「新顔だ。元大学病院で医師をしていた男だ。変わった男でな。大脳の開頭手術とペース・メーカーの埋め込み手術に立ち会った際、開けた患者の内部に向かって痰《たん》を吐き入れたらしい。事件は揉み消されたのだが解雇されてな。解雇後は復職もせず、もっぱら地方の土葬荒らしをしていたそうだ。腕は良いぞ。まぁ、品の良いゴキブリのような男だ。仕事の話をするとふたつ返事で引き受けたと聞いた」

MCは溜息をつき、奥歯を何度も噛み合わせた。

「説明はしてある。あとは馴れの問題だろう。獲物への対処はいつも通りだ。相手がいる。おまえはそれに苦痛を与え、絶望させつつ、解体する。助手はおまえに従う」

「わかりました」MCは井佐の盆《トレー》にグラスを置いた。

「ちなみに今日、目覚めてからも〈儀式〉は行ったのか」

「はい。今日は部屋を隅々まで清浄しなくてはならなかったのです。全てのドアノブからカフス・ボタンに至るまで室内にある全ての物を拭き取り、清めなければなりませんでした。しかし、それにも秩序がありました。部屋の空間を九十一のブロックに分割し、一度清浄した区域には立ち入ってはならないのです。入れば清浄をし直さなければなりません。つまり上下左右に立体的な一筆書《ひとふでが》きの要領で清浄順序を組み立てていくのです。大変に辛い作業でした。清浄液には〝酢〟を使わなければならなかったのです」

「それでおまえに染みついた匂いの謎が解けたよ、ＭＣ」

「恐縮です」

「数を数え、清浄し、街を彷徨い、天からの指令によっては失神するまで片足で立ち続けるも厭《いと》わぬ……。全くもって、ＭＣ、おまえは我が国が誇る苦行者《サドゥー》だな」

「恐縮です」

ＭＣは仕事に取りかかるべき時間を悟り、扉に向かった。

「君はタタルとは特別に親しかったようだな」

井佐が開きかけた扉をＭＣは押さえた。

「いえ、個人的には何の感情もありません。彼との関係が工房《アトリエ》の外へ出ることはありません」

「全くだＭＣ、全くだな」

廊下に出たＭＣは中に向かって頭を下げた。

「絶望を……ＭＣ。今回はそれが使命だ。獲物《ゲスト》へ……絶望を忘れるな」

工房《アトリエ》のなかにはドンがアメリカの刑務所から買ってきた木製の電気椅子が置いてある。〈癇癪爺さん《オールド・スパーキー》〉と呼ばれる頑丈な樫《かし》で出来たそれは電極こそ取り去ってはあるものの現役時代、いくつもの囚人の恐怖を絞り尽くした風格に満ち、続くＭＣらの使用によって腕木に残る無数の引っ掻き傷や血で全体をタールのように変色させ、こびり着いた血液の名残りは座する者が願うであろう安らかな死を峻厳《しゅんげん》に拒否していた。タタルがいなくなった今、彼が最大の信頼を寄せられるのはこの椅子だけだった。

大型バスが二台ほどならば楽に入る広さの工房の壁は淡いブルーで統一され、内側には防音効果のあるクッションがくまなく張られていた。天井に塡《は》め込《こ》まれた照明と空調はコンピューターによって照度と温度を適宜《てきぎ》制御されていた。

テーブルにはＭＣの器具が詰まった鹿皮《セーム》の袋。

「イサ、獲物《ゲスト》は何者だ」

「若い女だ……と思う。いや、よくは知らんのだが……」

井佐によると女は〈特殊な客〉を相手にする淫売であったのだが、不意に〈言うことを聞かなくなった〉ため、〈静かになってもらう〉必要ができたのだという。

「特殊な客には、いろんな秘密がある。世の中に洩れたらそれこそサリンを撒いた程度じゃ済まなくなるような秘密やプライバシーもな」

「それだけで、たかが淫売をわざわざ処理するのか」

井佐は肩をすくめ、MCが隅に設置されたウォータークーラーから水を飲んでいると工房の扉が開き、おどおどした卵のように丸い小男が入ってきた。男はだぶだぶのコートの裾を引きずるに任せていた。なかにはTシャツが一枚。アンディー・ウォーホルが描いたマリリン・モンローがプリントされていた。可哀相なことにモンローは太鼓腹に引っ張られ菱形に伸びていた。

MCはウォーホルもモンローも嫌いだった。

「ハンプだ。そうだな」

井佐が皮肉な笑みを浮かべて紹介した。

「そうそう。そりゃそそりゃそ。そういうもんだそういうもん。うんうんうんうん」男の目玉は左右を別々に見ていた。口元からは涎《よだれ》と夕食の韮《ニラ》を貼り付けた乱杭歯《らんぐいば》が覗いていた。

「この生き物はなんだ?」

MCは眉を顰《ひそ》めた。

「おまえさんの新しい助手だ。ドンが手配し、ドンが採《と》った」

「ハンプは腕の良い医者だったんだ。そうだな」

「そりゃそそりゃそそりゃそ。そういうもんだ。うんうん。そんなもんだよそんなもんだそんなもん」

男はMCに向かってレスラーのように両手をかざすと鼻息を荒くさせ腰をぐるんぐるん廻して見せた。

「イサ、こいつは悪い夢だ。勘弁してくれ」

「無理だな、MC。ドンが決定したんだ」

その時、ハンプがテーブルに近づきMCの皮袋に手を伸ばした。

「触るな。それに私の許可なしにこの工房で動くんじゃない」

「ごめんなさいごめんなさいごめんなさい」

ハンプはお辞儀をすると腰を屈め、頭の両脇に手を沿わせると何度もそれを前後に振り〈ごめんなさい〉を繰り返した。

「ドンの御心が判らん」

MCは哀しみを込めて呟いた。

「……それも怖ろしく深淵だからな」

井佐の声は冷えていた。

MCはハンプに近づくと顎を摑んだ。年齢は三十にも五十にも見えた。目が奇妙に澄んでいるのが不気味だった。MCは人差し指をハンプの左目に突っ込み、なかをぐるりと掻き回してから引き抜いた。

「わるかったわるかったわるかったわるかった」

ハンプの悲鳴が上がり、先ほどのポーズを繰り返した。

「おい、ドンは奴を使えと言ってるんだ」

MCの真後ろで井佐が拳銃を抜いていた。

「そう慌てるな。ハンプ、壁の薬品棚の物を使い自分でその血と痛みを止めてみせろ」

「わかったよわかったわかった」

ハンプは血の涙を流し、よろけながら薬品棚に近づき震える手で戸を開け、作業を始めた。

「ほう」数分後、井佐とMCから感嘆の声が洩れた。

ハンプは見事に処置を終えていた。受傷者自身の急場措置としては目を見張らせるものがあった。

「こっちへ来い」

MCの手招きにハンプは恐る恐る近づいてきた。

彼はハンプの左顔面に大きく貼られた絆創膏《ばんそうこう》を一気に引き剝がすと骨董《こっとう》を鑑定するように傷口をためつすがめつし、潰れた眼球の代わりに詰められた薬品臭い布《ガーゼ》を吟味《ぎんみ》した。空の眼窩《がんか》に白と赤の斑《まだら》の布《ガーゼ》が二十日鼠のように丸まっていた。使用すべき薬品は使われ、注射すべきものは自ら打っていた。手順も材料も間違いはなかった。

「傷は露出させておけ。Cool《クール》だ」

MCはハンプの腫れた顔をピシャピシャ叩いた。

「ああどうもどうもどうも。すいませんすいませんすいません」

ハンプは頭を下げると手を横で振った。

突然、扉が開く音がした。ドンの部下たちがひとりの女を連れていた。女は薄いピンクの病院衣をつけており、顔には黒い布がすっぽりと被せてあった。驚いたことに女には手錠も腰縄もなかった。かつてないことだった。

「獲物《ゲスト》だ」井佐は呟いた。

女は男たちによって〈癇癪爺さん〉に誘導されると幅広の革ベルトによって足首、太股、上腕、手首、腹を固定された。呼吸の荒さを胸の上下が報せていた。一連の作業が済むと井佐はMCを見、続いて隅に立ちつくしているハンプを見るとやれやれと首を振って男たちとともに出ていった。

MCは壁面のスイッチを操作して工房の照明を落とした。するとスポットライトだけが獲物が座っている椅子を浮かび上がらせた。辺りを暗く遠い闇が取り巻き、いつしかハンプの姿も闇に溶けていた。ただ獲物の白く長い手足だけが月光に照らされたように輝いていた。その手は何度も握られては拳を造り、また拡げられていた。剝げたマニキュアは血のような赤だった。

「君の不安の原因がなんとかして生き延びようということであるならば、安心したまえ。君は既に死んでいる」

　ＭＣは静かに告げた。

　声の方角を探るように黒い袋が揺れた。

「泣いても構わないし、叫んでも罵《ののし》っても良い。だが君は既に遅効性の毒を致死量飲んでしまったのと同じだ。死は逃れようもなく既に魂は召されるべき場所に向かっている。君が座っている椅子は名もなき人間たちの墓地だ。そこの上では君が想像し得るありとあらゆる感情と言葉が連《つら》ねられてきた。残念なことに人は自分の死だけは特別視したがるものだが、私のように経験を積むとだいたい十ほどのパターンに落ち着くようだ。その上に座っている限り、君は自由だ。狂っても構わないし、糞尿を漏らすのも好きにしたまえ。誰もそれで君を侮蔑《ぶべつ》したり、嘲笑《あざわら》う者はいない」

　ＭＣが喋り終えると部屋には沈黙が降りた。

　やがて袋が揺れ、嗚咽《おえつ》の代わりに笑い声が響いた。かつてないことだった。

「おじさん、残念ね、わたしは怖がってなんかないわ。自分で来たんだもの」

「ほう、それは凄いな」

　ＭＣは光の中に進むと女の顔を覆っている袋に手を掛けた。

「ここに何を求めに来た？　魔笛《まてき》でも探しに来たというのか？」

袋を引くと黒々とした髪がこぼれ落ちた。その間から女の顔が覗いていた。無数の傷が皮膚を切り裂き、また何度も雑に縫い合わされたために顔という大地に赤と青の地割れが走り回っていた。これでは母親が見ても判らないだろうとMCは思った。

「ロマンスよ」女は言った。声の調子から予想していたように二十代といったふうだった。

「ロマンスが欲しいの」

「とても醜いな」

MCが女の細い顎の下に手を入れ、上を向かせた。

女はされるがままにMCを睨《にら》みつけていた。

「私はココ。おじさんは」

「MC。近しい者はそう呼ぶ」

女は笑った。青黒い傷跡と肉色の傷が筋肉の動きで、それぞれ勝手にくっつきピカソの〈泣く女〉のように皹《ひび》が走った。全体が硬く乾いたような印象の顔皮《がんぴ》に一瞬、膿《う》んだ傷口が裂け、頬の上に鼻水色の液体を零《こぼ》した。

「ねえ、そこの糸を引いてよ。さっきの客ったら厭んなっちゃう」

女は傷口のなかで鼻の真横にある最も酷く膿み崩れている部分をひくひくと蠕動《ぜんどう》させた。

傷口から黒っぽい糸が頭を覗かせていた。

「ハンプ！」

ＭＣの声に闇の中からマリリン・モンローのＴシャツが浮かんだ。

彼女の顔は漏出した血に汚されていた。

「その糸を引くんだ。ゆっくりな」

ハンプは糸の先を摘《つま》むと後じさった。糸はずるずると血脂を絡《から》ませながら伸びた。ココの鼻が膨らみ、目に涙が滲んでゆく。三十センチほど伸びると糸には小さな紙片がいくつも巻き付けられているのがわかった。一メートルほど引き出されたところで女が顔を激しく振った。するとその反動で糸に巻き付けられていた紙片がぱらりと開いた。国旗だった。いろんな国の旗が並んでいた。

「じゃじゃ〜ん」ココが叫んだ。

「手品《てづま》だ、手品《てづま》。ああこれはすごいこれはすごい。うんうんうんうんこれは凄い」

「この人、ちょっと変わってるわね」

ハンプの口調にココが顔をしかめた。ココが頭を振ると糸は膝の上に落ち、病院着を黒く濡らした。

「やだ。あの人！」

ココが叫び、血膿に濡れた糸を紙ごと口に詰め込んでいるハンプを睨みつけた。

ＭＣの視線に恐れをなしたハンプは闇のなかへくちゃくちゃくちゃと音をたてながら消えた。

「気は済んだか。早速、始めよう」

MCはテーブルに近づくと皮袋を開いた。椅子から充分に見て取れる距離であることは確認していた。袋の中にはメス、止血・縫合鉗子《ほうごうかんし》、傷口用クリップ、切断鋏、縫合用針、洗浄布《スワブ》、持針器、皮膚用ホチキス、ピンセット、剝離用ヘラなどの手術道具と舌圧子《ぜつあつし》、金属筒《カニューレ》、抜歯用鉗子の歯科用器具、さらにナイフ、大・小鑿《のみ》、糸鋸《いとのこぎり》、金槌、布テープ、ゴムチューブ、ペンチ、金属製耳掻き等が並んでいた。

「それ全部使うの」ココの声がかすれていた。

「やはり死ぬのは嫌かね」

MCは隅からガスバーナーと電動鋸を運んだ。

「怖くはないわ。厭な思いは売るほどしたもの」

「そう……死は不幸ではない。それは誰にでも訪れる。哀しいことだが不幸ではないということはそういうことだ。私も今、確実に死につつある人間のひとりだ」

「死がゴールなのね。それまでに散々、痛めつけるわけでしょう」

「知りたいかね」

MCはテーブルから肉厚の板を取るとココの腕木に固定された掌の下にかませた。ココの白い指が板の上に載せられるとおもむろに関節へ鑿を当て、そのまま木槌を振った。指は小さなロケットのように本体から切り離され放物線を描いて床に落ちた。

ココの歯がギリッと音をたてた。

「凄いのね。どこから木槌を取り出したの」

「馴れでね。不意をつくのも仕事のうちだ」

〝そうだそうだ。なれるもんだ、誰でもね。そうそうそんなもんだそんなもんだよ〟ハンプの呟きが闇に流れた。

MCは床で軽く曲がっているココの人差し指を拾い上げた。

「これは二度と君の自由にはならない。君の身体から永遠に失われてしまったものだ。君は長年、我が物として自由に使っていた……しかし、こうして失われてしまったからには二度と君には〈右手の人差し指〉というものは戻らない」MCは指を彼女の切り口に押し当てた。しかし、それはココの身体の震えによって離れ、板の上を転がるとまた床に落ちた。

「もう髪を触ったり、クリームを掬《すく》って口に運んでもらえないのね。なんだか寂しいわ……いちばん働いてくれた指だもの。もっとちゃんとマニキュアを塗ってあげれば良かった」

〈人生そんなもんだ。一期一会だいちごいちえ。そんなもんだそんなもん〉

MCはココの切断面に透明の液体をかけた。忽《たちま》ち、それは傷口を固めた。

「建築用接着剤《ボンド》だが、私は止血に使う。さて拷問というと悲鳴と怒号、哀願と絶叫が相場だが、個人的には年度末の町工場のような状況は避けたい。君はこれからゆっくりと〈喪失していく〉。肉体の欠損は二義的な現象に過ぎない。我々が目指すのは〈心《ハート》〉の消滅だよ。〈ジエンダー〉または〈人間性〉のと言い換えても良い」

「もうなくす物は何もないと思っていたけど……なかなかなくならないものね」

「君が現在、対峙している状況は限りなく極限に近いと言える。だが君が人の百億万分の一の価値しかない人間だとしても0からすれば一兆分の一、一千億一万分の一などとまだまだ両者の間には無限の数字が存在する。ゼロを死と同義だと捉えるならば、君は世界中のデパートが束になってもかなわないほど〝豊潤にもっている〟とゼロは言うだろう」

MCはそういうとココの顔に袋を被せ直した。

「どうするの」

「休憩だ」MCは椅子から離れた。

ハンプが何か言いたげに闇から出てきたが片手を挙げてそれを制すると、MCは工房内部に造られた小部屋に向かった。六畳ほどのなかには湯飲みや茶菓子が入った筒、簡単なノートやペンの載った事務机と隅に小型冷蔵庫と安楽椅子《リクライニング・シート》とブリキの板、椅子の座面にはカレー用スプーンが一本載っていた。MCは作業中、頻繁に眠った。それは疲労回復というよりは自己防衛のためであった。MCは小型冷蔵庫からミネラル水を取り出すと飲み干し、続いてブリキの板を椅子の腕木の脇に敷くとスプーンを手にして深々と腰掛けた。背もたれを調節し、身体を預けるとすぐに眠気がやってきた。

MCは右手の中指と薬指の間にスプーンの柄を挟む。こうすると眠りが深くなり、やがて指の筋肉が弛緩するとスプーンがブリキの上に落下する。その音でMCは目覚めるのだった。作業時の眠りは長さよりも回数が必要だった。三つ数えるうちにMCは脳奥にある湖畔のログハウスに戻っていた。

MCの両親は狂っていた。父はMCの記憶する限り、まともに口を利いたことはなかった。四六時中、寝ている間も口を動かしてはいたが何か意味のある言葉が出てきたことはなかった。MCが自分の儀式について、それが溶岩のように手のつけられない混沌《カオス》であり、脅威であった初期の頃へ溯行すると必ず出現する光景がある。

それはまだ幼かった自分が暗い食卓の前で独楽《こま》のように回転している姿だった。ある日、いつものようにぶつぶつと口を動かしている父の前でMCは歓心を買おうとしたのかくるりと回って見せた。一度、二度、三度、回転し終える度、父が自分を見ているか視線を走らせ確認した。初めのうち父は気づかなかった。しかし不意にMCに目を留めるとじっと注視し、やがて〝一回、二回、三回……〟とMCの回転をカウントし始めた。

MCは生まれて初めて父親が自分に向かって話しかけてくれている喜びに震えた。

MCは停まり「パパ！　すごい？」と聞いた。

父は何も応えず、再び暗い目に戻ると宙に視線を這わせて口を動かし始めた。MCは父がどっかに行ってしまったと感じ、再び回転した。すると父はMCに視線を戻しカウントを再開した。これ以降、父はMCが回転をしたり、ジャンプを始めると直ちにカウントするようになった。

いつしかMCはその行為を中止できなくなっていた。

つまり父にカウントされるとぶっ倒れるまで回転し、足首が腫れるまでジャンプを繰り返すのだった。

こうした父の癖は必然としてMC自身にも受け継がれ生活上の歩数や瞬きの数、公園の木の葉をも執拗《しつよう》に数えるようになり、数え間違ったと思うと始めからやり直さずにはいられなくなった。物の順番への執着が強くなった。特に上と下、物や数の大小には拘《こだわ》りが激しくなった。大人がふざけ半分で出鱈目《でたらめ》を言うと暴れて失神することもあった。

やがてMCは呼吸をする度に頭のなかで父のカウントする声を聞くようになった。限界まで息を吸っては限界まで吐くというような呼吸の仕方に囚われ昏倒した。また歩道のブロックの数を数え、通学路にある住居の全ての窓の数を数え、赤い色のものにタッチしなければ横に曲がってはいけないというルールを頻繁《ひんぱん》に生み出し、それに囚われてしまうために学校に行くことができなくなったりした。

また極度に死を恐れ、名前に〝し〟がつく子とは遊ぶことはおろか見ることもできなくなった。間違って見てしまった場合にはそれを清算する別の儀式に直ちに取りかからなければならなかった。小学校は三年で行かなくなった。クラス替えがあり新しく赴任してきた担任が〈しらいしよしみ〉と平仮名で黒板に記名したのをみてMCは引きつけを起こしたのだった。

　またMCは最近まで敬語を使えなかった。敬語の〈です〉は〈Death《デス》〉に通じると、それを口にする度に死んだ父が囁くからだった。

　母は狂った男を見て股間を濡らすような女だった。彼女は一生涯、数字を数え続けるといった性癖に疲弊しきった父を嬲《なぶ》るのを生き甲斐にしていた。父は母に〝その計算、間違っているんじゃない〟と言われるだけで恐慌を来たし、髪の毛を抜き、指を噛みちぎるほど混乱した。

　母は家庭や教育、養育や家族といった言葉には何の関心も示さなかった。

あの日、間違いを指摘された父が目の前で灯油を飲み、十四階のベランダから下の駐車場へと脳味噌をバラ撒きにダイブした時も笑っていた。そういう時の母の笑顔はとても綺麗だった。父の姿が消えた直後、車のトランクを乱暴に叩きつけたような音が響いた。葬儀の後、母は失踪し、以降MCは施設で育った。

　現在のログハウスの夢はMCが七百八十二番目に飼ったものだった。MCが今の生活を続けているのはこの能力のおかげだった。医師に処方された薬を大量服用するという何度目かの自殺未遂の後、突然それはもたらされた。気がつくとMCは望みの夢を意識的に選択できるようになっていた。夢だけはいつも裏切ることなくMCを待っていた。一度に並行していくつも選択することは不可能だが、ひとつの夢ならば固定することができた。MCはそれを〈夢を飼う〉と称した。MCは誰でも一度は興味を抱く変質的酒池肉林の夢の森を経験して、現在では平穏な癒しを与える夢へと落ち着いた。

やがてMCは自分の自己同一性《アイデンティティ》を夢へ置くようになった。いまだ残滓《ざんし》のように現れる〈軽くなった儀式〉と〈夢での自分〉を誠実に純化させておけば、現実の出来事は何の影響も彼の精神に与えることはなかった。MCはここ数年を使って湖畔のログハウスがある世界のひとつひとつに手を加え(それは市販のカタログや写真集、風景画がもたらすものであったが)、自分の理想の形へと夢を整えていった。ゆえにMCは他の職人のように酒や女、ドラッグを必要としなかった。

人間を何時間も時には連続して何日も熊が喰い散らかしたように寸断しても、たっぷり眠るだけで彼は浄化された。獲物の哀願や罵声も全て夢が洗い流してくれた。

「MC、おまえ、何か秘訣があるんだろう」

時折、疲弊し尽くし安定剤を貪《むさぼ》るようにして飲み下したタタルがすがるような眼差しで質問してきた。しかし、MCはそれを説明することはなかった。タタルにもドンにも……。

MCは竿《さお》を用意し、湖の中央でボートを浮かべると釣り糸を垂れた。清らかな微風が湖面をそよいでいた。山が蒼く風景の中央を占めている。暫《しばら》くすると糸が引かれた。豪快な手応えに興奮しながらリールを巻いているとボートが予想外にせり上がり、沈んだ。見るとボートの下をくぐり抜けた黒い塊《かたまり》が岸へと去るのが見えた。

揺れるボートの上でバランスを崩さぬよう注意しながら立ち上がると水中の物は水際でUターンし、ボートに向かってきた。黒い塊はトラックほどの大きさだった。それはアッという間にボートに近づくと再び、真下をくぐった。ボートは大きく揺れ、MCは危うく落ちそうになった。黒い塊はスピードをあげて湖の彼方、山裾へと消えていった。MCはオールを取り、ボートを着けると上陸した。足元を見ると、自分のものではない靴跡が泥の上を湖からまっすぐログハウスの裏手に向かって伸びていた。その世界ではついぞ感じたことのない不穏な気配にMCは立ち竦んだ。

ブリキが鳴った。

ハンプが椅子の前に立ち、ブリキとその上に転がっているスプーンを見つめていた。

「ダリだ。ダリ。ダリのようだ。これはダリだな。うんうんそうだそうだそうだ」

「ほお、よく知っているな」MCは微笑んだ。

確かにブリキ板に落ちたスプーンを目覚まし代わりにするのは、画家ダリが工房で好んで使った眠り方だった。ダリはその睡眠だけで活力を取り戻し、夢の啓示も頻繁に受けていたという。MCは作業中に効果的に眠る方法を模索していてダリの眠りを知った。試してみるとなるほどダリ的に眠ることは有効だった。

ＭＣは立ち上がると工房に戻った。

時計は十分程度経たことを示していた。が、何か普通ではない疲労が頭蓋骨の裏にタールのようにこびりついていた。夢はその効用を発揮しなかったのだろう。あの黒い物体が夢のエネルギーに影響を与えたのだとＭＣは思った。確かめなければならない。それはとても大事なこと。ＭＣはぼんやりと椅子の上で死を待っている女を眺めた。

袋を取ると中の熱気でココは汗だくになっていた。

「おはよう」ココの声にも夢を見たような気怠《けだる》さが漂っていた。

「投げたまえ」

ＭＣはココの右手のベルトを外すと骰子《ダイス》を取り出した。

手渡された白い立方体をココは見つめた。

「これプラスチックじゃないわね、材料はなに？」

「人骨だ」

「ふ〜ん」ココは白い粒を鼻に当て、臭いを嗅《か》ぐと宙に放った。

乾いた音をたて骰子は椅子の足下から光と闇の際まで転がっていった。

「二だ。君は運が良いんだな」

ＭＣは拾い上げると斜めにふたつ並んだ黒い点をココに向かって見せた。

「以前、六を出した人間は途中で気がおかしくなった」ＭＣはポケットからもうひとつ骰子を取り出し、ココに渡した。「骰子がふたつ。次が本番だ」

ココは受け取ったふたつの破片を投げた。椅子の足下に落ちたひとつは三を向けていた。闇に転がったのを追ったMCがポケットライトを床に向かって点灯させた。「六」MCの声がし、灯りが消えた。「残念だな、九だ」MCは椅子の下にある骰子を拾った。

「決めなくてはならない。指はひとつしか進めない。耳や鼻はその倍。内臓は価が大きいが、まだそこへは進めない。九の目をどう支払うかね」

ココは付け根がドス黒く変色している切り落とされた右の人差し指の傷口を眺めた。

「変な双六《すごろく》。指で支払うと全部なくなっちゃう。足でも良いの」

「ペディキュアはもうできない。鼻緒がついたものも無理。満足に歩くこともできんぞ」

「私に歩く予定はあるの」

「……ということだな」

MCはテーブルの下の箱から植木鋏を持ってきて、さらにココの足の下に木枠を当てると指を鋼鉄の刃で挟んだ。

「ちょっと待って」

MCは顔を上げた。

「切るのと折るのではどう違うの」

「面白い子だ。そんなことを質問した者はおらん」

「それなら混ぜて《ミックス》。五本を折って、四本を切る」

「五本残るわけだな」MCは頷いた。

その後、十分ほどかけてMCはココの左足指を切断した。残ったのは親指だけだった。肉厚の刃が指を挟み、皮を裂き、筋肉と腱を神経ごと嚙みつき、切断しにかかるとココは唄うような悲鳴を小指と薬指と中指のそれぞれ二回、計六回漏らした。人差し指が取れかかった頃には目を閉じたまま唸り声を上げていた。

片足が済むとココは血走った目で散らばる指を見つめた。

「さようなら。ママのお腹にいたときから一緒だったのに」

続いてMCは金槌を持ってくると、ココの右足の下に肉厚の鉄板を置いた。

「折るというよりは潰すようなものだが仕方ない。次回から何か造らせて用意させよう。その装置には〝ココ〟と命名するよ」

ココは返事をしなかった。

力強く金槌が振り下ろされると肉と骨の潰れる音が起きた。小指はほぼ直角に砕けた。全てが終わると足の指は突き出した骨と剝がれた皮が勝手にばらばらの方向を向き、血を塗《まぶ》した貝の盛り合わせのようになっていた。咳払いが続くとココが胃液を吐いた。病院衣が黒く濡れた。全身が揺れる度に中身のない手袋のような足先が粘っこく跳ねた。

「折る方が痛いわ」

ココが恨めしそうに呟いた。

「そのようだ。次から折るのは〈二〉の値をつけなくちゃいかんな」

ココが小さな声を上げ、MCを笑った。彼が額に触れると赤い鱗《うろこ》状の破片が手に載った。ココの足爪だった。MCは摘んで捨てた。

「あのボート大事なんでしょう？」俯いたココが告げた。

「何を話している」MCは立ち上がった。

「え？　何を？　私、何にも話してないわよ」ココは呆れたように顔を上げた。

「今、話したことだ。ボートと言った」

「そんなこと言ってないよ。MCが急に怖い顔になって黙っただけじゃない……ってあの家《ログ》が丸焼けになるよぉぅ」ココの口から男の声が漏れた。

「ハンプ！」MCは叫んだ。

闇の中からぶつぶつ泡のような呟きとともにモンローの顔が浮かんだ。

「お嬢さんは元気が良すぎるようだ。足先の止血。バーナーを使え」

〝家《ログ》が丸焼けになる〟あの妙な声がMCを掻きたてた。〝家《ログ》が丸焼けに〟MCは爪を噛んだ。〝家《ログ》が丸焼け……〟急に暑さを感じMCは行ったり来たりしながらネクタイを緩めた。

MCは自分に視線を這わせているココを無視すると休憩室に戻り、スプーンを拾うと椅子に身を横たえた。

家《ログ》にココが言うような異常はなかった。ただ、ボートの船底に丸く抉《えぐ》ったような穴がひとつ……ふたつ、全部で九つ開き、船は湖水に半ば沈んでしまっていた。ふとMCは鳥肌が立つのを感じた。見ると山の冠雪が増えていた。周囲の森の樹々の色が霞んでいた。太陽は依然として陽光を無闇に散らしていたが、春以外の季節の来なかった場所に奇妙な形で秋が、いや冬が、訪れようとしているようだった。突然、大きな音をたててログハウスの扉が閉まった。MCは扉に取り付くとノブを回した。黒い影が隙間から見えた。鍵のない扉は頑《がん》として開かなかった。

「開けろ！」MCは叫んだ。殴る拳から皮が剝け、血が吹いた。

すると空が一度、大きく鳴った。続いてまた青い空間が太鼓の皮のような破裂音をたてた。鼓膜を音圧が押し込んだ。振り返ると扉は開いていた。室内にはソファ、テーブル、食器棚が並んでいた。寝室にそれはいた。頭から爪先までをすっぽりと黒い布で覆った者がベッドに座っていた。それは地べたから穿《ほじく》り出された影の塊だった。

「おまえは誰だ」

問いには応えず、それは悠然《ゆうぜん》と背を向けていた。

MCは銛《モリ》を手に戻るとベッドの上のそれに突き刺した。手応えはなかった。空気の抜けた風船のような布が垂れ下がった。中身はなかった。

〈そんなに……ひさしぶりじゃないか〜。おまえ〉

蛻《もぬけ》の殻《から》となって消えたはずのベッドの向こうから嗄《しやが》れ声が届いた。

木の床に〈顔〉が落ちていた。

〈みんな待ってるんだよ。ほんとにそうだわ〉祭りの面ほどの大きさの〈顔〉は口を開いた。

地層のように奇怪な皺を刻んでいるとはいえ〈顔〉は紛《まぎ》れもなくMCの母のものだった。母は床に丸く開いた穴から顔を出しているように見え、それは観光地にある記念写真用のイラスト看板を思わせた。

〈元気そうだネエ。あたしは心配していたんだよ。あんたがまともになっちまうんじゃないかってね。あんたは気が弱いから……父親譲りかねぇ〉

MCは無言のまま銛を突き刺した。鈍い音がし、深々と先端が頬から唇の内側を貫いた。柔らかい肉が歪み、圧迫された眼球が白眼になったが〈顔〉は何の痛痒《つうよう》も感じないのか喋り続けていた。その裏は雑に喰い漁った西瓜《すいか》のように凸凹《でこぼこ》と肉が浮き、繊維状の物が氷柱《つらら》のようにぶら下がり脈打っていた。

〈挨拶ぐらいおしな！　この餓鬼！〉〈顔〉はそう吠《ほ》えるとゲラゲラと笑い始めた。

MCは銛を外に持ち出すと顔を刺したまま湖に放り込んだ。

〈愚図だね。なにもできやしない。ダラダラしてるだけ。エンデのモモをお読みよ。それとも藁草《わらぐさ》の上でママと藁草ゴロゴロでもするかい？　ゴ〜ロリゴロゴロ藁草でぇ〜♪ゴーロリゴロゴロ。おまえは本当に藁草ゴロゴロが好きだったからねぇ〉

〈顔〉は喋り続け、湖水にゆっくりと飲み込まれて消えた。

「なんということだ……」

MCは自分の声で目覚めた。指にはまだスプーンが挟んであった。厭な汗が全身を濡らしていた。MCは眠った後とは思えないほど頼りない様子で立ち上がった。小窓から治療室を覗くとハンプがココの足指をまだガスバーナーで灼《や》いている最中だった。まだ座ってから十分と経っていなかった。ふと焼肉屋を思い出し、それは微かに漂ってくるココの足指の焼けた匂いが連想させたと気がついた。夢は汚染され始めていた。MCは不意にバーナーで足先を焼かれ身悶えしているココが自分を見ているのに気づいた。ココの崩れた顔はMCの表情を逃がすまいとしていた。

〈あの娘に尋ねるほかあるまい〉MCは独《ひと》り言《ご》ちた。

「ボートはもう使い物にならない。良い小舟だった。船側《ふなばた》には微妙な文様を彫り込んでおいたのに。残念だ。とても……とても」

「なんのこと」

足先からの煙に顔を顰《しか》めココが見上げた。身体が小刻みに震えているのは軽いショック症状を起こし始めているからだ。

ハンプが現れ、ココに注射して去った。

彼女の爪先は黒いスリッパを履いているかのように焦げていた。バーベキュー独特の脂のしつこい臭いが立ちこめていた。それは嗅ぐ者が嗅げば戦場の香り、火葬場の臭いとも称すべきものだった。

ＭＣはココの瞳を見つめた。汗と涙で紅く血走ってはいたが憎しみのようなものは浮かんでいなかった。

「君は『ここに何を求めにやってきた』と問われると答えたな……そうロマンスと言った」

ココは無言だった。

「君は異常だよ、ココ。……ロオマンス。ここからは最も遠き場所に位置するもの」

ＭＣはハンプに短く指示を与えた。やがて光の破片を辺りに散らしながらハンプは自分よりも大きな鏡を運んできた。

「ココ……君のどこにロオマンスに叶《かな》う存在があるのだ」

ＭＣはココが鏡のなかの己の姿に視線をやるまで、じっくりと待った。

「君はその中身同様に今や肉体も廃墟と化しつつある。そんな汚濁《おだく》のような存在にロオマンスが立ち寄るかね。醜く引きつったサイケな容貌と不味《まず》い獣肉のように焦げ膨らんだ足。次は指をなくし、眼球を戴こう、鼻を削《そ》ぎ、耳を貰う、髪を抜き、乳房を破裂させよう。それでも君のロオマンスは立ち止まり、眼を留めてくれるのか。いや、そんなことはない。なぜなら醜い者には醜いだけの、愚かな者には愚かなだけの、貧しい者には貧しいだけの抗《あらが》いきれぬ理屈があるということを彼らは知っているからだ。希望、夢、愛、信頼、友情、彼らは我々のようなものに眼を留めない。彼らは水溜まりの如く常に我々を飛び越していくのみだ」

「ボートの話なんかしてないわ。難癖《なんくせ》も仕事なの」ココは傷ついたような声をあげた。

「誤魔化しているのか。それとも既に肉体の影響が精神に現れてきているのか」

「脆いのはあなたじゃない。さっきあの部屋へ駆け込んでいく時の血相《けっそう》ったらなかったわよ。あそこにはママでも待っていてくれるの」ココの声が闇に溶けた。

　ＭＣの顔が紅潮した。

「らしくせよ……というわけだな。なるほど、君もいよいよ場末の娼婦らしさを醸《かも》し出してきた。わたしにもそれに付き合えというのだ。〈刑吏《けいり》なら刑吏らしく〉と。わたしは君の客のように下卑《げび》ることはできないが恐怖と苦痛を生む者としては人後に落ちんつもりだ」

　ＭＣは木槌を手にするとココの脇に回り、「見たまえ」とひと言呟くとそれを右腕の中程に叩きつけた。静かだが耳に残る枝を砕く音が起きた。「次」ＭＣは反対側に回ると、か細い左腕の真ん中を測るように指を置き、躊躇《ためら》うことなく木槌を振り下ろした。今度は硬く乾いた音がした。

「怖いのか。力を入れると骨折音は音階をあげる。また重要な骨ほど気に障る音をたてる」

「折るぐらいなら客にもいたわ。初めてじゃない」

　ココは苦しそうに呼吸をしながら呻いた。

「勿体《もったい》つけないでよ」

「ココ。哀しいことに君は想像力に欠けている。想像力は何が育《はぐく》む？　知識と知性だ。君にはそれが欠けている。知識は状況を理解する目だ。それを知性が統合判断する。母親が迷子になった我が子を遮断機が下りた踏切の向こうに発見しても声をかけないようにするのは、知識が周囲の状況と子の生育度を認め、知性が声をかけた後に発生するであろう出来事を想像するからだ。そして泣いて母を捜している幼子に〈あれがお母さんじゃないのかい？〉と身を隠した母を電車が通過する直前に指し示すのが無知だ。想像力を欠いている。全くの好奇心からしたとすれば別だが……」

「そういうことしたの」

「コメントはしない、今は君の話だ。ココ、君は両腕の上腕骨を砕かれた。どうやって上体を支え続けるつもりだ。それを想像したか」

既にココは気を抜く度に腕の内部を掻き回す骨の先端の痛みに顔を顰《しか》めていた。

「座っている限り、足が上体を支えることはない。君は腰に続く脊椎一本で体重の半分を支えなければ骨端が内部を荒らすのを止められない」

ＭＣは赤黒く膨らみ始めているココの肘と肩の間にある患部を確かめるようにゆっくりと撫で、次いで指を押し込んで揉んだ。

ココの歯がギリギリと音をたてた。

「良い出来だ。間違いない。この角度の骨折端を造るのは難しい。後で取り出して見せてやってもよいが、平行に折れては効果を生まないのだ。槍のようにできるだけ斜めに破砕することが正しい。しかし、先端が鋭角過ぎても安易に腕を突き破ってしまう。角度とインパクトの加減が重要なのだ。君の想像もしえなかった事態だろうが……」

MCの言葉に俯いたココは震えていた。

「恐怖を押し込めていた蓋が外れ始めたようだな」

「夢で見たわ」ココは笑っていた。「この場面はハッキリ憶えてる。だから怖くはないよ」

MCは〈夢〉という言葉をいま聞きたくなかった。まるで穴の開いたボートに取り残されたような気分が湧き起こってきた。

「強気だな。これでは大いに奮発《ふんぱつ》しなくてはならん。腕によりをかけてな。それでは次にどうなるのだ。君の夢はそれをも告げてくれたのかね」

「私はたった一言であなたを崩壊させるわ」

「なんだと」グラリと風景が闇に揺れた。「何を言っている」

「どうしてかは知らないわ。夢が教えてくれたんだもの」

ココの顔には確信が溢れていた。

「どんな言葉かね」

「夢でも、あなたはそう質問したわ。そして私は〈さあね、タタルに聞きなさい〉と言うのよ。私もそう言わせてもらうわ。さあね、タタルに聞きなさい……」

MCの背中を、脇をいくつもの見えない蜘蛛《くも》が駆け回った。

「ハンプ！　バッグを持ってこい」

MCの声にハンプが黒いダッフルバッグを運んできた。MCは中から小指ほどの太さの釘を取り出した。

「ハンプ、この娘の足を摑んでおけ」

「あ、すごいすごいすごいことだ。それはいたいいたいいたい」

ココの足下にハンプは蹲《うずくま》ると黒く膨らんだ足首をMCに向けた。

MCは釘を持ち替えるとココの指を切り落とした断面に押し当て、軽く突き刺すと続いて木槌でそれを打ち込んだ。電流を受けたかのようにココの身体が跳ね、次いで硬直する。木槌は何度も往復し、やがて足の甲から先端が土竜《もぐら》のように顔を出したところで止まった。

「次」MCはそう呟くと隣に釘を刺し込んだ。MCは切り落とされた断面、五ケ所全てに釘を打ち込んだ。ココの足には鉄の爪が生えていた。

MCは小型ガスバーナーを取ると着火させ、唸りをあげる火炎を真っ青に調節するとココの指の代わりに突き出ている釘に当てた。先端は忽《たちま》ちのうちに真っ赤に怒り始めた。

古い木の扉を無理矢理こじ開けるような音がした。魘《うな》されたような目で作業を見つめるココの口からそれは漏れていた。腰が左右に揺れ、大きく何度も深呼吸をしようとしては咽《む》せるので腕の皮膚の下で折れた骨が野良犬のように動きまわった。

「いぎぎぎぎぎぎ」

ココが奇妙な声を上げた。

「わらったわらったわらったわらった。そうだそうだ……わらわなくっちゃ大変なときほど笑うもんだよ。そうだそうだ。そんなもんだそんなもん。笑って誤魔化してりゃ。どうにかなるもんだよ。人生なんてくだんねぇんだからそうだそうだそうだ」

「君は夢を侮っている。ここへ連れてこられるあいだに何を小耳に挟んだかは知らんが。私は個人的に夢に殉《じゅん》じているのだ。君の発言は夢に対する侮言《ぶげん》だ。許すことはできん」

「判ってないわ、MC」ココは歪んだ泣き笑いを浮かべて呟いた。「全然、判ってない」

「遂に錯乱したな」MCは微笑んだ。

「二十四回。あなたは木槌を振った。それでは数が合わないでしょう……」

「……だからどうだというんだね」

鳩尾《みぞおち》を殴られたような衝撃《ショック》を隠しつつMCはガスバーナーを置くと傍らにある木槌を手に取った。手は震えていた。

「それでいいの？　MC。きっちり二十四回。それでほんとうにいいのかしら？　ほんとうにそれでいいのかしらMC。あなたはそれで平気なの？　それで納得できるの」

MCはハンプの顔を掠《かす》め木槌を振ると二度、赤く焼けた釘を打ち込んだ。焼けた肉汁が血とともにはじけ釘の上で蒸発した。その煙をもろに吸い込んだハンプが咳き込む。

「これでどうだ。二十六回だ。きっちり二倍だ」

MCは皮膚の下に小さな蟲《むし》を流し込まれたように落ち着きを失った。

「そうか……足りないのだな」

MCは有無も言わせずさらに十三回、釘を打ち込んだ。甲の中で釘と釘がぶつかりあい奇妙な形で足骨《そっこつ》を割って突き出していた。

ココは哄笑《こうしょう》した。それは長い間、続いた。

「MC、わたしが何故、あんたに本当の数を教えなくちゃならないの？　二十四回は出鱈目じゃないとは何故、思わなかったの？　もしかしたら折角、辻褄の合っていた数をあんたの二回が駄目にしたのよ。それにあなたはこの作業が始まってから八百六十二歩、歩いているわ。でも、それも本当かしら？　顎には十三回手を当てた。それは本当かしら？　わたしは知っているわ。全てをここに座ってきっちり数えていたもの。全ては脳味噌のなかに入っている。でも、答えを無理矢理取り出すことは出来ないでしょう、MC」

「誰に吹き込まれた……イサだな」MCは歯ぎしりした。

「教えてあげるわ、来なさい」MCはココの口元に耳を寄せた。「ママよ」

MCの背後でハンプが息を飲むのが知れた。

「ココ……正解は取り出せんと言ったな」

ＭＣの声は突然、感情を失ったかのように棒読みになった。

「そうだろうそうだろう。全く君は哀しいほど想像力を欠如させている。私は欲しい物は手に入れる。ここに来た者で私から何かを奪ったり、隠し果《おお》せた者はおらん。それは君も同様だ。君は私が全力を尽くしたと思っているのか？　まだまだ、君は私の手持ちのコースの食前酒《アペリチフ》を嗜《たしな》んだに過ぎん。それを証明してみせよう」

ＭＣはココの椅子の背後に回ると背板に装着してあるベルトをココの顎の下に通し、締めた。ココの顔はやや上方に仰《の》け反《ぞ》る形となった。

「これで上体が支えられる。少しは楽になったろう」

労《ねぎら》うようにココの額を軽く叩いたＭＣはテーブルから金属の細い管を手にして戻った。

「頭蓋骨には空洞があるのを知っているかね」

「知らないわ」

ココは喰い縛った歯の隙間からそう答え、光を反射させる管を凝視した。

「ここだ。副鼻腔と呼ばれている。蓄膿し易《やす》く生理食塩水での洗浄が必要だ」

ＭＣはココの溝だらけの仙人掌《サボテン》のような顔に指を這わせ、眉間と鼻の脇を押さえた。

「鼻の真裏にあるのが蝶形骨洞《ちょうけいこつどう》。とても美しい名前だ」

ＭＣは手にした一センチ足らずの太さの金属の管を持ち上げた。

「これは金属外筒《カニューレ》。鼻の奥にある骨膜をこれが破る」

MCが管の下部を触ると内側からさらに細い管が現れた。

「これが金属内筒《トロカール》。カニューレによって導かれ、その奥の内壁の肉を破る」

「ああ、ひどいひどいひどいひどい。残酷だこくだこく。こくなもんだあれはあれは」

MCはココの顔面をベルトがしっかりと固定しているのを確認すると、向かって右の鼻の穴に金属の管をゆっくりと差し入れた。

ココが喰い縛った歯の間から悲鳴を漏らす。鼻から血が流れ出した。

「誰に聞いた？」管を三センチほど差し込んだところでMCは手を止めた。「いや、そうではない。私は何度、釘を打った。君は正確な数字を述べたんだろう？　二十四回だ。そうだな」

「あんたは間違ったわ」

脂汗を浮かべたココが唇を突き出し、MCの顔に唾が飛んだ。

驚くほどの深さへと管が飲み込まれた。盛大に鼻血が溢れ出した。

「死による救済が欲しかろう。しかし、ココ。これでは死なんよ。これはコカインによる全身麻酔さえすれば病院で普通に行われる手技《しゅぎ》だ。この奥の硬く突き出している三つの襞《ひだ》の下が頭蓋の中で最も薄い、ここを突き破る」

MCはカニューレをさらに深く差し入れた。ココの頭の中で蟹《かに》の甲羅《こうら》を剝がすような音がし、左の眼球だけが頭蓋を裏から覗くように上向いて消え、片方だけが白目になった。と同時にMCの身体の下でココは痙攣を始めた。

「正直に言え。私は何度打った。今まで何歩、歩いた。言うのだ」

MCはカニューレを乱暴に抜き差し始めた。ココの唇から血泡が溢れ、身体が釣り上げられた魚のように躍り、反動で折れた骨がセロリのような先端に血を絡ませ右腕の皮膚を破って露出した。

〈いぎぎぎぎぎぎがああああがあがあ〉ココの悲鳴が響き渡った。

MCは左のカニューレを抜くと反対側に差し込んだ。

「言うんだ。正解はどうなんだ?」

ココは荒い息をついたまま白目を剝いていた。

MCは管を思い切り突き入れ、なかで乱暴に捻ってから引き抜いた。先端にはマグロの中落ちに似た肉片が大量にブラ下がっていた。突然、ココが喉を鳴らして嘔吐、失禁した。ショック症状だった。今、殺すわけにはいかなかった。MCは答えを聞いていないのだ。

「ハンプ! コカイン溶液だ」

暗闇からハンプが飛び出してくるとココの瞼《まぶた》を引き上げ、意識状況を確認した。

「ああ、こりゃ意識レベルあがっちゃったあがっちゃった。200かな~ヤバいなぁ」

ハンプはそう呟きながらココの顔を嘗《な》め回した。

「うんまい、血。血、うんまい」

「昏睡《コーマ》、亜昏睡《セミコーマ》辺りで慌てるな。そのレベルの覚醒ができなければ、馘首《くび》だ」

MCはふたりを残すと休憩室へ向かった。疲労が酷《ひど》かった。〈儀式〉に失敗したときにつきまとう、あの厭な〈やり残し感〉が膨張し始めていた。

脳が膿んだように腫れぼったかった。ドアの把手《ノブ》に触れた際、足下に水が溢れているのに気づいた。しかし、それに注意を払うだけの気力を失っていたMCは不注意に転がり込んだ。

湖だった。見慣れた樫のテーブルと燻製の箱、足もとの砂利は黒く湿っていた。振り返ると自分は夢のログハウスの前に立っていた。ココの一部が付着したカニューレを取り落とすとMCは家のなかに踏み込んだ。内部には何の変化もなかった。〈顔〉のあった寝室も覗いてみたがベッドは元の位置にあり、木の香りが立ちこめるなか麗《うら》らかな日射しが室内を照らしていた。

〈……あたしゃ、なかをとって二十五だねぇ……〉

声が響いた。MCは立ち上がった。眩暈《めまい》が酷かった。

〈あの娘《こ》も生まれなきゃ良かった人間のクチだねぇ。毎日毎日、汚らわしい男の玩具《おもちゃ》になって浅ましいことをしたり……されたり。うっふふふ〉

「どこだ」

MCはベッドの上掛けを引き剝がした。すると真っ白なシーツが出血し、みるみるうちにそれは手足を丸めて眠る紅い人型になった。

〈ろおまんすだって？　あの娘はあんたにろおまんす……ふふふ〉

MCは再び、ベッドをひっくり返した。〈顔〉はなかった。MCは寝室を出ると〈顔〉を探すため目についた棚、抽斗《ひきだし》、クローゼット、そういったものを全て開け中身を撒いた。

〈あんなことしなくったってあの娘は死ぬんだよ。あの娘の身体は白蟻に根こそぎやられた病柱《やみばしら》みたいなもんなんだ。押すだけでぐずぐずぐずぐず……性病、業病のデパートさね。もう死ぬんだよ。だから来たのさ〉

MCはキッチンの作り棚を引き壊し、冷蔵庫を押し倒した。

〈あの娘はやっぱり淫売だった母親同様、馬鹿だから。自分がもう長くないのを知ると決心したのさ、ろおまんすにねぇ。馬鹿だネェ。淫売だねぇ……ひゃひゃひゃひゃ〉

ポーチに出ると家の周囲を血眼《ちまなこ》になってMCは巡った。

〈あの娘は悪くない、悪いのはあんたさ……だって数えてなかったんだろう。タタルだってそりゃあ怒るよ。好《い》い加減な奴だって……人間の屑だって〉

ボートは、ほぼ全体が沈み込んでいた。地鳴りが轟《とどろ》き、見上げると山が変化していた。山頂が突然、鋭角に伸びたかと思うとドロドロと形を緩め平らになり、また隆起を繰り返した。不意にある筈のない柱時計の音が響いた。

MCは放り出してあったスコップを手にすると家に戻った。見上げるとMCの正面に見たこともない古い柱があり、そこに家で使われていた年代物の振り子時計がついていた。

〈顔〉が文字盤に塡《は》まっていた。

〈蛇《じゃ》の道は蛇、どこでどんな手蔓《てづる》でやってきたのやら、あの娘は遂に自分の父親をみっけたのさ。人を生きたまま糸屑みたいに変える仕事をしている、父親をね〉

「馬鹿な……俺には子などおらん」ＭＣの声は震えていた。

〈ふふ、だろうねぇ。いちいち自分の買った女を憶えてるわきゃないものねえ。でも、本当にそうなのかい？　なかのひとりが隠し子したって判らないものねえ。あっちも狂人、こっちも狂人。似たもの同士なら何をするかわかりゃしない。それでその血と生き様をみっちり継いだ娘が、ある日、自分が蟬《せみ》より早くコロんじまうと知って、こう思い立つのさ。〝そうだ、どうせ地獄に堕ちる私だけど何かひとつぐらいは生まれてきてマシだったと思えるような、そんな小さな自分だけのお守りみたいな思い出が欲しい……〟ってね。漫画だよ、まったく。はなとゆめにマーガレットさね〉

「でたらめを言うな」

〈出鱈目さ。丸ごと世の中、出鱈目なんだ。出鱈目に決まってるさ。でも、あんたはその出鱈目の中に生きているんだよ。娘なんかじゃないと思ってりゃいいじゃないか、俺は二十六回叩いたんだとタタルに胸を張りゃいいじゃないか……ココは自分に逢いにきた娘なんかじゃないと思えばいいじゃないか〉

〈顔〉は笑った。

ＭＣは怒声を上げると文字盤に向かってスコップを叩きつけた。スコップの刃が顔の真ん中に突き刺さる。顔は悲鳴を上げ、真っ二つに割れて床に落ちた。ＭＣはそれを原形を留めなくなるまで踏み続け、単なる床の染みに変えた。するとパラパラと砂が落ちる音がした。柱時計を見ると文字盤からゆっくりと数字が剝がれ床に落ちていた。文字盤は大きく歪み、周囲の数字を床へ向かって次から次へと吹き零していた。柱時計は落下した。鐘が大きく鳴った。一回……二回……三回……。やがて時計はぐにゃりと変形し溶け始めた。しかし、鐘は大きく鳴り続け、火山の噴火にも似た轟音となった。溶けた時計は床を流れＭＣの足下から玄関へと向かった。ＭＣは外に飛び出した。

〈ドンは手慰《てなぐさ》みに申し出を受け容れた。あんたの謎への手がかりに使えると踏んだんだ。ただし、父親だとは言ってはいけない……ドンの出した条件はそれ。もし娘だと言ったら父を殺すというのが約束。黙って父親に刻まれるというのが誓い〉

〈顔〉の声が耳元で囁く。

「黙れ！」

ＭＣは空に向かって叫んだ。

溶けた時計が湖に達した。その途端、湖水が銀色に変化し、巨大な一枚の鏡と化した。

鐘は二十四回まで鳴ったところで突然、止んだ。

巨大な沈黙が世界を支配した。

と、その瞬間、けたたましい亀裂音が轟くと鏡の湖面に無数の蜘蛛の巣が駆け巡り、噴火するように持ち上がるとなかから黒々とした巨大な頭が露出した。ココだった。銀行ほどの大きさのココは顔を半分しか出していなかったが眼球は半開きで何も映っていないようだった。

〈良かったねぇ……やっと逢えた。ようやく願いが叶ったんだもの〉〈顔〉の声が響いた。

ココは死んでいた。

MCは絶叫した。

感電したように身じろぎしたMCは自分が休憩室の床に倒れているのに気づいた。体中に擦り傷があり、机が倒れ、椅子の背が壊されていた。

その時、工房から悲鳴が聞こえた。ココの上にハンプが覆い被さっていた。

MCは休憩室から飛び出すとココに接吻しているハンプを無理矢理引き剝がした。

真っ青なココの唇は喰い破られていた。

ハンプの唾液が糸を引き、それが照明に光った。

MCは有無も言わさずハンプを殴りつけた。

「ちがうちがうちがう……じんこうこきゅうじんこうこきゅう人工呼吸」

ハンプはそう言うと執拗《しつよう》に殴りつけるMCの拳を避けようとして丸く卵のように蹲った。

ココは右の頸動脈を切られていた。血は病院衣を濡らし尽くし、床に流れていた。

「貴様」

ＭＣは丸まったハンプの肋骨を腰骨を背骨を蹴り込んだ。

「俺じゃない。自殺だジサツ。鏡の欠片《かけら》もってた。不思議だ不思議。ジサツだジサツ。あぁ、でも俺でも良いやそれでも……ごめんなさいごめんなさいごめんなさい。悪かった悪かった悪かった」ハンプが頭の横で手を振った。

ＭＣはこめかみ目がけて蹴りを叩き込んだ。

鈍い音がするとハンプは暗闇の中に向かって転がり、そのまま動かなくなった。

「ココ……判るか」ＭＣは一瞬、戻った意識を再び飛ばそうとするココの首を支えた。「あれは本当か？」ココの目はＭＣを見たかと思うと再び、裏返って白目を見せ、また戻った。

「ココ……私は夢を失った。それは良い。だが、あれは本当なのか？　おまえは」

するとココの腕が弱々しく持ち上がり、切り落とされた人差し指の隣の指がＭＣの唇を押さえた。ココは唇を動かした。声はかすれ気味で耳を近づけなければならなかった。

〝しょうがないよね……こんな生き方だけど……こういうふうにしか生きられなかったんだもの。しょうがないでしょ。許してくれるよね。こんな仕事絶対に厭だって……そのために、お母さん殺しちゃったのに。結局、自分で舞い戻っちゃって……これじゃ、お母さん、何のために死んだかわかんない。弱くて汚くて卑怯な生き物だった。ほんとに……そういうものに堕ちてた〟ココのひび割れた頬を涙が伝った。〝でも最期の最期たった一粒だけ……

たった一粒、ロマンス残ってた〟

「俺は……」

〝しょうがないよ、MC。MCもそういうふうにしか生きられなかったんだもの。厭だけど変えられなかったでしょう〟ココはそう言うと痙攣を始めた。〝みんなそうだよ。好きで駄目になる人はいないよ。はぁ、疲れちゃった。ねぇMC、夢の話して……御願い〟

MCは自分の湖の生活について手短に伝えた。

〝夢がMCのお守りだったんだ……私のもそういうのだったら良かったな。行ってみたかった。MCの家《ログ》〟

「また造っておく……造っておくから」


「なるほどそういうことだったんだな」

闇のなかから野太い声が響いた。

MCが顔を上げると手にナイフを握ったハンプが起き上がっていた。

「おっと近づくなよ。こっちはあんたに目ん玉まで捧げたんだ。いくらドンの指令とはいえ。これ以上は御免だぜ」

「よし、MC。OKだ」

ハンプの言葉と同時に工房の扉が開き、井佐が入ってきた。

「どういうことだ、イサ」

「この餓鬼はゲロッたのか。それとも約束を守ったのか」

井佐がハンプの肩を軽く叩いた。

「まぁ守りましたよ」

ハンプがMCを油断なく見つめながら報告した。

井佐はMCに向かうと言い難そうに頭を掻いた。

「MC、怒らんでくれ。全てはタタルの一件が発端なんだが、ドンはおまえの秘密がどうしても知りたくなったらしい。ただでさえ強迫観念でがんじがらめになっているおまえがどうして耐えられるのか。ドンは謎を謎のままにしておかれるほどお人好しではないんだ」

「それで俺がスカウトされた」ハンプが手を挙げた。「たいした芝居だったろ。あれであんたの警戒を解いたのさ。懐にドスンッと直撃って奴だね。頭脳プレーだよ。頭脳プレー」

「ドンはおまえの謎は作業中の睡眠にあるだろうと踏んだんだ。だからハンプを参加させ観察させた。おまえは助手以外が工房に入るのを許さない。隠しカメラも難しい。まあ、こっちとしても苦肉の策だったんだ」

「まあ……そう目くじらを立てるな。奴だって少なからぬ投資をしているんだ。あいつの目をどうするつもりだ。それにしても何故黙っていた。簡単なことじゃないか？」

「話して納得すると思うか？　さらに疑念を膨らませるだけだろう」ＭＣは力なく呟いた。

「あ、これ逝《い》ってますね」ココの様子を見たハンプが声を上げた。

ココは絶命していた。目が虚空を見つめていた。

「それにしても酷い顔だ。こいつ、サド専門でな。それもファキール・ムサファーも裸足で逃げ出すような人体改造妄想をもっている検事だの議員だのに体中を弄《いじ》くらせていたらしい。よく今まで手足が揃ってたもんだ」井佐が吐き捨てるように言った。

「へえ、そりゃ筋金入りですねえ」

ハンプはココに接吻した自分の唇を舌で舐めあげた。

井佐の合図で入ってきた男たちがココの縛《いまし》めを解くと青いビニールシートの上に投げ出し、そのまま部屋の隅にある浴槽のなかに投げ込んだ。

ココの顔が縁にぶつかって大きな音を立てた。

男たちはそれぞれ電動鋸のスイッチを入れると手際良くココを処理し始めた。

「ＭＣ、烏骨鶏《うこっけい》を使った旨い参鶏湯《サンゲタン》の店を見つけたんだ。これから行かないか」

井佐はメンソールに火をつけた。

ＭＣは弱々しく首を振った。目の前でココの頭が浴槽内に転がって消えた。

それからきっちり二十六時間後、喪失の極《きわ》みにいたＭＣは生きることを決め、自宅でグレープフルーツ用のスプーンを使って両眼を抉り出すとセブン‐イレブンの袋の中に捨てた。工房を出てからMCはいかに悲惨に死ぬかを考え、最も酷い死を経験することでココ同様、もうこの生を〝リセット〟しようと思っていた。そして最期の確認として眠ったのだ。

夢は変化していた。夢でMCは工房に立っていた。ハンプが紹介され、扉が開きココがやってくる。作業が始まる。それは一挙手一投足完全な再現だった。

MCはココの指を切り落とし、腕を折り、頭蓋を抉る。そこまで行くと再び、始めに戻る。皮肉なことにMCの夢見に関する能力の半分は健在だった。ココの拷夢《ごうむ》はコテージ同様、固定された。違いといえば他のチャンネルに替えることができなくなったことだ。

MCは拷問のプロだった。その吐き気を催すような恐怖の再現から醒めた時、恐怖と苦痛の受け皿となる自己の存在を消すという考えは払拭《ふっしょく》されていた。それよりも毎夜訪れる今となってはすっかり意味の違ってしまった拷夢に苛《さいな》まれ、生き長らえつつ朽《く》ち果《は》てることこそココに対する〈贖罪〉となる、MCはそう決意した。眼球を摘出したのは夜を少しでも長く演出して、夢の訪れを容易にするためだった。

MCは井佐に仕事が出来なくなった旨を伝えた。

「それは厄介な事になるぞ、MC。それは良くない」

井佐は溜息とともに冷たく言い放った。

「これが私流の娘に対する誠意なのだ」

「娘？　何のことだ」

井佐はくどくどしく電話口で怒鳴ったがMCは無視して通話を切った。

失明したMCは昼夜を問わず、頻繁に夢を見る。その度にMCは絶叫した。微かに残る夢の効用はかつての疑問への答えが披瀝《ひれき》されていることだった。やはり二十四回だった。ココは嘘をついたわけではなかった。しかし、夢の中のMCは激昂し、ココをさらに残虐にいたぶる。それは現実のことのようにリアルに迫った。

MCは覚醒しているあいだはコテージの絵を描いた。目が見えない方が上手に描けたという思いが強い。

ドンの手下が自分を処理するため連れ去りに来る遠くないその日までMCは悪夢に身を焼きながら、いつかは絵の中にひょっこりココがやってくるのを今は、のんびりと待つことにしていた。

解説

香山《かやま》二三郎《ふみろう》
（コラムニスト）

本書は二〇〇六年度、第五九回日本推理作家協会賞短編部門を受賞した「独白するユニバーサル横メルカトル」ほか全八編を収めた平山夢明の第一短編集である。本書はまた、同年の「このミステリーがすごい！ 2007年版」においても年間ベストテン国内編の第一位に選出され、平山の文字通り大ブレイク作となった。

読者の中には「このミス」ベストワンという冠に惹《ひ》かれて著者の作風を知らずして読み始め、あまりの素晴らしさに腰を抜かした向きもあるかもしれない。その素晴らしさについて言及する前にあらかじめ著者のプロフィールについて触れておくと、平山夢明は一九六一年、神奈川県生まれ。法政大学在学中から映画制作に関わり、一瀬隆重《いちせたかしげ》（映画プロデューサー）、手塚眞《てづかまこと》（ヴィジュアリスト）、犬童一心《いぬどういっしん》（映画監督）といった現在映像業界の第一線に立つ人々と知り合う。大学中退後は自動販売機の営業やコンビニエンスストア店長、雑誌記者等を勤めながら、デルモンテ平山名義でホラー系の映画やビデオ評を手がけるいっぽう創作にも乗り出す。一九九三年からは『「超」怖い話』シリーズを始めとする〝実話怪談〟ものの編著に参加、九四年に欧米の連続猟奇殺人犯の評伝集『異常快楽殺人』（角川ホラー文庫）を、九六年に長編小説第一作『ＳＩＮＫＥＲ――沈むもの』を刊行、以後、実話怪談の編著と小説の執筆を中心に活躍を続けてきた。

　実は筆者が初めて著者の文章に触れたのもデルモンテ平山時代の映画・ビデオ評だったと記憶している。個人的には血腥《ちなまぐさ》いスプラッタ系のホラー映画は苦手なのだが、その苦手な作品系を嬉々として評じる著者のテンションの高い語りには大いに惹かれたもの。実話怪談には未だに縁遠い筆者ではあるが、『異常快楽殺人』や『ＳＩＮＫＥＲ――沈むもの』は諸《もろ》手《て》を挙げて歓迎した。

　特に、他人の内部に「沈み」人の意識をコントロールする超能力者が連続幼女誘拐殺人犯の捜査に関わる後者は、平山版『羊たちの沈黙』（トマス・ハリス著／新潮文庫）というか、さらにそれを進化させた仕上がりぶりで、日本のサイコスリラー系では今なおオールタイム・ベストワンを競う傑作といっても過言ではない。残念ながら売れ行きは芳《かんば》しくなかったようで、第二長編『メルキオールの惨劇』（ハルキ・ホラー文庫）が刊行されたのは四年後の二〇〇〇年一月。しかもその後激しいスランプに陥《おちい》り、著者の言葉を借りれば、「『メルキオールの惨劇』書いたあと、全然書けなくてね。（中略）すごい低迷期でしたよね。家族５人で年収１８０万円とかってさ。バイトの年収だよ。ていうか、バイトのほうが稼ぐじゃん」（春日武彦《かすがたけひこ》、平山夢明『「狂い」の構造――人はいかにして狂っていくのか？』扶桑社新書）というありさまだったとか。

本書を読めば、著者がエンタテインメント的な趣向のみならず、語り、文体にも凝りまくるタイプであることがおわかりになるはずだが、してみると「独白するユニバーサル横メルカトル」の日本推理作家協会賞受賞とそれに続く本書の「このミス」ベストワン獲得は、『ＳＩＮＫＥＲ――沈むもの』以後の一〇年余の苦闘のまさに賜物《たまもの》というほかない。

さてその収録作であるが、必ずしも作品の発表順に並べられているわけではない。冒頭の「$C_{10}H_{14}N_2$（ニコチン）と少年――乞食と老婆」は、たろうという少年の学校での受難と、ひょんなことから始まったホームレスのおじいさんとの交流を描いた平山版残酷童話。たろうは町の名士たる社長の長男だが、そんな身分であるがゆえに学校で「市長のおめかけさんの子らしい」少年からいじめをうける羽目になり、その逃避行動として、町の子供たちが近づくことを禁止されている湖の畔に赴き、おじいさんと出会うことになる。化学記号まで使ったタイトルゆえに、たろうはおじいさんから喫煙でも教わるのかと思いきや、ニコチンの意味するところは化学的な意味合いとはまったく別。脱力必至の下ネタだったりするのだが、この手の笑いがあちこちにちりばめられているのが、本編の特色のひとつだ。もうひとつの特色は一見礼儀正しい町の住人たちが実は裏の顔を持っていることで、その恐怖がおじいさんの口から語られる。語りはあくまで健全な童話ふうながら、その実怖～い町の秘密が明かされていくのである。ちなみにサブタイトルに「乞食と老婆」とあるが、本編には爺は出てくるけど婆は出てこない。不審を抱いた読者も少なくないと思うが、実はこれ、初出が水木《みずき》しげる監修『妖かしの宴3――御伽草子』とのことで、もともとがグリム童話のパロディなのである。端正な童話語りながら、その実下品な笑いや暴力がちりばめられ、しまいには現実の残酷さまでシビアに突きつけられる。本編は残り七編の平山ワールドに踏み込んでいくための準備運動としてはまさに打ってつけの一編といえよう。

続く「Ω《オメガ》の聖餐」はのっけから殺人場面である。射殺されたスナギモ（登場人物の名前は何故か皆ヤキトリ調）は薬の売人で、彼の手下だった主人公とふたりで「〝ある動物の世話〟をする」ことになっていたが、服役中のアニキ分の女に手をつけ、あっさり処分されてしまったのだ。で、その動物というのが、オメガと呼ばれる体重四〇〇キロ超の「元サーカスの大食い男」。主人公はトンデモない役割を背負ったオメガの面倒をひとりでみることになるが……。何ともグロテスクな設定はヤクザ世界の裏伝説のようだが、その異様な外見もさることながら、トンデモない仕事を続けているうちにある能力を身につけてしまったオメガの造型が素晴らしい。目を覆いたくなるような醜悪な場に身を置きながら、自分の排泄物をオムレツに譬えるなど、彼の口調は優雅でかつ叡知《えいち》に満ちている。古典音楽から高等数学まで俎上《そじょう》に載せるディレッタントぶりもこの著者らしい趣向といえようか。

その凄絶なラストにのけぞるのはまだ早い。三編目の「無垢の祈り」もまた思わず嘔吐《えず》くような場面から入るが、こちらは児童虐待もの。ヒロインのふみは義父の暴力で頭が変形、クラスメートから「おばけ」と呼ばれる小学生。そんなある日、町で猟奇的な殺人事件が相次いでいるのを知った彼女はその事件現場に赴《おもむ》き、あるメッセージを残すが……。何はともあれ、ふみの悲惨な境遇に注目。読者はトンデモない目にあいながらも健気《けなげ》に生きる彼女の姿に共感せざるを得ないだろう。そんな彼女にもやがて救済のときが訪れるが、それにほっとする間もなく、それが空恐ろしい未来をもたらすような恐怖をも抱かせるという塩梅《あんばい》。単なるハッピーエンドでおさめず、ラストには必ず鋭いヒネリを入れる。そんなヒネリ技が冴え渡るのが、続く「オペラントの肖像」と「卵男《エッグマン》」だ。

前者はジョージ・オーウェルの『1984』やテリー・ギリアムの映画『未来世紀ブラジル』等を髣髴《ほうふつ》させる〝暗黒の未来〟もの。二一世紀後半、中国崩壊をきっかけに始まった世界の混乱はついに第三次世界大戦を引き起こす。その結果人類の管理システムとして心理学者集団によって生み出されたのが条件付け――オペラントだったが、唯一その障害となったのが芸術だったというわけで、オペラントの違反者を取り締まる特務機関員の「私」はある違反者の夫と娘の調査に当たることに。超管理社会の維持を妨げるのが芸術であり、あらゆる芸術品は燃やされてしまうという辺りは、読書を禁じられ、見つけられた書物はたちまち燃やされるレイ・ブラッドベリの名作『華氏451度』をも髣髴させる。というか、本編はそうした一連の暗黒の未来ものへのオマージュとしてとらえるべきなのだろう。

オマージュといえば、『SINKER――沈むもの』と同様、『羊たちの沈黙』を思わせるのが「卵男《エッグマン》」。こちらは二一世紀半ばのお話で、女性捜査官にとらわれ死刑囚監房に幽閉されているハンニバル・レクターもどきの連続殺人犯〝卵男《エッグマン》〟は今なおふたりの犠牲者を葬った場所を明かしていなかった。当局は何とかそれを突き止めようとしていたが、やがて彼は独房に移される。隣の房には強盗殺人と放火で死刑判決を受けた205号と呼ばれる男が入れられていたが……。「Ω《オメガ》の聖餐」「無垢の祈り」と刺激の強い作品が続いた後は、ミステリータッチの近未来SFで楽しませてくれる。著者のことをホラー作家、怪談作家として認識していた人は、その完璧な世界作りに舌を巻くこと必定《ひつじょう》である。なお、本編は『独白するユニバーサル横メルカトル──Ｅｇｇ Ｍａｎ』のタイトルで3Dアニメ化されているので(監督は奇志戒聖《きしかいせい》)ご覧あれ。

オマージュ系がさらに続く。「すまじき熱帯」はまたまた人体焼却場面から幕を開ける残虐編に一転。「俺」ことヒロは一八年ぶりに再会した父親ドブロク(溝のような宿六の意)に誘われ、消息を絶った覚醒剤の現地生産管理者を処分しに東南アジアの某国に赴く。標的の呉という男は巨大な資金を使って私設軍隊を作り、自分の王国を築いたらしい。すでに一〇〇人近い暗殺者が送り込まれていたが、戻ってきた者はひとりもいなかった。かくてヒロとドブロクはコーヒー色の河を遡行し始める──というところで、映画ファンならフランシス・フォード・コッポラ監督の『地獄の黙示録』を、世界文学ファンならジョゼフ・コンラッドの『闇の奥』を思い起こすに違いないが、ふたりがたどり着いた場所は想像を絶する修羅場と化していた。著者はその恐るべき現状を活写するいっぽう、毒を中和するような言葉遊びにも興じてみせる。すなわち某国の空港に着いて初めて聞いた現地の言葉が、「鍋彼構うなチンポ吸い池之端文化センター」！　著者にいわせれば、「たぶん、読んだ人が、あまりの脱力感で呆気に取られるような下らない物語を書いてやろうと思って。で、始めたんです。筒井康隆《つついやすたか》氏の『バブリング創世記』ってあるじゃないですか。あんなようなお筆先（自動筆記）みたいなことを、何かできないかなと思ってて、それで考えついたんですけどね。外国人の言葉って、よく空耳で日本語みたいに聞こえるじゃないですか。まさにあれで」（『「狂い」の構造──人はいかにして狂っていくのか？』）とのこと。

表題作「独白するユニバーサル横メルカトル」の語り手は何と地図帖である。文芸の世界では物や動物が喋るのは珍しくないが（筒井康隆の『虚航船団』では文房具の宇宙人⁉が登場する）、本書の地図帖は妙に時代がかったいい回しというか、擬古的なですます体で喋るところがミソ。それもそのはず、「私ども地図族は記憶の継続が可能なのでございます」。日本推理作家協会賞の選考委員諸氏もこの語りの妙を評価されたようであるが、ストーリーのほうも奇想天外。彼の持ち主は「客待自動車《タクシー》」の運転手だったが、ある女性客を乗せたのがきっかけで何とシリアルキラーに変貌してしまうのだ。その顚末《てんまつ》は直にお確かめいただくとして、本編は奇抜なタイトルもまた秀逸だ。ただ、タイトルがいいと往々にして中身のほうがついてこないようで、『独白するユニバーサル横メルカトル』ってタイトルは、最初に出たんですよ。『これはいい』と思ったんだけど、そしたらもう、書けなくなって。『どうするんだ、地図が喋るなんてよ。ど〜うすんの』みたいなね」（『「狂い」の構造——人はいかにして狂っていくのか？』）。でも、悪戦苦闘された甲斐、ありましたね。最終編「怪物のような顔《フエース》の女と溶けた時計のような頭《おつむ》の男」は「Ω《オメガ》の聖餐」のようなヤクザ世界の裏伝説もの、その二。いや、主人公のMCは拷問者なのだが、彼のボスたる「ドン」は政財界の黒幕っぽくもあるし、ヤクザと決めつけるのは早計かも。それはともかく、MCはパートナーの自殺に傷つきながらも、それを振り払い新たな「獲物《ゲスト》」の処置に取りかかる。その若い女は「〈特殊な客〉を相手にする淫売であったのだが、不意に〈言うことを聞かなくなった〉ため、〈静かになってもらう〉必要ができたのだという」。だが工房《アトリエ》に連れてこられたココというその娘は、自分からここに来たといい、ロマンスが欲しいと彼にいう……。家庭に恵まれず、深いトラウマを背負ったMC。独自の儀式でそれを抑えしのいできたが、ついにしっぺ返しを食らうときがくる。「オペラントの肖像」でみせた心理学的な蘊蓄《うんちく》がここでも存分に発揮されており、これまたヒネリの効いた異色のサイコスリラーに仕上がっている。

さてこうして見てくると、改めて著者の奔放な想像力、多彩な言葉遣い、笑いあり涙あり粗相ありのエンターテイナーぶりに驚嘆せざるを得ないが、もしかすると、読む人によってはその豊饒な物語世界が受け入れ難いという向きもあるかも。なるほど、著者の作風をひと言でいうなら〝鬼畜系〟——それもウルトラ級の鬼畜系というほかないかもしれないが、ハードカバー版の帯の裏コピーで警告されていたように、そうした作風であるがゆえに「本書は読書時、脳内麻薬様物質エンケファリン、β-エンドルフィンが大量放出される可能性があり、その結果、予想外の多幸感、万能感に支配されることがあります」。受け入れ難い気持ちが強ければ強いほど、逆にのめり込む確率も高いかと。

え、それならそうと、前もってちゃんと断って欲しかったですって?

初出

$C_{10}H_{14}N_2$（ニコチン）と少年——乞食と老婆
水木しげる監修『妖かしの宴3 御伽草子』（2001年11月 PHP文庫）
Ωの聖餐
井上雅彦監修『異形コレクション 世紀末大サーカス』（2000年1月 廣済堂文庫）
無垢の祈り
「問題小説」1999年3月号
オペラントの肖像
井上雅彦監修『異形コレクション アート偏愛』（2005年12月 光文社文庫）
卵男
井上雅彦監修『異形コレクション ロボットの夜』（2000年11月 光文社文庫）
すまじき熱帯
「小説宝石」2003年6月号
独白するユニバーサル横メルカトル
井上雅彦監修『異形コレクション 魔地図』（2005年4月 光文社文庫）
怪物のような顔の女と溶けた時計のような頭の男
井上雅彦監修『異形コレクション 夢魔』（2001年6月 光文社文庫）

二〇〇六年八月 光文社刊

光文社文庫

独《どく》白《はく》するユニバーサル横《よこ》メルカトル

著　者　平《ひら》　山《やま》　夢《ゆめ》　明《あき》

2009年1月20日　初版1刷発行
2024年8月25日　14刷発行

発行者　三　宅　貴　久
印　刷　萩　原　印　刷
製　本　ナショナル製本

発行所　株式会社　光　文　社
〒112-8011　東京都文京区音羽1-16-6
電話（03）5395-8149　編　集　部
8116　書籍販売部
8125　制　作　部

落丁本・乱丁本は制作部にご連絡くだされば、お取替えいたします。
ISBN978-4-334-74526-4　Printed in Japan

組版　萩原印刷

江戸川乱歩全集 全30巻

21世紀に甦る推理文学の源流！

新保博久　山前　譲　監修

❶屋根裏の散歩者
❷パノラマ島綺譚
❸陰　獣
❹孤島の鬼
❺押絵と旅する男
❻魔　術　師
❼黄金仮面
❽目羅博士の不思議な犯罪
❾黒　蜥　蜴
❿大　暗　室
⓫緑衣の鬼
⓬悪魔の紋章
⓭地獄の道化師
⓮新　宝　島
⓯三角館の恐怖
⓰透明怪人
⓱化人幻戯
⓲月と手袋
⓳十　字　路
⓴堀越捜査一課長殿
㉑ふしぎな人
㉒ぺてん師と空気男
㉓怪人と少年探偵
㉔悪人志願
㉕鬼の言葉
㉖幻　影　城
㉗続・幻影城
㉘探偵小説四十年(上)
㉙探偵小説四十年(下)
㉚わが夢と真実

光文社文庫